KB083624

비밀이 없으면 가난해지고

여자 사람들과 나누고 싶은 사적인 이야기

김박은경 산문집

비밀이 없으면 가난해지고 __여자 사람들과 나누고 싶은 사적인 이야기

초판인쇄 2021년 11월 10일 **초판발행** 2021년 11월 25일

글쓴이 김박은경 **펴낸이** 박성모 **펴낸곳** 소명출판 **출판등록** 제13-522호

주소 서울시 서초구 서초중앙로6길 15, 2층

전화 02-585-7840 **팩스** 02-585-7848

전자우편 somyungbooks@daum.net **홈페이지** www.somyong.co.kr

값 16,000원

ISBN 979-11-5905-645-1 03810

비밀이 없으면 가난해지고

여자 사람들과 나누고 싶은 사적인 이야기

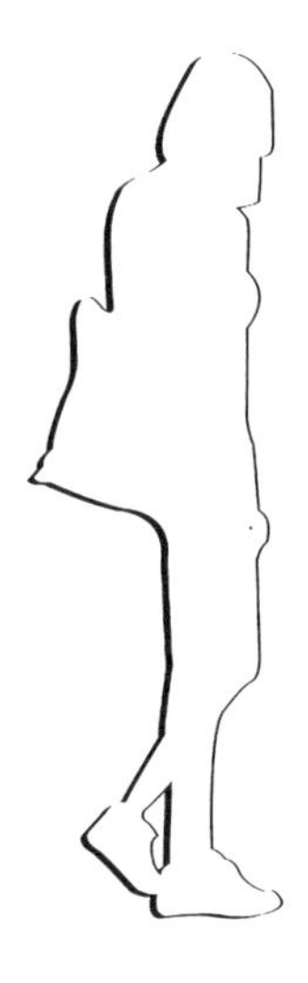

김박은경 산문집

차례

제1부

어쩌자고 우리는 이렇게 다정한 걸까

상심은 흔한 일 15

잠깐 들어가기만 할게, 추워서 그래 19

가장 개인적인 것이 가장 창의적인 것이
가장 정치적인 것이 가장 살아 있는 것 24

노브라노브라 하다 보면 노브라가 이상해지지 29

외롭고 다정하고 씩씩하고 사랑스러운 사람들, 좋아요 34

잘 지냅니까, 지금도 김치를 씻어서 먹습니까 40

아무래도 나는 사랑 이야기를 하고 싶은 모양이야 44

부끄러워한다는 게 부끄럽지 48

이름을 알면 시작된다고 51

맥락 없고 애매하고 막무가내로 즐거운 일 56

저녁 무렵의 비밀스러운 삶 60

나비가 잠든 뜨개방과 노브랜드 65

허전하여 저 달이라도 퍼먹고 싶네 69

그래서 이제 신을 믿느냐고 물으신다면 예, 혹은 아니오 73

개 같은 사람이 되어야지 78

갑자기 너무 쓸쓸하다는 생각이 든다면, 곰인형 82

속는 거라면 좋은 쪽으로 기꺼이 86

멍은 붉다가 푸르다가 보라색, 녹색, 노란색 89

원두 한 알의 우주 같은 것 92

되었지, 되었고 더욱 될 거야 97

제2부

그래서 마음은 이제 어떻습니까

8H에서 간신히 8B가 되었다 105

구안와사는 아홉 개의 언덕을 기어가는 달팽이라는 생각 109

벌레 먹은 의자에 앉아 벌레를 생각하는 아침 112

그래서 마음은 이제 어떻습니까 117

번쩍 우르르 쾅쾅, 단발마가 있다면 장발마도 있겠네 121

고맙다는 말을 하는 거예요. 사랑한다는 말을 하는 겁니다 126

사물이 거울에 보이는 것보다 가까이 있습니까 130

당신의 안녕이 나의 안녕 133

우리들의 안심과 기대 137

조금씩 나아지고 있는 거라고 141

괜찮습니까, 정말입니까 144

사랑 대신 메리 올리버 147

예술은 짧고 인생은 긴데 가을배추는 너무 비싸군요 150

죽은 자의 날을 사는 날의 햇사과의 맛이라니 154

너는 멀리 튀니지에서 왔고 157

지운 아이가 있다 161

제3부

어차피 영원도 아니니까요

철학자와 늑대와 아버지와 나와 167

취미는 물구나무서기. 그렇게 말할 때 자랑스럽지 171

수상 소감에 대한 소감 176

웃기고 서운하고 쓸쓸하고 향기롭고 다시 웃기고 179

원하신다면 9년마다 돌아올 수도 있습니다만 184

이렇게 다 예쁘기도 쉽지 않은 일인데 187

이미, 라고 말할 때는 이미 192

요리에 대해서라면 유감입니다만 195

남편보다 더 나를 사랑하는 사람 198

귤과 핫초코와 선한 영향력과 201

돌아갈 집이 있어서 다행이야 206

어차피 영원도 아니니까요 210

옆 침대의 낯선 남자 214

농담濃淡처럼 보이겠지만 219

제4부

우리는 각자의 계단에 집중하네

되는 대로 사는 것과 사는 대로 되는 것과	225
김연수 선생님이 나를 부러워하실 거야	229
우리는 각자의 계단에 집중하네	235
다시 그렇게 살고 싶니, 묻는다면 아니요, 아닙니다	240
무리를 해 보아야 무리를 안 할 수 있겠지	242
너의 목소리가 너를 지켜줄 거야	245
선생님께서도 늘 잘하신 것만은 아닙니다	249
이미 잡힌 물고기 같기도 하고	254

본방 사수 안 한다면서,
마지막 회는 절대 안 본다면서 258

스프는 실패, 스튜는 성공 262

엄마, 나는 괜찮지가 않아요 265

그때 나한테 왜 그랬어요 268

당연當然이 늘 당연하지는 않다는 생각 273

이제 너는 괜찮은 거니 278

다정한 남자들은 다 어디로 281

네 이야기를 써도 괜찮겠니 284

제5부

웃으며 안아 주며 그리며 그리워하며

누구의 허락을 구하지 않겠습니다 291

여러 번 망가져 본 리미티드 에디션 297

당신은 아이, 당신의 아이 300

언제나 너무 하는 사랑, 너무 해야 하는 사랑 304

과묵한 열아홉 살, 두 마리 307

너에게 거짓말을 알려주네 310

내가 나라는 것은 잘 알고 있다니까요 312

자기만의 방, 자기만의 성소 315

달빛이 내 마음을 대신하는 밤,
뜸부기는 왜 도로 위를 걸어 다니고 그래 320

웃으며 안아 주며 그리며 그리워하며 324

당신에게 이 사진을 보냅니다 327

나의 주문은 oumuamua 330

아무래도 방심은 봄날의 환난입니다 334

가만히 있는 마음 337

우리들의 사랑니에 건배 339

이제부터는 불확실한 세계의 다음 342

이야기를 끝내며 350

제1부 / 어쩌자고 우리는 이렇게 다정한 걸까

상심은 흔한 일

우선 저희 출판사에 관심을 가져 주시고
소중한 원고를 보내 주셔서 진심으로 감사드립니다.

기획팀에서 회의를 거쳐 성심껏 검토해본 결과
아쉽게도 본사의 출간 분야와 방향과는 차이가 있어
원고를 정중히 반려드리오니 혜량하여 주시기를 부탁드립니다.

선생님과 뜻이 맞는, 역량 있는 출판사를 만나시기를 기원합니다.
언제나 건강하시고 건필하시길 바랍니다.

표현은 정중하기 그지없지만, 기분은 그지(거지)같기만 하다. 죄송하지만, 이라는 말로 시작되는 메일은 수없이 받아보았지만 수없이 기분이 별로다. 유명한 작가들은 여기저기에서 글을 달라고 하지만 그렇지 않은 대부분의 작가들은 (부지런히 혹은 기다리다가 지쳐서) 출판사의 문을 두드리게 된다. 등단 전과 다르지가 않다. 오히려 점점 더 어려워진다. 투고를 했다는 걸 누군가 알게 될 테고, 거절당했다는 것 또한 누군가 알게 될 테니까. 자존감이 떨어지고 막막해지는 일이다.

즐겁게 놀고 들어왔다. 홍대에서 상수를 넘나들며 핫플에서 먹고 마시고 타투를 두 개나 하고 갑작스러운 꽃 선물도 받고 돌아온 참이었다. 더구나 금요일 밤, 좋았던 기분은 그만큼 큰 진폭으로 나빠진다. 타투는 20일 정도만 조심하라고 한다. 하루 다섯 번 연고를 바르고, 물에 노출되는 시간은 5분을 넘기지 말 것. 그렇다면 이 기분은 얼마나 갈까. 무거운 마음으로 잠을 청하고 무거운 마음으로 일어났다.

그리고 천천히 정신을 차린다. 무엇을 믿고 나는 그렇게 확신에 가득 찼을까. 내가 쓴 글이 탁월하다고 믿을 근거가 뭐였지? 그런 게 있을 리 없다. 감이 좋아, 라고 생각했지만 감이야 감나무 주인의 것이고(이게 무슨 말이야) 지극히 주관적인 편견일 뿐이다. 새롭고 좋은 것, 이라고 내가 생각한다고 해도 더 새롭고 더 좋은 것은 세상천지 널렸으니까. 나는 그저 사적인 한 시절의 글쓰기를 마무리했다는 만족감에 셀프로 스포트라이트를 비추며 혼자 좋아했던 것일 수 있다. 사실은 이럴 줄 알았다. 더 정확하게 말하자면 이렇게 될 수도 있음을 알았다. 장사 한두 번 하나.

정여울은 다음과 같이 말한다. "돌이켜보면 나는 누군가에게 거절당할 때마다 강해졌다. 거절당하는 모든 순간들은 결국 더욱 날카롭게 나를 벼리는 기회가 되어주었다. 나는 그 일로부터 거절당하고, 그 관계로부터 거부당했지만, 내가 아닌 전혀 다른 나를 만들어서, 그들이 원하는 나를 급조하여 재능이나 지위를 인정받고 싶지 않았다. 그들이 거절할 수 없는 나를 만들고 싶은 것이 아니라, 그들이 거절해도 진정으로 괜찮은 사람이 되고 싶었다. 그들이 결코 거절할 수 없는 나를 만드는 것보다 그들의 거절에도 불구하고 결국 지켜야만 하는 나를 발견하는 일이 좋다. 나는 아직도 사회생활에 서툴고, 관계맺기를 두려워하지만 예전과는 다른 편안함을 느낀다. 사람들이 좋아하는 나의 모습을 억지로 만들어서 사랑받기보다는, 있는 그대로의 나의 모습까지 아껴주는 사람들과 더 깊은 공감을 나누며 살아가고 싶다."『서울경제신문』, 2020.1.31 며칠 전에 읽은 이 글을 다시 꺼내 읽는다. 거절당해도 망가지지 않는 사람이 되고 싶다, 나도.

이럴 줄 알았으면 거절의 메일들을 모두 모아둘 걸 그랬다. 너무 거듭 실망해서 받자마자 삭제에 휴지통 삭제까지 누른 적이 더 많아서 증거를 찾을 수 없게 되었지만, 얼마나 많은 거절들을 지나야 한 권의 책이 나오는지 익히 알고 있다. 이만하면 실패도 할 만큼 했다고 생각하지만 그건 내 생각일 뿐이고.

사실 이런 악전고투가 다행스럽기도 하다. 쓴 것들마다 다 책으로 나오면 그거야말로 양아치에 쓰레기 짓 아닌가. 나무에게도 지구에게도 도리가 아니다. 좁은 망으로 거르고 또 거르고 고치고 또 고치고 셀 수 없이 다시 또 다시의 운명이 정말 좋은 책을 만든다는 것을(만들 수도 있다는 것을) 잘 안다. 악전고투가 다행이라면, 그 다행이 최선이 되려면, 나의 최선이 모두의 최선에 근접하려면 앞으로도 영원히(제발 아니기를 바라지만) 깨져야 할지도 모르겠다.

수없이 밀려오는 투고작들을 빠르게 읽고 속전속결해야 하는 사람들도 안쓰럽다. 읽기 좋은 책을 찾아 읽는 일이야 기쁨이고 즐거움이지만, 그렇지 않음에도 무조건적으로 읽어야 하는 운명이란 눈만 따갑고 지겨운 짓이겠지. 편집장이 되지 않아서 다행이다. 거절의 레터를 쓰는 일도 스트레스일 거고. 나의 투고본을 읽어 준 분들에게 새삼 감사와 양해와 격려를 드립니다. 더 매서운 눈으로, 더 씩씩하게 잘라내시기를 기원하며.

눈이 내렸다. 향나무 잎잎이 촉촉한 진초록이다. 어디선가 비비, 하는 소리가 들린다. 베란다 창문을 여닫는 소리인가. 휴대폰 소리인가. 혹시 새인가. 걸음을 멈추고 귀를 기울인다. 다시 비비, 비비. 이건 새소리다. 이런 건 처음 듣는다. 소리가 사라지지 않도록, 새가 날아가지 않도록 그 자리에 멈춘 채 숨을 죽이고 서 있는다. 비비비비, 맑고 가늘고 간절하다. 서둘러 걸었다면 못 들었을 소리다. 상심하지 않았다면 놓쳤을 소리다. 비비비비, 속이 들여다보이지 않는 초록 어디쯤에 새가 앉아 있겠구나. 새의 깃털 끝으로 눈 녹은 물방울이 매달렸겠지. 느린 걸음으로 돌아온다. 마음은 하루 만에 괜찮아졌다. 이럴 줄 알았다.

잠깐 들어가기만 할게, 추워서 그래

"잠깐 들어가기만 할게, 추워서 그래." 그는 그렇게 말하며 파고든다. 춥긴 뭐가 추워 / 난 추워 / 난 안 추워 / 난 춥다니까 / 이불을 더 꺼내서 덮어요 / 이불은 무거워, 잠깐만 들어갈게 / 귀찮다고 / 들어가기만 할게 / 가만히 들어가 있기만 할게 / 아, 좀! 이런 식이다.

이런 대사 들어본 기억이 있다. 박해일과 강혜정의 2005년 영화 〈연애의 목적〉. 고등학교 영어교사인 박해일유림은 미술과 교생으로 온 강혜정홍에게 쉬지 않고 수작을 건다. 당당하고 능청스럽고 약아빠진 남자의 리얼리티를 살리며 호시탐탐 연애를 하자고 매달린다. 그 영화에서 이런 대사를 들었던 것 같다. 딱 5초만 넣고 있겠다니, 박해일 씨, 그게 말이 됩니까. 무슨 주머니도 아니고, 서랍도 아니고 넣긴 뭘 어디에 넣겠다는 건가요.

다시 L과 나의 이야기. 내가 아주 싫을 때는 끝까지 밀치는데, 그 정도가 아니면 봐주는 편이다. 춥다는데, 들어오기만 하겠다는데, 자다가 깨서 이렇게 부시럭부시럭 난리를 치는데, 쉽게 포기할 것 같지 않은데 속는 셈 치고 또 한 번 봐주지 않을 도리가 없다. 우리가 남도 아니고. 남이 아니라고 해도 당연히 자야 하는 건 절대 아니지만, 그런 관계는 나도 반대하지만, 오죽하면 이러나 싶기도 하고. 남자들이란, 쯧쯧, 하는 마음이 되기도 하고. 하지만 들어가기만 하겠다던 그는 늘 그 끝을 보는데, 아무리 눈을 흘겨도 깜깜해서 보이지도 않는다. 나중에야 자는데 깨워서 미안하다고 한다. 말이나 말지. 그러면서 또 한마디 더 붙인다. 알지? 내가 정을 못 받고 자라서 그래.

그런데 자긴 들어올 테니 자던 대로 계속 자라는 게 말이 되니. 그게 동사무소 출입구도 아니고 들어가긴 어딜 들어간다는 거야. 자면서 몸과 정신이 분리되는 사람도 있니. 잠을 자는 몸과 열어 주는 몸이 다르니. 그럴 때마다 내가 하는 말이 있다. 그러면 자기는 잘 때 누가 코를 쑤시고 비틀면 좋겠어? 귓구멍에 손가락을 넣어도 모른 채 잘 수 있겠어? 해볼까? 잠 안 잘 때도 그게 얼마나 귀찮은지 맛을 볼래요?

그러면서도 정을 못 받고 자랐다는 말이 마음에 걸린다. 사실인 것 같다. 아주 어린 그의 시간을 상상해본다. 작은 사내아이. 흰 얼굴에 겁이 많아 보이는 큰 눈과 짙은 눈썹과 살이 오르지 못한 몸. 충분히 사랑받지 못하고 충분히 젖을 먹지 못하고 충분히 안기지 못하고 충분히 업히지 못했을 거다. 그때만 가능했을 어리광을 부려보지도 못하고, 그때만 저지를 수 있는 실수를 안 하려고 애면글면했겠지. 자라며 만들어 내는 숱한 기적 같은 순간들을 제대로 축하받지도 못했을 거다. 어이없이 너무 일찍 철이 들어버렸을 거다.

그에게는 다리가 불편한 형이 있다. 그가 태어나기도 전에 형은 소아마비였고, 죽다 살아났고, 그의 부모들은 어떻게든 그의 형을 걷게 해주려고 집 몇 채를 들여 애를 썼다고. 천만다행으로 죽지는 않았지만 심한 장애가 남았다고. 그의 형은 어려서도 지금도 그의 부모의 가장 아픈 손가락이고. 그래서 그는 형과 놀아주는 게 일이었다고 했다. 형이 부러워할까봐 그 좋아하는 축구도 많이 못 했겠지. 재미삼아 하는 장난 같은 것도 불가능했을 거야. 대견하게 잘한 일들은 당연한 것으로 여겨졌을 거고, 잘못한 일은 형 몫까지 더해서 혼이 났겠지. 형 대신 뭐든 해야 했겠지. 뭐든 혼자 알아서 해야 했겠지. 그의 아픈 형도 아프지만 그런 형을 둔 그를 생각하면 마음이 짠해진다. 그에게도 형은 아주 아픈 손가락이니까.

그의 옷은 늘 새 것 같다. 퇴근하면 입었던 순서대로 옷을 벗어서, 아침에 걸려있던 모양대로 걸어놓는다. 그가 입는 옷은, 들고 다니는 가방은, 신는 신발은 심지어 양말까지도 잘 더러워지지도 않고, 닳지도 않는다. 그가 있던 자리는 늘 깔끔하게 정리되어 있다. 그가 신문을 보고 나면 아침에 온 신문의 모양 그대로이고. 그가 정리한 침대는 내가 하는 것보다 몇 배나 더 단정하다. 그런 조심스러움과 정리벽은 어려서부터 습관이었을 거다. 회사 책상 위에도 퇴근하면 아무도 없었던 것처럼 다 넣고 온다고 했으니까. 착한 아들, 착한 동생이 착한 어른이 되었겠지.

추위도 안 타고 더위도 안 타는 그가, 불혹도 예전에 넘긴 그가 자다가 왜 추울까. 그의 어떤 마음이 그렇게 추웠을까. 아픈 가족이 있으면 식구들 모두의 마음이 그리로 간다. 당연하다. 아프지 않은 나머지 가족은 스스로 알아서 챙겨야 하고 저절로 커야 한다. 그렇게 성큼성큼 크느라고, 빈틈없이 잘 자라느라고 마음속엔 공동空洞이 생기는 것 같다. 아무것도 없이 텅 비어있는 굴. 바깥에서 볼 때는 완벽한 성장을 한 것처럼 보이지만, 내부에서 볼 때는 다 자라지 못한 무엇인가가, 다 채워질 수 없는 무엇인가가, 다 하지 못한 말들이, 다 누리지 못한 철없음이, 완전히 안겨본 적 없는 냉랭한 온도가 영원히 존재하는 것 같다.

정여울의 『나를 돌보지 않는 나에게』에서 이런 대목을 만났다. "상처 입은 내면아이 속에는 온갖 억울함과 안타까움으로 중무장한 채 한 번도 제대로 소리쳐 울어보지 못한 또 하나의 내가 숨겨져 있다." 작가는 내면아이에게 먼저 다가가 안부를 물어보라고 말한다. 그 아이를 다독일 때 내면아이는 자기 안의 빛과 그림자를 끌어낼 준비를 시작한다고. "빛만 선택하는 것이 아니라 그림자까지 함께 받아들일 때, 우리 안의 전체성은 눈을 뜨기 시작한다. 자기 안의 전체성을 통합해 더 나은 자기로 만들어가는 과정이 바로 개성화다. 내면아이의 그림자도 빛만큼이나 소중하다. 나는 나의 내면아이에게 이렇게 속삭이며 나를 다독이곤 한다. 네가 가진 콤플렉스나 트라우마들이 언젠가는 너의 빛, 너의 잠재력, 너의 재능으로 꽃피우고 승화할 거라고. 예민한 성격, 내성적인 성격이 언젠가는 아름다운 계기를 만나 반드시 재능으로 발휘될 거라고."

어린 그를 만나러 가고 싶다. 제대로 사랑받지 못한 어린 아이, 성급히 어른이 되어버린 아이. 옷이 더러워질까 조심조심 걷는 그 아이에게 더 신나게 걸으라고, 옷이 더러워져도 괜찮다고, 신발이 망가져도 괜찮다고 어서 나가서 더 놀고 오라고 박수를 쳐주고 싶다. 집에 늦게 들어오고, 사고도 좀 치고, 고집도 부리고, 생떼도 부리라고. 심부름을 자꾸 시키면 왜 나만 시키느냐고 골도 내라고. 아이는 그러는 거라고. 그 마음의 안부를 묻고, 그 아이가 하는 말을 들으며 그네에 앉은 아이의 등을 힘껏 밀어 주고 싶다.

그래서 그를 안아준다. 춥지 말라고, 내가 오래오래 안아 줄 거라고. 나의 가능한 영원까지 그렇게 해줄 거라고. 응?! 그러니까 잘 때는 좀 건드리지 말라고.

가장 개인적인 것이 가장 창의적인 것이 가장 정치적인 것이 가장 살아 있는 것

아무것도 쓰지 않은 날은 아무것도 하지 않은 날 같다. 아직 살지 않은 날 같다. 그런 한 주가, 한 달이 가면 허망하다. 매일의 기록이 중요한 이유가 그것이라고 해도 좋겠다.

'적기의 사례'를 세 가지 들고 싶다.

첫째, 틈새 글쓰기다. 내 경우다. 아르바이트와 프리랜서 일로 다소의 수입은 가능해졌는데 읽고 쓰지 못하니 사는 맛이 나질 않았다. 뭐 하려고 이러고 사는지 우울해졌다. 읽는 것은 틈틈이 한다 쳐도 쓰는 것은 판을 펴놓지 않고는 불가능했다. 그래서 아침의 글쓰기에 도전했다. 1시간 15분 일찍 출근했다. 1시간은 글을 쓰기 위한 안간힘이었다. 블루투스 자판을 펼치고 두드렸다. 아무도 모르게 글을 썼다. 현실적인 생산성은 20점. 우선 졸기 바빴다. 졸지는 않더라도 정신은 몽롱하였고. 쓰기는 쓰지만 자동기술처럼 아무 말이나 썼기 때문이다. 심리적인 생산성은 90점. 뭔가 한 기분이 들었다. 허투루 살지 않았다는 위안이 되었다. 언제 어디서나 글을 쓸 수 있다는 확인만으로도 큰 수확이었다.

둘째는 H의 일기다. 2003년부터라고 들은 것 같은데 일기 어플리케이션을 이용해서 쓴다고 했다. 그 말을 옮긴다. 매일 쓸 게 없을 수도 있다. 좋은 일이 있을 때도 화가 나는 일이 있을 때도 쓰다 보니 더욱더 쓰게 되었다고. 쓰고 나서 생각하는 것은 그렇게 화가 날 일이 아니라는 것, 그렇게 걱정할 일은 없다는 것, 그렇게 불안해할 필요가 없다는 것 등등이다. 일희일비하지 않는 삶을 살 수 있는 것 같다고 한다.

셋째는 병가 후의 글쓰기다. 내 경우다. 이것은 SNS 덕분이었다. 몸은 아프고 시간은 넉넉하고 몸으로 할 수 있는 일은 없고 마음은 답답하니 글이라도 쓰자고 생각했는데 SNS가 적합했다. 아무도 나를 모르고 아무도 읽어 주지 않으니 아무 말이나 해도 되는 시작이었다. 아무도 내게 기대하지 않으니 부담이 없었다. 마음껏 솔직해져도 위험해지지 않았다. 매일 쓰기로 하였으니 매일 썼지만 쓰나 안 쓰나 무관한 글이었다. 소수의 사람들이 읽어 주기 시작했다. 소감을 댓글로 달아 주었다. 즉각적인 피드백이라니 감동이었다. 대강 읽고 예의상 좋다고 해주는 사람도 있고, 그건 그런 게 아니라는 반박을 보내는 사람도 있고, 내 마음을 다 아는 듯 이해해 주는 사람도 있었다. 통성명을 하지 않았으니 우리들은 영원히 모르는 사이일 수도 있다. 그럼에도 각자 가능한 진심으로 닿는 관계는 멀어도 곁인 것 같았다. 진정성이란 닿는 것인가 보다. 부끄러움을 밝히니 괜찮다고 위로해 주는 음성들이 들렸다. 이런 글을 쓸 수 없었다면 병가는 아주 지루하고 우울했을 것 같다. 그게 다가 아니다. 평범한 생을 살아온 나에게는 글감이 없다고 생각했는데 아니었다. 바라보고 듣는 사람에게는 보고 들을 것들이 더욱 바싹 다가오는 것 같다.

작가가 써낸 글의 진위는 알 도리가 없다. 나 또한 이 글들이 모두 진실이라고 말하고 싶지만 윤색과 각색이 끼어들지 않았을 리 없다. 좋은 사람인 척, 정말로 어쩔 수 없는 일이었던 것처럼 말했을 거다. 내가 악역인 장면들은 빠르게 감고 그렇지 않은 장면은 슬로우 모션으로 걸었을 거다. 『심신단련』에서 이슬아는 "편의상 수필이라고 이름 붙였으나, 『일간 이슬아』의 연재 글들은 대부분 가공된 이야기였다"라고 말한다. 그래도 전부 가공은 아니었겠지. 가공이라고 해도 아주 약간이겠지. 중요한 부분은 진심이겠지. 차마 말할 수 없는 것들만 의도 반 비의도 반으로 가공한 걸 거라고 믿어주고 싶은 이 마음은 왜일까.

아무튼 결론은 이 글을 읽고 계신 남녀노소 익명의 친구들에게 매일 뭐라도 조금이라도 쓰기를 권한다. 쓰는 게 남는 것이고 쓰는 게 사는 것이라는 결론을 전하고 싶다. 나의 근간의 글쓰기는 휴대폰 메모장의 기록과 다이어리의 짧은 일기와 구글 드라이브와 에버노트 어플리케이션을 연동한 독서록과 SNS의 글쓰기로 이루어진다. 구체화되고 보존할 만한 글은 구글이나 에버노트로 넘어가고, 기타 보관은 네이버 메모로도 하고 포털의 내게 쓰기 편지로도 한다. 김영하는 글쓰기에서 가장 중요한 일은 백업이라고 하셨으니 나의 친구들도 남기고 싶은 글들은 부디 잘 저장해두시기를 바란다.

일기를 쓴다고 하면 1월 초 사흘 정도는 제대로 쓴다. 그러다가 시름시름 어물어물 넘어가기 일쑤다. 일 년치 일기장은 늘 1월 며칠, 12월 며칠, 그 사이에는 생일이 있는 날이나 몹시 화가 나거나 즐거운 날에만 썼다. 보관하기도 애매한 텅 빈 일기장 대신 기존에 쓰던 시스템 다이어리로 대신했다. 작은 칸에 짧은 메모를 했다. 어디 가고 누구를 만나고 뭘 먹고, 마감일과 미팅일을 적고 있다.

재수할 때 한 줄 일기를 썼다. 29칸 얇은 노트였다. 아무 장식 없는 그 노트에 하루 한 칸씩 일기를 썼다. 하루는 붉은색, 하루는 파란색, 볼펜은 모나미 볼펜 기본형이었다. 검정 볼펜으로는 쓰지 않았다. 어쩐지 더 답답해지는 것 같아서. 학원은 동대문 지나 신설동에 있는 여학생 학원이었다. 학교 가듯 아침에 출발해서 밤늦게 돌아왔다. 직행으로 갈 수 있는 시내버스를 타고 다녔다. 몇 번인가는 아버지가 데려다주시기도 한 것 같다. 아닌가. 저녁마다 퇴근하시는 아버지가 데리러 오셨던가. 기억이 나지 않는 이유는 그 일기를 버렸기 때문이다. 지겨워서 다시 살고 싶지 않은 시간이었기 때문이다. 온종일 졸아서, 졸기 위해 재수 학원에 다니는 것 같아서 자괴감이 들었기 때문이다. 재수 친구들은 다 합해서 다섯이었는데 입학 하고 여러 차례 뭉쳐 다녔다. 누군가 결혼할 때도 만났고, 누군가 유명 점집을 알아냈다고 해서 만났고, 그러다가 서서히 연락이 끊겼다. 그때 일기장 한 줄에 몇 번이고 등장했을 친구들 이름이 뭐였더라. 그 일기장 버리지 말 걸 그랬다.

매일의 기록은 기다란 행거 같다. 옷걸이에 색깔 순서로 걸어두기도 하고, 성급히 던져두기도 하고, 행거 아래 떨어뜨린 옷도 있고, 행거 기둥에 되는 대로 던진 가방도 있겠지. 그런 것들이 내 시간의 뼈대가 되는 것 같다. 그게 있으면 뭐라도 한 것 같다. 어떻게든 산 것 같다. 노력한 것 같고, 애쓴 것 같다. 그 감정들은 다 사실이다.

아무 일도 없는 하루가 간다. 이렇게 쓰고 보니 왜 그랬나 궁금해진다. 아무 일도 없는 하루 같은 건 없다. 아무 생각도 하기 싫었거나, 지쳤거나, 기분이 안 좋거나, 생리할 때가 되었거나, 몸살 기운이 있거나 뭔가가 있는 날이었겠지. 적어 두면 알게 된다. 이렇게 투닥투다닥 자판을 두드릴 수 있으면 언제까지라도 살 수 있을 것 같다. 아무도 읽어주지 않으면 혼자 읽으면 되고.

봉준호 감독이 말했지 않은가. 아니, 마틴 스콜세지가 말했다고 하지 않던가. "가장 개인적인 것이 가장 창의적인 것"이라고. (이건 또 처음 알게 되었다. 가장 개인적인 것이 가장 정치적인 것이라는 말까지는 알았는데, 그 말도 좋고 이 말도 좋다. 오늘 일기에 써야지.)

노브라노브라 하다 보면 노브라가 이상해지지

나쁜 일은 사는 동안 계속 일어날 거야. 그러니까 우리가 할 수 있는 최선은, 고통에서 뭔가 배울 수 있는 한 헛된 고통은 없다는 사고방식을 갖추는 것뿐이야.

치디라 에그루, 『혼자 있지만 쓸쓸하지 않아』, 동양북스, 2019

노브라노브라노브라노브라, 하다 보면 노브라가 이상해지는데. 라노브라 브라노브 노브라노, 그야말로 게슈탈트 붕괴 현상이다. 아니지, 브래지어 이야기를 하려던 게 아닌데. 나는 치데라 에그루가 쓴 저 글의 마무리 부분이 좋다. '헛된 고통은 없다는 사고방식을 갖추는 것뿐'이라는. 이것은 고수의 어법이다. 헛된 고통은 없다, 고 말했다면 비웃었을 거다. 아직 어린 작가가 어떻게 그렇게 단언하느냐고 반기를 들었을 거다.

하지만 그녀는 우리의 자세에 대해, 선택에 대해 말한다. 어떠어떠한 사고방식을 갖추자고, 꼭 그렇지는 않겠지만 그렇다고 생각하자고. 그렇게 읽고 다시 첫 마디를 읽는다. "나쁜 일은 사는 동안 계속 일어날 거야." 삶과 죽음에 대한 부처의 말처럼 어쩔 수 없는 생의 고뇌를 단언

한다. 혹시 아닐 수도 있을 거라는 미련스러운 희망을 거절한다. 결국엔 다 잘 될 거라는 몽매한 긍정을 거절한다. 그러니까 우리는 고통 속에서도 뭔가 배워야 한다는 것, 그런 방식으로 나쁜 일이 조금 덜 나쁜 일이 될 거라고. 빈번하게 일어나는 나쁜 일이 덜 빈번하게 일어날 거라고. 배우고 성장하고 나아가고 있다는 자각을 선택해야 한다고.

그녀는 말한다. "그 누구에게도 예쁘게 보일 필요가 없다"고. "어떤 모습이라도 늘 그걸로 충분하다"고. "넌 누군가 구경하라고 있는 존재도, 누구나 눈요기하라고 있는 존재도 아니"라고. 지금의 나에게는 아픈 팔로 속옷을 챙겨 입을까 고민하는 그 시간에 나 자신에게 집중해야 한다는 말이겠지. 화장을 해야 할까, 염색을 해야 할까, 이 옷이 너무 짧은 것은 아닐까, 너무 비치는 것은 아닐까, 그런 고민을 하는 시간에 지금 꼭 해야 할 더 중요한 일을 하라는 말이겠지. 그녀는 또 말한다. "게으른 사랑에 안주하지 말"라고. 이 사랑은 타인으로부터 나에게로 오는 사랑만 말하는 게 아닐 거다. 나로부터 나에게로 오는 사랑을 말하는 것이기도 하겠지. 그게 유일하게 가능한 내 몫의 사랑일 수도 있겠다.

나이와 함께 지혜로워진다면 얼마나 좋을까. 하지만 지혜는 그렇지 않은 것 같다. 아예 안 올 수도 있는 것 같다. 지혜로운 청춘이, 지혜로운 어린이가 훨씬 더 많은 것 같다. 생래적인 지혜가 시간과 함께 오히려 퇴색하고 느슨해지는 것 같다. 어릴 때의 지혜를, 기준을, 고집을 평생 갖고 사는 게 더 어려운 것도 같다. 그래도 내가 지혜롭지 않다는 것을 알고 있어서 다행이야. 나를 위로하는 버릇들은 약간의 위로가 된다.

치데라 에그루는 "#처진가슴도중요하다"는 해시태그로 유명하다. 유쾌한, 매력적인, 자유로운, 자존감 높은, 자연스러운, 그리고 길고 풍성한 머리를 하고 브래지어를 치워버린 사람 여자. 나 또한 노브라에 예스라고 생각하면서도 전일全日의 노브라는 아직 못 하고 있다. 밖에 나갈 때는 유두가 표나지 않는 두꺼운 옷으로 노브라, 팔 보호대에 얹어 구부린 팔로 유두를 가리는 노브라. 집에서는 가끔 노브라에 잘 때는 반드시 노브라. 브래지어를 혼자서 할 수 없는 팔의 통증에도 불구하고 노브라를 편히 받아들이지 못하는 이유는 무엇일까. 아무도 궁금해하지 않을 이 순간의 TMI는 왜일까.

유두만 안 보이면 된다는 건가. 유두가 가슴의 전부인가. 유두를 감춰도 출렁거림과 풍성함은 감출 수 없을 텐데. 미소한 일부가 전체를 압도할 수 있는 걸까. 그럴 수도 있겠다. 가장 두드러지는 특징이 그 사람을 대표하니까. 한 작품으로 평생이 기억되는 작가도 배우도 있으니까. 그건 아쉬워할 일이 아니라 감사할 일이라고들 하니까. 유명한 노브라 작가도 알고 노브라 연예인도 아는데, 그들은 많은 사람들 속에서도 당당히 노브라로 사는데 브래지어를 다 내다버리지 못하는 나의 까닭은 무엇일까. 남의 눈 때문이 아니라 남의 눈을 바라보는 나의 눈 때문이겠지.

유두가 가슴은 아니다. 가슴이 유두도 아니고. 유두는 남성에게도 있으니 전유되는 여성성도 아니고 감각의 극치도 아니다. 하지만 주목하여 바라볼 때 그것은 특별한 것이 된다. 주목하여 애무할 때 그것은 사랑의 도구가 된다. 애무라니, 낯설고 이상하게 들린다. 애무愛撫는 주로 이성을 사랑하여 어루만진다는 뜻이라는데 아무튼. 돌아보면 충만한 사랑의 감정은 애무에서 오지 않았다. 가만히 바라볼 때, 가득히 서로를 안을 때, 편안히 서로에게 기대앉아 있을 때, 장난스럽게 내 머리를 쓰다듬어 줄 때, 쪽잠에 빠진 내게 무릎이불을 덮어 줄 때 말로 표현할 수 없이 커다란 사랑을 느낀다.

애무는 섹스를 불러올 텐데, 몸으로 하는 사랑이 급하고 중요하기도 할 텐데 그런 분위기 속에서의 사랑은 어쩐지 다시 낯설어지는 것 같다. 쾌감은 각자의 몫이고 절정은 저마다 다르고 서로 도와 클라이맥스에 도달한다고 해도 우리의 몸은 다시 떨어지고 하나가 되었다는 순식간의 착각은 사라진다. 식어가는 몸과 함께 쏟아지는 잠과 함께.

몸을 포괄하는 사랑, 몸에는 조금 무심해지는 사랑, 욕정을 넘어서는 사랑, 고요하고 순한 사랑이 더 깊은 사랑인 것도 같다. 이것이 사랑의 성숙인가, 숙성인가. 성숙成熟은 생물의 발육이 완전히 이루어지는 것이고 숙성熟成은 충분히 이루어졌다는 뜻이란다. 성숙이 지나면 숙성이 되는 것인가. 그저 나이가 들었다는 것인가. 이런 방식으로 해로가 가능해지는 것인가. 일단은 그 사랑을 실컷 해보아야 후회가 없겠지.

그래야 그것의 실상을 알게 되겠지. 실컷 타락하고 방황하고 돌아온 애욕의 부인처럼 이런 말을 할 수 있는 것도 사실 나이 덕분이다. 호르몬 덕분이다. 고요는 소란 이후에 온다.

외롭고 다정하고 씩씩하고 사랑스러운 사람들, 좋아요

그제가 그랬다. SNS에서의 글쓰기를 통해 나는 껍질을 벗고 있었는데. 그러려면 무작정 솔직해져야 하니까, 과도하게 부담스러울 내밀內密을 드러내기도 했는데. 언제나 엔딩은 원하는 바가 있었다. 내가 읽고 싶은 글을 쓰고 싶었다. 심각하고 아프고 무겁고 힘들고 지루하고 지겹고 아등바등하고 넘어지고 자꾸 다치는 이야기는 다들의 현실일 테니 지양하고 싶었다. 지향은 가벼운 쪽이었다. 즐거운 방향이었다. 따스하고 자유롭고 싶었다. 하지만.

생각처럼 되질 않았다. 즐거운 척 젤리를 씹으며 퇴장한다고 해도 모두들 그 젤리 이전을 알고 있었다. 내가 기를 쓰고 빙산의 일각의 꼭대기에 귀염둥이 젤리를 올려놓는다 해도 그 밑으로 도리 없이 차가운, 깊은, 젖은, 어두운, 숨찬 기운들을 알아차리고 있었다. 여전히 숨기려 하는 마음의 기색을 알고 있었다. 진심으로 읽어 주고 있었다. 진심으로 들어 주고 있었다.

시간은 없고 할 일은 많았을 텐데. 고단하고 이미 지쳤을 텐데. 귀한 시간을 내고 마음을 내고 집중해서 읽고 좋아요,를 눌러 주다니. 묻지 못한 질문의 대답을 내게 주다니. 힘을 주려고 적합한 이모티콘을 골랐겠지. 이런 말, 해도 괜찮을까 먼 마음을 뒤척이기도 했겠지. 지나치지 않으려고 고민도 했겠지. 혹시 오해하지 않을까 망설이기도 했겠지. 내가 뭐라고, 이 글들이 뭐라고. 정작 내가 정말 누구인지 이름조차 말하지 못했는데. 미안하고 고마워라.

써오던 글에 대한 피드백을 받아본 일이 없다. 그런 기대를 하지도 않았다. 글은 혼자 쓰는 것이라고. 이해받을 수도 있고 아닐 수도 있다고. 이해받으면 좋지만, 그렇지 못해도 하는 수 없다고. 혼자 벽을 향해 공을 던지고 받는 사람처럼, 혼자서 구력에 대해 자세에 대해 고민만 하고 있었다. 왜 공을 던지는지, 공을 던져서 무엇을 하려고 하는지를 잊어버리고 있었다. 42년째 홀로 날아가는, 날아가기만 하는 보이저 2호처럼, 홀로 궤멸해버릴 미래를 이미 궤멸해버린 자처럼 무심히 바라보고 있었다. 그런데.

서로를 모르는 우리들은 어떤 우연으로 한곳에 모여 투명한 어깨들을 기대고 있는 걸까. 좋아요, 하면 좋고. 괜찮은가요, 하면 고맙고. 힘든가요, 하면 울고 싶어지고. 오늘도 힘내요, 하면 정말 힘이 나고. 좋은 하루를 보내라고 하면, 그래요 당신도, 하게 된다. 어쩌자고 우리는 이렇게 다정한 걸까. 뭘 바라는 것도 아니고, 뭘 할 수 있는 것도 아닌데. 가장자리가 없는 선함들이 선명하게 닿아 만드는 구체적인 따스함이라니, 좋아라. 때로는 고해하듯, 좋아요. 때로는 소풍 가듯, 좋아요. 때로는 장난치듯, 좋아요. 그래도 좋아요.

다정한 병이 든 것처럼 굴지만, 실은 무정한 사람들일 수도 있겠지. 그러나 완전히 무정한 사람들은 이곳의 문을 열지도 않겠지. 이런 거 쓸데없는 짓이라고, 무의미한 짓이라고, 그야말로 인생의 낭비라고 하겠지. 그럴 수도 있고 아닐 수도 있을 거야. 모두들 다 자란 어른들인데 어디서 잘했다는 말을 실컷 들어보겠나. 어릴 적 선생님의 칭찬 스티커처럼. 포도송이 하나를 스티커로 가득 채우고 싶어 하는 마음은 또 얼마나 사랑스러운지.

우리는 가상의 세계에서 위태롭다. 클릭 한 번이면 사라질 수 있다. 문을 닫아버릴 수도 있다. 영영 모르는 사람이 될 수도 있다. 신고도 할 수 있다. 원수가 되어버릴 수도 있다. 그럴 수 있다는 것을 알기에 이렇게 이어져 있다는 게 더 놀랍다. 불가능한 관계들과의 가능한 소통들이 기적처럼 느껴진다. 물론 책임질 일이 없는 사랑에 우리는 관대해진다. 전 인류를 사랑하는 일이 지금 내 눈 앞의 얄미운 인간 하나를 용서하는 일보다 쉽다. 여기에 하트를 스무 개 누르는 일이 엄마 아버지에게 사랑해요, 단문 문자를 보내는 일보다 쉽다. 그래서 좋아요, 가 무의미한가. 아니요. 그렇게 생각하지 않습니다. 당신의 하루와 나의 하루가 크게 다르지 않을 거예요. 당신의 부끄러움은 나의 것과 닮았을 거예요. 성선도 아니고 성악도 아니고, 그렇다고 했다가 아니라고 했다가, 손바닥을 뒤집듯 번복하는 결심과 다짐들을 다 아는 걸요. 당신 마음이 나의 마음, 우리는 언젠가 만났을 수도 있겠습니다, 우연히 스치며 만난 줄도 모르는 채. 그렇게 영영 남은 아니라는 거죠. 이심전심이라는 거죠.

사랑하게 된 결말보다는 사랑하기까지의 과정을. 용서하게 된 결론보다는 절대 용서할 수 없었던 숱한 시간들을. 모두들 행복하게 잘 살게 되었습니다, 라는 엔딩보다는 지지고 볶는 구태의연한 일상들을. 그러니까 애써 지향하는 작위적 엔딩은 포기할 것. 사람들은 얼굴을 보고, 눈을 보고, 입매를 보고 타인의 진실을 알아차린다고 하는데 글에도 눈코입 같은 것들이 있는 것 같다. 단서로 가득한 게 글 같다. 당연하지. 보정이 많을수록 원본은 그것과 멀 수 있다. 어플리케이션 보정컷으로 스스로를 상상하지만 극사실주의의 현실이니까. 다리는 이상 속에 머리는 현실 속에. 어쩐지 앞뒤가 바뀐 말 같기는 한데. 저는 좀 그렇습니다.

정여울은 『나를 돌보지 않는 나에게』의 프롤로그에서 자크 라캉의 상상계는 동화 속 해피엔딩을 열망하는 유아적 환상의 세계로, 상징계는 현실의 속박을 받아들이고 성숙한 자세로 삶의 고통을 극복해내는 어른들의 세계로, 실재계는 인간의 무의식 속으로 더 깊이 들어가야만 도달할 수 있는 세계로 설명한다. "안데르센 원작 〈인어공주〉에서 왕자가 다른 여인과 결혼해버려 인간이 될 수 있다는 희망을 잃게 된 인어

공주가 왕자를 죽이면 자신은 살 수 있음에도, 왕자를 살려내고 자신은 물거품이 되는 길을 택하는 것. 그것이 바로 실재계의 감동이다"라고.

작가의 실재계는 다음과 같이 이어진다. "나도 때로는 상상계의 동화적 환상 속에 머물고 싶다. 모든 꿈이 디즈니 애니메이션처럼 해피엔딩으로 마무리되면 얼마나 좋을까. 하지만 '현실은 그게 아니잖아'라고 따끔하게 지적하는 상징계의 회초리가 있기에, 우리는 온갖 스트레스를 견디고 뼈아픈 감정노동도 버텨낸다. 달콤한 동화적 상상에 만족하는 상상계를 넘어, 현실의 냉혹함을 이겨내는 철든 어른들의 상징계를 넘어, 마침내 인생을 통째로 올인하는 최고의 모험을 견뎌낸 사람들에게 주어지는 실재계의 감동이 있다. 나에게 과연 그런 무시무시한 잠재력이 있을 것이라고는 상상도 하지 못했던 내 안의 낯선 자아가 튀어나오는 순간, 매너리즘에 사로잡힌 현실의 자아를 뛰어넘어 내 안의 가장 빛나는 힘이 무지개처럼 용솟음치는 순간. 그때 우리는 '너는 해낼 수 없을 거야'라고 속삭이던 자기 안의 괴물과 마침내 싸워 이길 수 있다"라고.

내가 아는 SNS는 나이나 성별과 무관한 어른들의 연대다. 단 맛을 지나 짜고 쓰고 신 맛까지 다 알아버린 사람들. 지나치게 일찍 철이 든 사람도 있고, 그러고 싶은 사람도 있다. 가끔 상상계에 홀리기도 하겠지만 상징계와 실재계를 넘나드는 사람들이다. 아무리 좋은 척을 해봐도 그렇지 않은 민낯을 알아차리는 사람들이다. 패를 다 보이고 하는 짓이다. 이기려는 사람도 없이 이어지는 따스한. 그러니 언제나 에두르며 말하지 말 것. 직진할 것. 진실을, 진심 쪽을 향할 것. 그렇게 좋아요, 를 누를 것. 그렇게 살 것. 흐린 월요일의 다짐들이다. 그러니까, 고맙다고요. 이 글을 읽어 주는 여러분들. 과정이 오히려 전부라는 거죠.

잘 지냅니까, 지금도 김치를 씻어서 먹습니까

K가 생각난다. 회사 입사 동료였던 그는 때와 장소를 안 가리는 기차 화통급 목소리와 웃음소리와 허여멀건 얼굴에 술도 커피도 매운 것도 전혀 못 먹었다. 함께 하는 식사 자리에서 덮밥이나 비빔밥 메뉴를 먹을 때면 밥과 고명을 분리해서 따로 먹었고 김치는 물에 씻어 흰 고갱이만 먹었다. 그러고도 매워서 연신 코를 풀어가며 물을 마셔가며 먹는데, 애도 아니고 뭐하는 짓이냐고, 민폐 캐릭터라고 뒤에서 보던 흉이 앞으로 위로 융단폭격을 하는데 길고 긴 감사기도로 시작해서 남들의 다섯 배쯤 더 오래 씹고 음미하는 점심시간이 끝나가도록 밥 한 톨도 허투루 남기지 않고 먹는 그의 식사 방식은 합석 기피 1호가 되었다.

거짓말을 할 줄 모르고 아부를 할 줄 모르고 듣기 좋은 말을 할 줄 모르고 화낼 줄 모르고 싸울 줄 모르고 숨길 줄 모르는 고지식한 그에게 사람들은 부적응자라고 했다. 융통성이라고는 1도 없고, 더 빠르고 쉬운 방법이 뻔히 있는데 고집스럽게 매뉴얼을 고집하던 그의 방식에 답답해 미치는 줄 알았는데. 동료가 짜증을 내거나 상사가 야단을 치거나 그 자리 잠시의 정적뿐 돌아서는 표정은 언제나 스마일에 평화와 은총과 감사 그 자체였다. 입사 동기들이 하나둘 퇴사하는 와중에도 그는 땀을 뻘뻘 흘리면서 출근했다. 아이 셋의 아버지가 되었다는 이야기까지는 들었는데 그는 정말 부적응자였을까.

리디아 유크나비치는 TED에서 "부적응자의 아름다움The Beauty of Being a Misfit"에 대해 말한다.Ted, Feb. 2016 그것을 보며 K를 떠올렸다. 리디아의 강연은 아름다웠다. 긴 머리도 패턴이 믹스된 지퍼 장식의 원피스도 닥터마틴 부츠도 떨리는 음성도 고요함이 일렁이는 표정도 아름다웠다. 그녀는 스스로 부적응자라고 말한다. "부적응자"란 마음속 깊이 자신의 가치에 대한 회의가 있어 심지어 좋은 일이 주어짐에도 불구하고 선뜻 받아들이지 못하는 사람이라고 정의한다. 단편소설로 문학상을 타고 뉴욕에 가서 출판할 수 있는 기회가 주어졌는데도 결정을 내리지 못하고 돌아왔던 기억을 회고한다. 폭력가정에서의 성장과 두 번의 이혼과 여러 차례의 대학 중퇴와 감옥에 갔었고 딸아이는 태어난 날 죽었고 노숙자로 살았던 그녀의 삶을 가만한 음성으로 말한다.

어쩌면 K는 완벽한 적응자였다. 머뭇거리지 않았고 자신에게 다가오는 것을 의심 없이 받아들였고 눈치보지 않았고 거절하지 않았고 스스로 원하는 바로 그것을 큰소리로 말했다. 다들 짜장면을 알아서 시키는 분위기에 삼선볶음밥을 먹겠다고 말했다. 다들 딱딱하고 반짝이는 검정 구두를 신을 때 그는 진갈색 랜드로버를 고집했다. 다들 감청색이나 연회색 양복을 입던 때에 그는 보라색 체크무늬 벨벳 재킷을 콤비로 입고 다녔다.

그 옷, 언뜻 보면 무도장에서나 입을 것 같은 그 재킷이 실은 명품급 P사의 제품이고, 할인매장엘 가서 봤는데도 월급의 절반이 넘는 가격이라고. 그걸 사기 위해 가능한 한의 긴 할부구매를 했다고 자랑스럽게 말했다. '정말 멋있죠? 나는 이 옷이 진짜 좋아요, 너무 아름다워, 이걸 입으면 내가 아주 특별한 사람이 된 것 같아요. 이걸 입으면 내가 더 멋있어 보여요.' 어떻게 그런 옷을 샀냐는 사람들의 질문을 칭찬으로 들은 그의 대답이 아직도 생생히 기억난다. 그 옷을 아주 조심조심 아끼면서 입을 거라고 마흔이 되고 쉰이 되어도 입을 것 같다고 환히 웃던 표정까지도.

리디아는 십여 년이 흘러 오십 세가 넘은 지금 엄마이고 작가이고 선생이 되었다. 그녀는 말한다. 당신이 부적응자라고 해도, 술꾼이라 해도, 학대를 받았다 해도, 전과자나 노숙자라고 해도, 희망이 없는 사람이라고 해도 여전히 가능성이 있다고 말한다. '자신을 다시 만들어 낼, 끝없이 재창조할 가능성이라고. 그렇기에 부적응자가 아름답다고.'

이제 와서 나는 K가 아름답다고 느낀다. 여전히 눈치 없이 굴면서 여기저기서 놀림도 많이 받았을 것 같은 K가, 스스로를 무척 사랑했던 그의 방식이 무척 사랑스럽다는 것을 알겠다. 그를 놀리던 자들은 세상 속에 자신을 던져놓았던 거라고, 그는 자신 속으로 세상을 들여놓는 방식을 택한 거라고. 오래오래 무탈하게 행복하기 위해서는 K의 방식도 좋았을 거라고 생각한다. 적응자라고 생각하는 부적응자나 부적응자처럼 보이는 적응자나 아주 크게 다르지 않다고 생각한다.

잘 지냅니까, K씨? 지금도 김치를 씻어서 먹습니까? 그 벨벳 재킷, 여전히 입고 다닙니까?

걸음을 멈췄다. 노래 때문이었다. 서울우유 1리터짜리 하나를 달랑 들고 나오는 길이었다. 멀어지자 지직거리는 노래는 가까이 가니 선명해진다. 초특가세일, 대풍년 가을, 같은 문구가 붉게 새겨진 마트 전단지가 다닥다닥 붙은 입구의 왼쪽 벽 앞에 열린 신발매장이었다. 음악이 어디에서 나오는지 알 수 없었다. 겨울 신발들이었다. 검정 가죽 같은 비닐에 안에는 양털 같은 털이 붙어 있고, 큐빅이나 붉은 장미가 수놓아져 있었다. 어찌된 일인지 파는 사람도 사는 사람도 없는 그곳에서 노래는 내 몸을 통해 지하 마트의 계단을 지나 1층 바깥 입구까지 조그맣게 울리고 있었다. 그 노래였다.

가장 좋아하는 노래, 그래서 차마 들을 수 없던 그 노래를 서둘러 지나쳐야 한다고 생각은 하면서도 귀를 기울이고 있었다. 그 노래를 수없이 되풀이해서 듣던 시간을 지나 절망과 원망과 실망에 힘들어서, 지치지도 않고 더욱 힘들어지는 게 지겨워서 그러는 내가 싫어져서 피해 다니던 노래였다. 라디오에서 들리면 꺼버렸고, TV에서 나오면 베란다로 나갔고, 쇼핑하던 매장에서 들리면 나와버렸다. 그런데 이제 들을 수 있다. 괜찮아졌다. 가만한 마음이 되었다. 그래, 오래 전의 일이구나.

정말 시간이 해결해주는구나.

무슨 일이 생겼을 때 우리는 말한다. 시간이 해결해줄 거야. 그런 싱거운 말, 강 건너 불 보듯 하는 말, 해도 그만 안 해도 그만인 말, 무책임하고 무의미한 말, 위로가 되지 않는 말, 누구나 할 수 있고 누구나 알고 있는 말, 재미도 없고 도움도 안 되는 그 말을 하게 된다. 대체 그런 말을 왜 하는 거야, 소리치지만 그 말을 기어이 하는 마음을 알 것 같고, 그럴 리 없을 것 같지만 그렇게 되기를 바라게 된다.

맵고 차가운 마음에는 담백한 말이 적당하니까. 강 건너를 보듯 멀리서 지금 이 순간을 봐야 하는 것도 맞고. 무슨 말을 해주어야 할까 곰곰 고민을 해도 생각나는 게 없어서 안 해도 그만인 거 알면서도 하게 되는 말이니까. 책임을 물을 수도 없고 의미를 찾을 수도 없고 어떻게 해도 위로가 안 된다는 것을 알며 하는 말이니까. 누구나 할 수 있지만 누구나 해주는 말은 아니니까, 재미는 무슨, 도움은 무슨, 그런 걸 바라는 것도 아니고. 그저 그렇게 말하며 곁에 있어줄 뿐이지. 기다려주고 바라봐줄 뿐이지. 우리가 벌인 일들을 시간이 수습해주는구나. 정말로 시간이 해결을 해주는구나.

시간은 각진 것들을 바라본다. 꼭, 가장, 반드시, 절대로, 하는 말들의 날카로운 끄트머리를 그저 바라보기만 한다. 해와 바람, 먼지와 비, 허기와 갈증, 급하고 중한 용무들, 숨 쉬고 배설하는 일, 먹고 사는 일들로 시간이 가는 동안 애면글면하던 그것과의 거리도 멀어진다. 조금씩 더 멀어지며 사건의 외연을 살필 수 있게 된다. 안과 밖을 살필 수 있게 된다. 멀어지면 멀어질수록 그것이 얼마나 작고 사소한 일이었는지 알게 된다. 작지 않더라도 사소하지 않더라도 그 열감과 통증은 점차 식어간다. 아니라고, 결코 잊을 수 없다고 소리치기도 하겠지만 그러는 동안에도 잊어버리는 중이다. 어떻게 그럴 수가 있냐고 하기는 하지만, 어쩌면 그럴 수도 있겠다고 생각한다.

멀어지면 잘 안 들린다. 주파수가 맞지 않는다. 다른 곳에 와 있고, 다른 시간에 살고 있고, 다른 사람이 되었다. 지나간 그 시간만큼 튼튼해졌고 강해졌다. 면역이 생겼다. 같은 상황이 닥치면 어떻게 하면 좋을지 구체적인 노하우도 생겼다. 같은 일을 두 번 겪지는 않는다. 겪을 수도 있겠지만 처음 같지는 않을 거다. 그러니까 어떻게 사랑이 변하니, 가 아니라 당연히 사랑은 변하는 것이고, 변하니까 사랑이고, 변하여 더욱 사랑이겠지. 사랑 이야기를 하려던 것은 아니지만.

손미 시인의 산문집 『나는 이렇게 살고 있습니다. 이상합니까』에는 이런 이야기가 나온다. 배경은 아득한 설원이다. "만난 적도 없이, 얼굴도 모른 채, 각각 다른 곳에서. 첼로가 내는 소리와 빙하가 부서지는 소리. 아무도 없는 산에서 나무 하나 쓰러지는 소리. 어디선가 나를 부르는 소리, 누군가 데리러 올 것 같은 이국의 땅. 그 도시를 통과하는 내내, 그런 이상한 이야기가 떠올랐다." 읽으며 어떤 기분인지 알 것 같은 기분. 하지만 시간이 해결해줄 거야, 라고 절대 말하고 싶지 않은 마음. 정작 저 시인은 이미 그 설원을 통과했을 수도 있는데. 절대 통과하지 않기를 바라게도 되는 이 이상한 마음은 무엇일까.

사랑은 문제가 아니라고 믿고 싶어서. 진심이었다면 그렇게 믿고 있다면, 해피 엔딩이고 새드 엔딩이고 그런 말을 할 수는 없는 거 아니냐고 말하고 싶어서. 절대적인 사랑이라면 엔딩이란 절대 없는 게 아니겠냐고 묻고 싶어서. 그런 사랑이라면 어마한 그 상처가 낫지 않기를. 끝없이 제 상처를 헤집는다는 사람처럼 막막한 그 설원 속에 갇히기를. 설원의 일부가 되어 꽝꽝 얼어 버리기를 바라는 마음까지 드는 밤인데, 아무래도 나는 사랑 이야기를 하고 싶은 모양이다.

부끄러워한다는 게 부끄럽지

자랑스러운 점이 있고 부끄러운 점이 있다. 자랑스러운 점은 말하고 싶고, 부끄러운 점은 숨기고 싶다. 자랑스러운 점은 말하고 나서 부끄러워지고, 부끄러운 점은 말하기 전부터 부끄러워진다. 자랑스러운 점을 말할 때면 (잠시지만) 물 위로 떠오르는 것 같다. 허리가 곧게 펴지고 어깨가 늠름해진다. 부끄러운 점을 말할 때면 (순식간에) 물 바닥까지 가라앉는 것 같다. 빛이 들지 않고 소리가 들리지 않는다. 내가 내 눈을 가리고 있기 때문이다. 전후의 마음들이 모두 어둡고 어지러운 탓이다.

자랑스러운 점은 몇 가지 되지도 않는다. 그걸 우려내고 또 우려내고 다 졸아들고 말라 버려서 그야말로 국물은 사라지고 색색의 양념이 다닥다닥 달라붙어 있는데 거기 기댈 때면 까끌까끌한 이물감이 느껴진다. 자랑스러운 점을 생각하면 약간 괜찮은 인간 같고, 고급스러워지는 것 같고, 특별해지는 것도 같은데. 그걸 입으로 내어 말하고 나면 순식간에 파산이다. 완전히 가난해진다. 불쌍해진다. 부끄러운 점에 부끄러워지는 것과는 비교도 안 될 정도로 부끄러워진다. 그런데도 가끔 자랑스러운 점을 말하고 싶을 때가 있다. 자랑스러운 점은 한 때의 영광, 약간 맛본 적 있는 높은 층위의 공기와 냄새와 느낌, 남들 앞에 서고 남들 위에 서는 것 같아 으스대는 분위기.

부끄러운 점은 오래 전부터 최근까지 숱하게 되풀이되는 일. 먹고 사느라고 벌이는 일. 이렇게까지 해야 하는 걸까 싶은 일. 남들이 몰라주었으면 싶은 일. 아래 층위의 공기와 냄새와 느낌, 공기야 돌고 도는 건데 위가 어디 있고 아래가 어디 있나, 알면서 그렇게 생각하고야 마는 못난 내가 부끄러워. 남들 밑에서 뒤에서 가능하면 보이지 않는 자리에서 얼굴만 감추고 있어야 하는데도 자꾸 튀어나오는 주머니 속의 녹슨 송곳을 들킬까 아슬아슬해.

별거 아닌 사람이라는 거, 잘난 게 없는 사람이라는 거, 속이지는 않았지만 다 말하지 않는다는 거, 그런 감정은 소금 같아서 나를 숨죽이게 한다. 숨을 죽이는 일. 생것을 절일 때 소금을 쓰듯, 숨을 죽여야 내부의 물기가 빠져나온다. 숨을 죽이는 일은 눈물을 흘리는 일. 스스로의 비참을 견디는 일. 비참은 비참이 아니라는 것을 알게 된 후에도 어쩐지 무겁고 눅진하고 어두운 느낌들. 비참은 그림자가 길고 껍데기가 두껍다.

숨이 죽는다, 몇 번이고 숨이 죽는다. 이 정도로 죽을 숨이 아니었나. 하긴 이런 일로 숨이 죽을 리도 없는데, 징징거리고 엄살을 부리다니 어른 되려면 멀었다. 숨이 죽어서 무엇에 쓰이려는지 모르겠다. 큰 그림을 모르겠나. 큰 그림 따위 없을지도 모르겠다. 이 터널의 끝이 이디로 이어지는지 모르겠다. 터널은 본래 끝이 없는 것일지도 모르겠다. 숨이 죽는 한 싱싱하게 살아 있다는 뜻일 수도 있으려나.

> 저는 그것을 느꼈어요. 글쓰기의 그 놀라운 가능성이요. 제가 어머니에 대한 글을 썼을 때는 생명을 다시 드리기보다는 구원하기 위한 것이었죠. 어머니가 투병하시는 동안 기록을 했어요. (…중략…) 저만의 견디는 방식이었던 거죠. 어머니는 갑자기 돌아가셨어요. 그래서 거의 광적으로 어머니에 대한 글을 써야 한다고 느꼈죠. 어머니의 무엇인가를 구원하기 위해서요. 어머니의 삶, 한 여성의 일생, 그 병까지 구해내는 것, 전부를 구원하는 것이요. 전에는 그런 것을 느끼지 못했죠. 제가 글을 쓰며 하는 모든 것들이 구원하는 일이었다는 것을 이렇게 분명하게 알지는 못했어요. (…중략…) 저는 제가 겪었던 일들을 다른 사람들 역시 겪었을 것이라는 확신이 있어요. (…중략…) 누군가 당신에게 일어난 일, 당신이 겪은 일을 쓴다면, 당신이 다른 이를 위한 무언가를 구원하는 것이기도 하죠.
>
> 아니 에르노 · 미셸 포르트, 『진정한 장소』, 1984books, 2019

그러니까 별로 말하고 싶지 않은 일을 쓰는 이유는 이런 사람도 있다는 걸 말하고 싶은 것. 많은 시작들이 그렇지 않을까. 언제나 부끄러운 일은 있고, 언제든 자랑스러운 일은 있다. 그럼에도 불구하고 나아간다는 것. 실패하고 실수하고 저지르지만, 머리를 싸매고 끙끙 앓기도 하겠지만 결국의 총합은 자랑스러운 일이 될 거라고 애써 믿으면서.

이름을 알면 시작된다고

겨울, 사월, 나무, 이슬, 보라, 하늘, 봄 같은 이름을 들으면 돌아보게 된다. 돌아보며 하는 상상은 매우 좋은 쪽이다. 바라고 기다리던 아이였겠지, 축복하고 기뻐하고 애지중지하고 온 정성을 다했을 것 같다. 남을 이기고 그들보다 월등히 잘하는 사람보다는 무엇이든 다정하게 어울려서 함께 해나갈 줄 아는 사람이 되기를 바랐을 것 같다. 탁월한 사람보다는 평범한 사람이 되기를 바랐을 것 같다. 흘러가는 대로 흘러갈 줄 아는 무난하고 자연스럽고 아름다운 사람이 되었을 것 같다.

'봄흠'라는 카페는 주인의 이름이라는데 들어가서 앉아보지 않아도 어쩐지 알 것 같다. 좋은 이름이네요, 말하면 여리여리한 맵시의 주인은 하나로 묶은 긴 머리를 하고 연하게 웃을 것 같고, 그 말씨는 높지도 크지도 않을 것 같고, 장소는 입던 옷처럼 편안하고 가던 곳처럼 익숙하지만 가만히 혼자 있고 싶은 양지 같을 거야. 그 이름 말고 성도 내가 골라줄 수 있는 거라면 '한'이 좋겠다. 한봄희는 이른 봄빛의 한가운데. 가장 처음의 따스함. 가장 귀하고 반가운 것. 서두르지는 않지만 마땅히 제 때에 당도하는 사람처럼 일생이 늘 적당한 기쁨 속이겠지. 그 적당은 약간 부족해 보이지만 그래서 더욱 합당한 맛이 있겠지. 그런 생각을 하다 보면 한겨울도 한사월도 한나무도 한이슬도 한보라도 한하늘도 한봄도 다 예쁘구나.

아이가 태어나 가장 처음 보는 것은 빛이겠지. 작게 벌어진 틈으로 들어오는 눈부신 빛일 거야. 놀라 우는 아이를 가슴에 안고 젖을 물리겠지. 땅을 밟아본 적 없는 두 발은 부드럽고 둥근 모양이겠지. 아이에게 처음의 말을 가르쳐주는 상상을 해 본다. 세상의 만물에는 다 이름이 있다고, 그러니까 엄마가 있고 엄마의 이름이 있고, 아빠가 있고 그의 이름이 있다고, 이것은 꽃이라 부르고 이름은 동백꽃이라고, 이것은 강아지고 이름은 구름이라고, 이것은 국이고 이름은 무국이라고, 이것은 나무고 이름은 생강나무라고. 세상에는 너무 많은 사람들이 있어서 그 이름을 다 알 수는 없을 거라고, 이름은 마음이 담기는 그릇 같은 것이라고. 이름을 알게 되면 시작되는 거라고. 이름을 부르면 더욱 시작하게 되는 거라고.

그래서 이름은 두 눈과 같다고. 눈을 보면 그 마음까지 알 것 같다고. 생선의 눈을, 문어와 낙지의 눈을, 말과 돼지의 눈을 바라보지 않는 편이 좋겠다고. 도축된 돼지를 자르는 일을 하는 사람의 이야기를 들었다. 돼지 머리를 4등분 하는데 귀나 눈이 잘리지 않도록 주의해야 한다고. 더구나 그 눈을 바라보지 않도록 주의해야 한다고. 눈을 감지 못한 짐승이 걸리면, 그 눈빛과 마주하게 되는 날이면 내내 잠들 수 없다고. 그러고도 질겅질겅 살점을 씹어 삼키는 일은 참혹에 가깝다고.

햇살 아래 널어둔 굴비들을 보았다. 이것은 생선이지, 그리고 굴비라고 한다. 이름은 붙이지 않았어. 그런 짓은 하지 않는 게 좋다. 그래도 네가 그 마당에서 뛰어논다면, 놀다 가만히 앉아 벌어진 생선의 아가리와 부릅뜬 눈을 바라본다면, 아프니, 왜 그러고 있니 말이라도 붙이게 된다면, 머지않은 바다의 파도가 출렁거릴 것만 같다. 생선의 등허리 위로 햇살이 쏟아지는 시간이면 비늘 조각인지 빛의 조각인지 손을 대면 베일 것도 같고 데일 것도 같겠지. 이름이 뭐니, 네가 묻는다면 말라가는 굴비가 꼬리지느러미를 퍼덕거릴 것도 같다. 부디 이름은 묻지 않기다. 이름을 붙여주면, 그것을 불러주면 너는 그것을 먹을 수 없을 거야. 잊을 수도 없을 거야.

포로 로마노에 관한 책을 보았다. 화산재에 뒤덮여서 생시의 순간 그대로 영원이 되어 버린 먼 마을의 이야기였어. 사진도 있었어. 형체만 남은 몸은 입을 가득히 벌리고 있더라. 말라가는 굴비처럼 활짝 열어젖힌 종말이었어. 견딜 수 없는 공포로 벌어진 입은 꼭 웃는 것처럼 보인다. 꽉 다문 입은 잠든 것처럼 보여. 면도를 하다가, 빵을 굽다가, 개와 놀다가 그 모습 그대로 멈춰 버린 형체들이 있었어. 어른도 있고 아이도 있고 아기도 있고 노인도 있었지. 그들이 마지막에 하려던 말은 무엇이었을까. 비명 속의 이름은 아니었을까. 가장 사랑하는 사람의 이름을 가장 마지막에 부르게 되지 않을까. 가장 사랑하는 그 모습을 두 눈 속에 담고 있을 것만 같다.

아주 작은 차이지만 커다랗게 달라지는 말들에 익숙해지게 될 거야. 전혀 다른 말을 한꺼번에 내뱉게 되는 일도 있겠지. 끔찍한 것과 깜찍한 것은 다르고, 괴로운 것과 외로운 것은 다르고, 슬픈 것과 아픈 것은 다르지. 영영 네가 몰랐으면 싶은 말들도 있다. 불안이라는 말, 환멸이라는 말, 체념이라는 말, 외롭다는 말, 쓸쓸하다는 말, 아프다는 말, 죽음이라는 말…… 그러나 그늘의 말을 모르면 양지의 말도 모를 거야. 하는 수 없이 모든 말을 너에게 풀어 놓게 되겠지.

네가 어른이 되어 이름으로 인사를 시작할 때, 영원히 잊을 수 없을 특별한 일도 생길 거야. 그 이름은 그 사람과 하나가 되겠지. 그 사람의 말과 그 사람의 미소와 그 사람의 손과 그 사람의 숨과 그 사람의 늑골과 그 사람의 심장과 그 사람의 발가락과 그 사람의 모든 것과 하나가 되겠지. 그 사람의 이름을 부를 때면 그 모든 것이 해일처럼 몰아치겠지. 부르면서 스스로를 잃어버리는 기분이 들겠지. 어지러워진다면 그 이름을 가진 사람과 사랑에 빠진 거라고. 그 이름은 네 속에 새겨져서 영영 버릴 수가 없을 거라고.

그 이름의 두 눈을 너는 기억할 수 있겠니. 그런 눈이 세상에 또 있겠니. 없을 거야. 모든 사람의 이름이 단 하나인 것처럼 눈도 단 하나뿐이니까. 누군가를 사랑하게 되면 사랑하지 않게 되는 시간 같은 건 생각도 하지 않겠지만, 생각도 하지 않았던 그 생각을 하게 되는 순간은 오기 마련이라고. 말도 안 되는 말을 나는 또 너에게 하겠지. 너의 눈을 바라본다. 내가 낳아본 적 없는 너의 눈을. 너는 봄처럼 오고, 빛처럼 온다. 너는 봄처럼 차오르고 빛처럼 타오르고. 너는 언제나 돌아오고, 언제든 떠나가겠지. 너의 두 눈은, 지금의 두 눈은 오지 않은 봄처럼 멀고. 멀지만 기운은 따스한 것만 같고.

날이 환하다. 이런 날에 태어날 리 없는 아이를 생각하는 것은 먼 곳에서 오기 시작했다는 봄 탓이다. 그런 이름을 가진 카페를 들여다보았고. 그 카페는 다른 카페를 불러왔고. 세상 어느 곳의 카페 앞에는 나무로 만든 난간이 있고, 난간 위에는 나무로 만든 새가 있었는데, 아주 검은 두 눈을 가졌거든. 그게 누군가의 눈과 닮아 보여서 대체 누구였을까 하릴없이 들여다보고 있었거든. 작은 새의 눈은 물고기의 눈이 되었다가 말의 눈이 되었다가 소의 눈이 되었다가 갑자기 그렁그렁 차가워졌지. 봄눈인지 봄비인지 젖은 기운이 내리기 시작한 거야. 잘 지내나요, 안부를 묻고 싶어졌지. 부를 이름도 없이.

맥락 없고 애매하고 막무가내로 즐거운 일

엄기호의 『공부 공부』에서는 제주도 '해녀학교'에서 온 분의 말씀을 인용한다. 그 학교에서 가장 처음 가르치는 것은 자기 숨의 길이라고. 숨의 길이를 알면 나를 돌볼 수 있게 된다고, 나의 한계가 1분의 숨이라면 그것은 극복의 대상이 아니라 다름의 대상이 된다고, 그때 사람은 무리하지 않으면서 성장을 도모할 수 있다고, 사람마다 재능이 다른 만큼이나 한계도 다르다는 사실을 알아야 한다고, 나에게 한계로 주어진 1분의 숨을 잘 활용하면 멋진 일을 해낼 수 있다고. 지금의 교육에서는 숨의 길이가 긴 한 사람 말고 나머지는 모두 패배자가 되기 때문에 꼭대기가 될 수 없음을 아는 사람들은 아예 시도조차 하지 않으려고 하는데 그게 무기력이라고. 용기를 내 새로운 것을 시도하지 않으니 새로운 것을 탄생시킬 수 없다고. 탄생은 우리에게 기쁨을 주는 원천이라고.

나의 숨의 길이는 평생을 걸고 달리는 분들에 비해 턱없이 짧다. 이제 와서 애를 쓴다고 해도 이미 많이 살아 버렸으니 양적으로 부족하고, 절반의 생 동안 안 되던 일이 이제 와서 될 것 같지도 않다. 나는 그들과 다른 사람이다. 나의 애매함, 나의 비겁함, 이도저도 아닌 맥락 없음이 내가 가진 숨의 특성이다. 놀기, 잠자기, 시작하기, 포기하기, 잊어버리기, 실패하기, 변명하기, 합리화하기, 그러는 와중에 가장 오래 한 것은 독서다. 그것은 나의 특기, 도피이기도 하고 망실이기도 하고. 그게 가장 쉬우니까. 앉아서 누워서 엎드려서 눈만 뜨고 있으면 되니까. 책을 보고 있으면 뭔가 하고 있는 것 같으니까. 그러나 독서의 취향은 상당히 극단적이고. 생각하지 않고 읽다 보면 마음이 텁텁하고 덥수룩해진다.

사는 게 재미가 없고 의미가 없을 때는 약이 되는 책을 읽는다. 말도 안 되는 제목을 내건 책들, 뭐든 다 이루어질 것 같은 꿈의 책들도 마다않고 읽는다. 모르는 게 너무 많다는 걸 자각하게 될 때는 철학책을 읽는다. 산책하다가 발견한 노란 풀의 이름을 찾으려고 식물도감을 읽고, 공원을 가로질러 오는 여자가 목 긴 브라키오사우루스 같다고 느낄 때면 공룡 책을 읽고, 커다란 동물 이야기를 보고 있으려니 백상아리가 엄청 큰 고래 사체를 먹는다는 얘길 들었던 것 같은데, 유튜브 내셔널지오그래픽 채널에 나왔다던데…….

맞다. 백상아리가 거대한 고래의 사체를 만났다. 최대 180킬로그램까지 먹을 수 있다는 포악한 백상아리는 18시간 동안 식사를 했고, 앞으로 한 달 동안은 식사를 안 해도 된단다. 그렇다면 상어와 고래는 얼마나 다를까, 고래가 훨씬 크다고 했는데 그게 궁금해서 아이들 어릴 때 사둔 백과사전을 찾아 읽는다. 이런 식이다. 꼬리에 꼬리를 물다가 생선조림의 국물이 다 졸아버리거나 볶음 감자를 태워먹는다. 그러게

밥할 땐 딴생각하지 말자고!

엄기호는 위의 책에서 지식의 힘은 사물과 사리를 분별하는 것이고, 분별하는 자만이 경탄을 넘어 향유할 수 있다고 말한다. "모르니 자유롭지 못하다. 알지 못하니 눈을 옮길 때마다 무엇이 무엇인지 분별하지 못하고, 그 움직임을 모르니 아름다움을 향유할 수 없다. 무지가 감탄을 막고 향유를 방해한다는 걸 절실히 깨닫게 된다. 무지하니 자유롭고 능수능란하게 향유하지 못한다. 충분히 즐길 수 없다. 그러니 무지하면 아름다움 앞에서 기쁨을 느끼는 게 아니라 답답함, 즉 슬픔을 느낀다. 이런 답답함이 공부를 시작할 마음을 먹게 한다."

나는 한 우물만 파는 사람이 되기는 실패한 것 같지만 문어발처럼 뻗어나가는 끝도 없는 궁금증을 안고 이리저리 헤매고 다니는 거 좋아한다. 내가 좋아하는 작가가 좋아한다는 작가를 찾아 읽는 거 좋아한다. 한 권의 책에서 찾아낸 책들을 읽고, 그 책에서 발견한 또 다른 책들을 읽는 거 좋아한다. 많은 사람들이 읽기 시작한 책도 궁금하지만 아무도 모를 것 같은 좋은 책을 발견하면 가슴이 뛴다. 요리를 하는 것보다 요리에 관한 책이 좋고, 옷을 사는 것보다 옷에 관한 책을 읽는 게 좋고, 여행을 하는 것보다 여행에 관한 책이 좋다. 어쩌다 이렇게 되어버렸다.

책을 이루는 글자들이 좋다. 책 속의 사진들이 좋다. 한 권의 책을 쓰기 위해 들였을 시간과 노력이 좋고. 그 책을 위해 헤매고 다녔을 고민과 숙고와 노고가 좋다. 한 권의 책이 인생을 바꿀 리 없지만, 책 같은 걸로 인생이 바뀔 리 없지만 믿는 구석이라고는 책, 기댈 구석이라고는 책, 남은 거라고는 책이 아닌가 싶다. 그리하여 확장된 개념으로서의 독서는 내가 보는 것, 듣는 것, 느끼는 것, 생각하는 것들이 되겠지. 그것들이 나를 규정하고 구체화하겠지. 늦된 맥락을 만들고 애매함에 구체성을 더해주겠지. 아니어도 하는 수 없다, 아니 아니어도 괜찮아요. 이미 충분히 즐거우니까요.

저녁 무렵의 비밀스러운 삶

느티나무 밑동은 시계 반대 방향으로 휘어졌다. 비에 젖어 검은 나무 껍질은 깊은 밤 같고, 차가운 밤바다의 무심한 파도 같고, 솟구치는 파도의 검푸른 등허리 같다. 그때 무슨 일이 있었던 걸까. 저렇게 휘어지기 시작했을 때, 그 방향에서 벗어날 수 없었을 때, 휘어진 그쪽이 단 하나의 길처럼 보였을 순간을 상상한다. 나무는 무엇으로부터 무엇을 향해 몸을 틀었을까. 원하는 것을 향하는 중이었을까. 원치 않는 것을 피하는 중이었을까. 잠시는 아니었겠지. 저렇게 휘어진 채 중심을 다 잡고 올라갈 정도로 시간을 들인 일이었겠지. 그것을 운명이라 부를 수도 있겠다.

나팔꽃 덩굴은 왼쪽으로 감아 돌며 자라고 등나무 덩굴은 오른쪽 감기를 한다. 유전적인 이유라고 알고 있다. 유전만한 운명도 없겠다. 어쩌다 보니 그렇게 돌기 시작했는데 돌다 보니 계속 그 방향으로 돌게 된 건 아닐까. 개수대의 물은 시계 반대 방향으로 내려간다. 변기의 물도 욕조의 물도 같다. 북반구에서는 지구의 자전 방향이 시계 반대 방향이기 때문이라는 말도 있고, 그런 게 아니라는 해석도 있지만 어쩐지 나는 전자 쪽을 믿고 싶다. 지구가 우오우오 도는 대로 물도 따라서 내려가는 것이라고. 내리는 빗물도 흐르는 눈물도 아이의 오줌도 지구가 도는 쪽으로 한데 몰려 흐르는 것이라고. 그것이 강물을 이루고 바다를 이루는 것이라 생각하면 개수대의 구멍이 어느 먼 곳까지 흘러 깊고 깊은 물이 되어 하나가 되는 상상을 하면 기분이 묘하게 좋아진다. 비행기에서 지상을 내려다보는 것 같고, 우주를 유영하는 비행사가 된 것 같다.

횟집 앞에 어린아이가 서 있다. 산소방울이 올라오는 네모난 수족관 안에서 위로 아래로 정지하거나 돌진하는 것들이 가득하다. 오징어는 알겠고 도다리도 알겠고 다른 것들은 잘 모르겠다. 측선이 선명하고 비늘도 온전히 다 반짝거리니 이곳에 오래 있었던 것 같지는 않은데 어느 바다에서 왔을까. 얼마나 굶었을까. 예쁜 아이는 예쁘다, 예쁘다 하면서 수족관에 거의 이마를 들이대고 있다. 어느 물고기와 마주보기도 하면서. 문이 열리며 나오는 사람들은 트림을 하고 전자담배를 꺼내 들고 아아, 맛나다, 역시 광어야, 다음엔 내가 쏜다, 기세 좋게 소리치면서 어쩐지 무거워 보이는 걸음을 옮기고. 예쁘고 맛있는 물고기들은 말도 없이 아이를 보다가 나를 보다가 수족관 벽의 제 자신을 바라보고.

가을인데 목련나무에 꽃이 피었다. 계절도 모르고 피는 꽃이 있다. 어쩌다 꽃까지 피었을까. 도로변 가지치기를 끝낸 키 작은 개나리도 드문드문 노란 꽃이 달려 있던데. 단풍 지도나 벚꽃 지도 같은 걸 본 기억이 난다. 저 멀리에서 일제히 몰려다니는 것들. 한꺼번에 피어나고 물드는 것들. 그 기운 속에 있으면 저도 모르게 움찔움찔 몸속의 것들이 요동을 친다는 건데. 이렇게 때를 모르고 철도 모르고 세상 무서운 줄도 모르고 여린 몸을 내미는 것들을 다 어쩐다지. 제대로 자라지도 못하고 사라지게 될 텐데. 어떤 운명의 지도가 이 꽃을, 저 물고기를, 세상 속으로 혹은 밖으로 내몬 걸까. 우연한 불운이었을까. 갈증과 허기 같은 것은 아니었을까. 김애란의 책을 읽는다.

집으로 가는 동안 나는 택시 창문 밖으로 고개를 내밀어 부드러운 바람을 쐬었다. 그러곤 오래전 꽃필 무렵, 안아볼 무렵의 그 길, 그 칠흑 같은 어둠 속에 나를 상상했다. 순서로 치면 큰언니가 먼저고, 그 다음으로도 쌍둥이 자매에게 5분 뒤져 세 번째로 태어난 나지만. 어쩐지 그때 어머니나 아버지보다 먼저, 그 길에 미리 가 있었던 것 같은 기분이 들었다. 한 생명이 태어나기 전 무수한 언저리, 쉽고 아름다운, 세상 많은 '무렵'들 사이에 말이다. 그래서 수십 년 전, 정체불명의 무언가에 부딪혀 넘어진 아저씨가 땅바닥을 더듬으며 '누구여? 누구여!'라고 묻는 밤을 떠올리면, '저예요! 저예요!'라고 소리치고 싶어지는 것이다.

김애란, 『잊기 좋은 이름』, 열림원, 2019

숱한 '무렵'에 대해 생각한다. 들어서 기억하는 오래 전의 이야기들, 나와 우리들의 시작에 관한, 모두의 창세기에 관한, 창세기의 창세기에 관한 생각. 우연과 우연이 이어지고 필연처럼 보이는 일들이 생겨나고, 그것으로부터 벗어나려고 애를 쓰기도 하고, 절대 벗어나지 않으려고 기를 쓰기도 하고, 다시 제자리로 돌아오기도 하고, 겨우 돌아왔다고 믿는 순간 멀리로 나가떨어지기도 하고, 이리로 갔다가 저리로 갔다가 바로 지금 이 자리에 있는 것일 텐데. 어떻게 될 줄 모르고 하는 모든 일들이 결국은 이렇게 되고야 말았다는 것인가.

결혼식장에 가면 몰래 약간 울게 된다. 장례식장에 가면 반드시 울게 된다. 갓 태어난 아기를 보면 아, 예뻐라 콧잔등이 시큰거린다. 많이 아픈 사람을 보면 울음을 참게 된다. 누군가에게는 손을 내밀게 되고, 누군가는 등을 안아주고 싶고, 누군가는 어깨를 감싸주고 싶다. 선배 아버지에게 모아두었던 헌혈 증서를 보낼 때는 좋았다. 헌혈을 할 때면 내 몸을 돌던 피가 누군가의 숨과 이어질 거라는 생각에 아찔했다. 나도 살고 누군가도 산다니, 나누어줄 수 있는 게 있다니.

거대한 우연으로 한 시대에 태어난 우리는 조금 멀거나 많이 먼 타인들일 텐데. 다정해 보이기도 하고 무서워 보이기도 하는 사람들 사이를 걷다가 아름다운 장면 앞에 동시에 눈길이 닿을 때면 새벽 4시에 일제히 피어난다는 나팔꽃 생각을 한다. 하나의 광원을 향하는 무수한 팔다리들. 같은 자리에 놓인 방과 화장실과 침대와 싱크대의 위치들. 층층이 이어진 그리로 흘러내리는 오수와 폐수들. 저마다의 비밀스럽지만 흡사한 삶들. 누선과 누선이 이어져 함께 울고 웃었을 텐데. 큰 경기라도 방영되는 날이면 위층 아래층이 일제히 함성을 지르기도 했는데.

이렇게 서로를 읽고 듣는 일이라니, 이것 또한 거대한 운명의 공동체는 아닐까. 끝도 없는 생각들이라니, 운명은 운명에게 맡기고 홍차나 한 잔 마시자.

나비가 잠든 뜨개방과 노브랜드

나비 한 마리

절의 종에 내려앉아

잠들어 있다

바쇼·잇사·부손 외, 류시화 엮음, 『백만 광년의 고독 속에서 한 줄의 시를 읽다–류시화의 하이쿠 읽기』, 연금술사, 2014

붉은 볼레로는 뜨개방 쇼윈도에 걸려 있다. 그 옆에는 검정과 흰색 실을 섞어서 짠 스웨터가, 그 옆에는 노란 원피스가, 그 밑에는 황금색 모자들이, 그 옆에는 황금돼지해를 위해 만든 것 같은 황금색 돼지인형들이, 입구 쪽에는 색색의 구슬로 만든 달마대사 액자가, 그 옆에는 비슷한 구슬로 만든 신랑신부 액자가 진열되어 있다. 계단 세 개를 올라가면 일곱 노인들이 고개를 숙인 채 둥글게 모여 앉아 있다. 도란도란 웃음소리와 함께 높낮이만 들리는 음성들과 함께 손에는 움직이는 음표 같은 코바늘과 긴 실타래가 하나씩 이어져 있다. 저마다 손으로 짠 조끼며 스웨터를 입고 손뜨개 가방 하나씩 옆에 던져둔 채 아무도 모르게 시간은 흐르는데.

뜨개방이 있는 이 시장은 점점 더 헐렁해진다. 선거 때마다 내걸리는 공약이 재래시장 활성화였는데, 잊을 만하면 새로운 현수막이 내걸리고, 지원금을 받아 시장 전체를 커다란 지붕을 해 덮기도 했는데, 시장 이름을 공모하여 새로이 바꾸고, 그 이름에 맞추어 시장의 로고도 바꾸고 여기저기 색색의 POP들이 내걸리기도 했는데. 입구의 반찬가게가 문을 닫고, 그 건너 통닭집이 문을 닫고, 그 옆의 떡볶이집이, 그 옆의 과일가게와 생선가게가 문을 닫았다. 시장 바깥, 도로변에 있는 떡집도 꽃집도 김밥집도 문을 닫고 간판만 남은 텅 빈 가게 쇼윈도에는 휴대폰 번호와 함께 '임대문의'라고, '권리금 없음'이라고 써붙인 A4 흰 종이의 색이 점점 바래가다가 마침내 바닥으로 떨어져 있다.

내가 1+1 상품이며 특가 상품을 사러 대형마트를 찾아다니는 내내 동네 시장은 그 자리에 있다. 커다란 장바구니 가득 불고기감이며 빵이며 콜라며 요플레며 과자며 베이컨이며 과일을 채워 갖고 오는 길의 시장은 늘 그 자리에서 적적하다. 모기향을 피워놓은 고등어와 오징어 밑에 깔아둔 얼음은 물이 되어 뚝뚝 흐르고, 수박꼭지가 말라가고, 땡감이 물렁해지고, 연시 꼭지가 다 떨어지고, 노지 귤이 나오도록 흰 눈이 질퍽질퍽 녹아버리는 계절이 여러 차례 지나도록 시장은 점점 희미해져 간다.

뜨개방은 그 시장 가장 끄트머리에 있다. 그 너머는 골목이고 골목 끝으로는 아이들이 오지 않는 낡은 공원이 있고, 공원 뒤에는 아파트가 있고 그 앞에는 유치원이 있고, 그 앞에는 성당이 있고, 그 뒤를 따라 주욱 가면 외곽순환도로가 나온다. 이곳에 시장이 있다는 것도 시장 끝에 뜨개방이 있다는 것도 아는 사람만 알겠지. 뜨개방 쇼윈도의 붉은 볼레로도, 볼레로 위에 잠든 나비 한 마리도 아는 사람만 알겠지.

저 나비는 한여름이었겠지. 날이 더워서 문을 활짝 열어놓은 날이었겠지. 우연히 길을 잘못 들었다가 다시 바깥으로 나가고 싶어서 이리저리 부딪히며 구석까지 쫓겨갔겠지. 아무도 모르게 밤이 깊어가는 동안 날갯짓은 천천히 점점 천천히, 이윽고 붉은 꽃무더기 위로 내려앉은 듯, 실타래 속의 먼지가 꽃가루인 듯 꿈속을 날아다녔겠지. 뜨개방에 앉은 저 일곱 노인들이 사라지고, 그들을 찾아들어올 친구들도 사라지고 이곳을 모두들 잊을 때쯤, 뜨개방 문에 임대문의라는 종이가 붙을 때쯤, 가게 가득한 실뭉치들이 다 사라질 때쯤 잠든 저 나비는 비로소 멀리 높이 가벼이 날아가겠지. 바라보는 사이 나는 다 늙어버린 것 같고, 까닭 없이 힘이 풀린 다리로 돌아서려는데 나비 날개가 살짝 팔랑거린 듯도 하고.

그 사이 재래시장에는 노브랜드가 들어섰다. 두 달이 다 가도록 오픈한 줄도 모르고 지내다가 우연히 마주쳤는데, 어쩐지 그쪽 거리에 사람들이 많아졌다. 거리에만 많고, 노브랜드 매장에만 많고, 시장 안의 두부가게나 야채가게나 떡집에는 여전히 쓸쓸한 기운만 가득했다. 상생을 위해 들어섰다는데, 그것을 빌미로 밀고 들어온 것은 아닌지, 희망을 미끼 삼아 그 자리를 차지한 것은 아닌지, 이 시장이 활성화가 될 것 같지가 않아서 고개를 가로로 저으면서도 엄청나게 경제적인 가격의 스파게티 면을 두 봉지나 집어 들었다.

허전하여 저 달이라도 퍼먹고 싶네

돌아오던 오후 5시, 코트의 버튼을 채우고 고개를 드는데 연푸른 하늘 위로 매우 희고 매우 둥근 달이! 왜 그래, 왜 그리 둥글어! 하고 음력 날짜를 찾아보니 보름이다. 그렇게 보면 아직도 작년이다. 양력으로 살다가 음력을 들출 때마다 부수입 같고 임시공휴일 같다. 설날까지 보름이 남았구나. 달은 얼마나 정확한지, 얼마나 부지런한지, 아무도 보지 않는데 타이밍을 잊는 법도 없고 어기는 법도 없으니 정말이지 개근상이라도 드려야 하지 않겠습니까. 그러나 상장을 전달하기가 너무 멀군요.

초저녁달을 보며 돌아오는 길, 요번에는 쌀알이다. 편의점 앞에서 건널목을 지나도록 쌀알이 줄줄 떨어져있다. 흘린 걸까. 길을 잃어버리지 않으려고 일부러? 모르고 흘린 거라면, 어딘가에 홀려서 흘린 거라면 갑자기 정신 차리고 보니 이상하게 가벼워서 들어보고 돌아보며 상심이 크겠다. 일부러 그런 거라면 현재 상황으로는 다행이다. 쌀알을 노리는 새가 한 마리도 보이지 않는다. 쌀알을 되짚어 집을 찾아올 수도 있겠다.

쌀알은 한 줄기로 이어지다가 어느 지점에서는 마구 흩뿌려져 있다. 산점을 치는 여인의 상 같다. 내가 쌀알이 되어 흩어지며 누군가의 간절한 미래를 신탁하는 상상을 한다. 쌀알치고는 무척 거대합니다만, 당신의 한해는 식복이 줄줄이 이어지겠군요. 배부른 한해가 되겠습니다. 길한 예언을 전하고 방울을 흔들고 눈썹을 부르르 떨겠지. 산점을 보겠다는 거야, 봐주겠다는 거야. 아니 그냥 아까운 쌀알들이라는 거죠.

화면 속 음력 표시 옆에 손 없는 날이 나란히 표시되어 있다. 음력을 찾는 사람들은 손 없는 날도 궁금할 거라는 배려 같다. 손 없는 날은 엄마 담당이었다. 달력을 보고는 손 없는 날이 언제 언제라고 줄줄이 외는 걸 보면서 속으로는 엄마 왜 그래요, 무섭게, 했는데. 겉으로는 뭐 그런 걸 믿어요, 했는데. 알고 보니 음력으로 끝수가 0과 9인 날, 즉 9일, 10일, 19일, 20일, 29일, 30일이 손 없는 날이었네. 간단한 걸 갖고 엄마가 으스댔구나.

손 없는 날은 악귀가 없는 날, 여기서의 '손損'은 날수에 따라 동서남북의 네 방위로 다니며 사람의 활동을 방해하고 해코지하는 악귀란다. 손 없는 날에는 귀신이나 악귀가 돌아다니지 않아서 인간에게 해를 끼치지 않으니 길한 날이라고. 해서 이사도 하고 결혼도 하고 개업도 한다고. 아버지 회사 개업식도 이삿날도 손 없는 날을 찾던 엄마가 악귀를 무서워한 겁쟁이는 아니었을 거야. 그저 좋은 게 좋은 거라고 시작하는 가족을 위해 뭐라도 좋은 기운이 함께 하기를 바랐을 거야. 그런 마음이 기도고 정성이고 사랑이겠지. 최선을 다하려는 자세로 달력을 보며 그날만은 안 되겠어요. 단호하게 말씀하셨던 것이겠지. 그 순간의 엄마는 엄중한 사제 같았는데.

손이 있는 날마다 악귀들이 손해와 훼방의 대활약을 한다는 건데, 정말 그렇게들 하고 있습니까, 악귀들께 물어볼 수도 없는 노릇이지만 생각할수록 재미있다. 악귀들도 동서남북의 방향별 날짜별 정해진 순서와 장소에서 움직인다니. 우리가 5일 일하고 주말마다 쉬듯이 악귀들은 8일 일하고 이틀 쉰다는 건데 그렇게 일을 하면 우리는 월급을 받는데 악귀들께서는 무엇을 받고 계십니까. 물어보기는 더욱 조심스럽네. 혹시라도 나를 찾아올까 봐, 프라이버시를 궁금해 하다니 괘씸하다고 할까 봐, 그럴 정도로 궁금한 것은 아닙니다.

해와 달이, 저토록 정확히 움직이는데. 하물며 귀신들까지 다 계획이 있다는 건데. 이런 걸 정리하고 널리 믿었던 먼 어른들을 생각하면 궁금해진다. 어떤 날의 어떤 운명은 어떤 우연이 만들어낸 패턴의 결과물일까. 정말 귀신이 있고, 그걸 볼 수 있는 사람이 있어서 그들의 출몰 행태를 분석하여 널리 인간을 이롭게 하기 위해 세상에 알린 걸까. 그렇다면 그 주인공은, 불을 인간에게 넘겨준 사람처럼 되풀이해서 앙갚음을 당하고 있는 건 아닐까. 아니, 아니 그럴 리가 없잖아. 그저 걸음걸음 조심하라고, 매 순간 경계하라고, 알 수 없는 운명이라고, 핀이 뽑힌 수류탄을 쥐고 사는 마음으로 이런 날들을, 말들을 만들어낸 것은 아닐까. 더 잘 살라고, 다 잘 살자고 만든 것은 아닐까.

이런 걸 믿기 시작하면 운신의 폭이 좁아진다. 불가해한 안심은 더할 수도 있겠다. 하지만 이사할 때면 비용이 배로 오르니 믿지 않는 게 훨씬 경제적일 것도 같다. 손 없는 날을 얻지 못했다면 혹여 뭔가 깨지고 다치고 잃더라도 손損의 악행이라고 해 버리면 되려나.

그런데 길바닥의 저 쌀알이 한밤까지 괜찮으려나. 보름달의 밝은 빛에 선명히 보이려나. 행인이 사라진 길 위로 불면의 새들이 내려앉아 죄다 쪼아 먹지 않으려나. 어느 시궁쥐가 흰 쌀알들을 따라 쉬지 않고 시커먼 두 볼을 잔뜩 부풀리지는 않으려나.

그런데 오늘 밤의 마음은 또 왜 이럴까. 허전하여 저 달이라도 퍼먹고 싶네.

그래서 이제 신을 믿느냐고 물으신다면 예, 혹은 아니오

리처드 도킨스의 『만들어진 신』, 버트란트 러셀의 『나는 왜 기독교인이 아닌가』, 데비이드 밀스의 『우주에는 신이 없다』, 피터 왓슨의 『무신론자의 시대』, 특히 스티븐 호킹의 유작 『호킹의 빅 퀘스천에 대한 간결한 대답』을 읽으며 무신론에의 믿음과 의지를 공고히 했다. 나 혼자 불경한 생각을 하는 게 아니라니 안심이 되었다. 가장 지혜롭고 똑똑한 자들의 결론이 나와 같다니 기분이 좋았다. 역시 신은 우리 시대 최고의 발명(품)이라는 결론에 박수를 보냈다. 한발 늦게 알게 되어 아쉬웠지만, 나름대로 주체적인 고민을 하고 판단을 내렸다는 점이 만족스러웠다. 이제 내 삶은 내 책임이라고, 내 삶은 내 것이라고. 드디어 나는 자유!

석가탄신일 즈음에 절에도 가고 연말에 성당에도 가고, 가벼이 고개를 숙이거나 손을 모으기도 하지만 신의 이름을 부르며 소원을 비는 기도는 하지 않았다. 절도 하지도 않았다. 부처의 얼굴을, 예수의 얼굴을, 성모의 얼굴을, 기타 등등의 신의 얼굴들을 무심히 바라볼 수 있게 되었다. 머리를 숙이고, 몸을 낮추며 간절한 기도를 하는 사람들의 소원이 이루어지기를 함께 바라는 마음만 전했다. 당신들의 신이 부디 당신들을 돕고 구원하기를, 중얼거리기도 했다. 사거리 붉은 파라솔 밑에서서 휴지를 나누어주는 교인들도, 건너편 무지개 색 파라솔 밑에서 뜨거운 커피를 주는 교인들도, 말세의 시대에 예수 믿고 구원받으라고, 믿으면 천국, 안 믿으면 지옥불에 떨어진다고 깃발을 펄럭이며 외치는 자들에게도 그래요, 그래 하면서 무심히 지나치게 되었다.

그런데 누군가 아픈 밤, 갑작스러운 불운이 몰려들면 애써 구한 평온이 요동쳤다. 신의 효험은 불행 방면이었을까, 불행이 신의 방편이었을까. 그런 것으로 사인을 보내고 신자를 모으고 세를 불린 걸까. 아니지, 나는 신이 없다는 것을 믿는 사람이 되었는데 왜 이런 생각을 하는 걸까. 약해빠진 인간은 속세무민으로 전락하는구나. 하지만 이 넓은 세상에 믿을 구석 하나 없다니, 천애고아로 버려진 느낌이다. 기도조차 할 수 없을 때면 나는 우주 속의 먼지라는 생각이, 일체가 부질없다는 생각이.

세상은 종교들의 각축전 같다. 종교의 수도 많지만, 실재하는 종교의 신자들이 저마다 자신의 종교를 다르게 이해하고 받아들이고 믿는 것처럼 보인다. 종교는 그것을 믿는 사람의 수만큼 많아지는 것도 같다. 멀리 있는 물을 끌어다가 저마다 다른 것을 키워내는 일 같다. 그게 나쁘다는 것도 잘못이라는 것도 아니다. 오히려 자연스러운 일이 아닌가. 불안이 증폭되는 세상에서 매순간 신의 임재를 느끼는 삶이란 얼마나 큰 안심일까. 그 점은 부럽다.

언제 어디서나 신이 함께 하신다는 믿음, 무엇을 해도 다 돌보아주신다는 믿음, 어떤 결론이 나도 그게 신이 의도하신 거라는 믿음, 원하는 것과 전혀 다른 일이 벌어진다고 해도 과정이라는 믿음, 도저히 받아들일 수 없는 일이 벌어진다면 그것 역시 신의 의도일 것이라고 우리가 이해할 수 없는 무언가가 있을 거라고 때가 되면 다 알게 될 거라고 생각하면 얼마나 마음이 편할까. 안달복달하지 않고 해야 할 일을 하며 매순간 성령으로 충만한 내맡김이라니, 천상이 지상에서 벌어지는 일이겠지.

오프라 윈프리의 『위즈덤』을 읽었다. 모르는 사람이 없을 정도로 유명한 그녀가 모르는 사람이 없을 정도로 유명한 사람들과 나눈 이야기가 실려 있다. 혹시, 하던 신에 대한 나의 마음 끌림과 닿는 이야기가 있어 몇 가지를 옮긴다.

우리 안에 신이 존재합니다. 자신의 내면으로 깊이 들어가면 무한한 존재를 만날 수 있습니다.토마스 무어

나는 신이 우리 앞에 나타난다고 생각하지 않아요. 우리가 신 앞에 나타나는 거지요.롭 벨

우리 스스로 힘을 북돋우는 질문을 할 때 우주는 우리가 이해할 수 있는 언어와 방식으로 응답합니다. 그것은 자극, 직감, 암시, 신호, 상징, 꿈이

될 수도 있습니다. 그 답은 어떤 식으로든 각자의 영혼과 마음이 이해하는 언어로 올 것입니다.마이클 버나드 벡위스

웃는 것은 기도이고 감사이고 즐거움입니다.노먼 리어

진실을 말하려고 노력하는 것, 그것이 기도입니다.앤 라모트

오프라 윈프리, 『위즈덤』, 다산책방, 2019

신, 이라면 어떤 확신도 증명될 수 없는 일 아닐까. 믿는 사람으로서는 믿지 않을 수 없는 일이고, 믿지 않는 사람으로서는 믿을 수가 없는 일이겠지. 무신론자라고 소리쳤던 나는 자세를 조금 바꾸고 있다. 구체적인 신은 아니지만 그것이 어떤 에너지이고 힘이라면, 모든 것의 근원이라면 없을 수가 없는 것이 된다. 우리 안에 이미 있는 무엇이라면 굳이 이해하려고 애쓰고 그렇다거나 아니라거나 할 일이 아닌 것 같다. 그보다는 각자가 선택하고 지지하고 지켜가는 삶의 방식이라고도 할 수 있지 않을까.

잘난 척, 아는 척, 신 따위 믿지 않는다고. 아무에게도 기도하지 않는다고 나는 말했다. 이제 나는 나를 믿는다고, 다른 누구에게 의지하지 않고 나 자신에게 잘하자고 힘내자고 말한다고 했었다. 그런 말들이 기도 아닌가. 그런 말을 하는 자가 신자 아닌가. 그런 말을 듣는 자가 신 아닌가. 그렇다면 이제 내가 해야 하는 일은 신비를 허락하는 순서가 아닐까. 신비를 향해 열어둔다는 것만큼 믿음으로 충만한 기도가 있을까.

앤 라모트의 말처럼 진실을 말하려고 노력하는 것이 기도라면, 일상의 글쓰기, 일기, 대화와 혼잣말까지 모든 것이 기도겠지. 성실히 살려고 노력하고 묵묵히 되풀이하는 일들이 모두 기도겠지. 나쁘지 않다. 그래서 이제 신을 믿느냐고 물으신다면 예, 혹은 아니오, 혹은 둘 다 맞습니다. 그래도 됩니까?

개 같은 사람이 되어야지

춥다. 흐리니 더 추운 것 같다. 몸을 웅크리고 서둘러 걷던 곁눈질에 작고 흰 덩어리들이 보인다. 동물병원이다. 미니 포메라니안 일곱 마리가 한 칸에 한 마리씩, 저마다 동그랗게 몸을 오그리고 있다. 밥그릇인지 물그릇인지 재떨이처럼 생긴 용기마다 텅 비어 있고, 배변 패드는 여기저기 더러워지고 구겨지고 접혀진 위로 각각 한 마리씩 얹힌 채 움직이지 않는다. 혹시 죽은 건 아닐까. 숨을 죽이고 지켜보았다. 작은 분홍색 배가 조금씩 위로 아래로 움직인다. 태어난 지 얼마나 된 걸까. 제대로 눈도 뜨지 못했으니 두 주도 안 된 걸까. 궁금하지만 들어가서 묻지 않는다. 들어가서, 묻고, 얼떨결에 안아보기라도 한다면 영락없이 질 거다. 키우지 않기로 한 마음이 키우겠다는 마음에 질 게 뻔하다. 힘을 들이는 다짐들은 쉽게 진다. 충동의 마음은 고집이 세고 핑계가 많고 이유도 많고 시끄럽고 힘도 세다.

개에 관한 영상을 보았다. 〈개는 훌륭하다〉라는 프로다. 강형욱 훈련사와 개들이 주인공이다. 어떤 개를 보며 그 순간의 꼬리로는 즐거움을, 귀는 두려움을, 으르렁거리는 소리는 위협을 표현하는 거라고 했다. 때에 따라 귀의 각도가, 허리를 세운 방식이, 꼬리를 흔드는 모습이 여러가지였다. 무섭게 짖고 무는 개는 사실 겁이 많아서, 두려워서 그러는 거라고 했다. 제 똥을 먹어치우는 개는 스스로를 숨기고 싶어 하는 거라고 했다. 말하지 않는 개의 말을 알아듣는 사람은 정말이지 신 같다. 말을 안 듣던 개도 그의 손짓과 음성과 자세를 보며 순식간에 앉고 엎드리고 조용해진다. 훌륭한 개들의 훌륭한 신 맞다. 그런 존재가 신이겠지. 내가 뭘 원하는지 다 아는 사람, 내가 뭘 생각하는지도 알고, 나의 두려움과 열망을 알고, 기꺼이 나를 위해주는 사람이 신 아닌가.

그렇게 이해하게 되기까지 많은 일들이 있었겠지. 많은 시간과 관심과 관찰과 사랑이 함께했을 것 같다. 사람과 동물이 그렇다면 사람과 사람은 더하겠지. 사랑에 빠지는 건 순간이다. 그 사랑이 사랑 아닌 마음에 지지 않으려면 노력이 필요하다. 저절로 늘 좋은 관계란 없을 것 같다. 나에게 나의 신이 있는 거라면, 내가 원하는 것들이 이루어지지 않는 까닭은 신이 나를 아직 파악하지 못했을 수도 있고, 신이 생각하는 최선이 내가 생각하는 최선과 다를 수도 있겠지. 모든 신이 어떻게 다 전지전능이겠어. 나도 노력할게요, 나의 신께서도 노력을 조금만 더 해주시겠습니까, 제멋대로 나의 신을 상상하기도 하면서.

자세에 대해서라면 사람도 다르지 않은 것 같다. 기운이 없다고 어깨를 구부리고, 고개를 숙이고, 느릿느릿 걸으면 기운이 아예 사라지는 것 같다 허리를 펴고 고개를 들고 빠른 걸음으로 걸으면 기운은 물론이고 없던 용기까지 생기는 것 같다. 눈을 바라보면 당당해지는 것 같고, 내민 손을 힘껏 잡으면 자신감이 가득해지는 기분이 된다. 실제로 도 원더우먼 자세를 취하면, 그러니까 두 발을 어깨 넓이로 벌리고 두 손을 허리에 대고 어깨를 펴고 있으면 운명아, 내가 간다, 하며 걸리적 거리는 것들을 한 손으로 치우며 전진하는 최고 멋진 여자가 된 것 같다. 유난히 자신감이 떨어질 때는 화장실에 가서 이런 포즈를 해 보라는 글은 몇 번이고 유용했다. 내가 슬며시 구석에 가서 원더우먼 자세를 취하고 나오는 것처럼 개는 으르렁거리고 짖고 무는 거구나.

사이 몽고메리와 엘리자베스 M. 토마스는 그들의 책『길들여진, 길들여지지 않은』에서 인간이 개나 고양이를 기른 게 아니라 그들이 우리를 받아들인 것이라고 말한다. 두 종족 모두 협동의 가치를 잘 알고 있었고, 사냥감을 모는 기술에 대해서도 잘 알고 있었을 것이라고. 우연과 의도가 함께 한 과정 속에서 서로에 대한 인내가 상호의존관계로 발전하고, 우정이 생겨나며 늑대가 점차 개로 변했을 것이라고. 처음에는 늑대의 모습이었지만 이종교배로 점차 개의 모습으로 변모했을 것이라고 말한다. 독일의 어느 무덤 안에서는 개처럼 보이는 33,000년 전의 화석이 인간 화석 곁에서 발견되었다고 한다. 그렇게나 오래된 역사라니 핏줄 속에 그런 동물들에 대한 기억이 함께 흐르고 있을 것 같다. 그래서 그들은 그렇게나 우리의 다리를 감고 돌고 꼬리를 치고 우리는 그들을 보며 저도 모르게 손을 내미는 것이겠지.

개가 필요하다. 개와 같은 무언가가 필요하다. 눈에 보이게 성장하는 것, 나를 가만히 놔두지 않는 것, 나를 못살게 굴고 나가자고 머리를 들이미는 것, 좋아서 펄쩍펄쩍 뛰는 것, 내가 울 때면 가만히 와서 내 손을 핥아주는 것, 방심하는 사이 사고를 치고는 미안하고 주눅들어서 커튼 뒤로 숨는 것, 나의 두 눈을 가만히 바라보는 것, 말하지 않아도 내 마음을 다 알아주는 것, 이렇게 쓰는 사이 주객은 전도된다. 사람이 개를 돌보는 게 아니라 개가 사람을 돌보는 것으로. 개는 주인과 닮는다고 했다. 사람이 개를 닮는 것이기도 하겠지. 서로를 이해하려고 사랑하려고 노력하는 과정 속에서 그렇게 되는 것이겠지.

개를 키울 수 없다면 개 같은, 개와 같은 사람이 되자. 산책을 안 하면 근질근질해서 미칠 지경이 되는 사람, 잘 먹고 잘 자고 잘 노는 사람, 허튼 생각 같은 건 안 하는 사람, 목적과 지향 없이 현재에 집중하는 사람, 감정을 숨기지 않는 사람, 숨기더라도 다 표가 나버리는 사람. 카펫에 떨어진 머리카락이 개털이라고 생각해 본다. 어쩐지 간질간질해서 또 즐거워진다. 어쩐지 살랑살랑 꼬리가 생긴 것 같아, 귀가 반짝 선 것도 같다.

갑자기 너무 쓸쓸하다는 생각이 든다면, 곰인형

이해하려고 하지 말고 인정하라는 말은 매정하다. 서운하다. 닥치고, 라고 말하는 것 같다. 무조건, 이라고 하는 것 같다. 절대, 라고 하는 것 같고. 아무리 노력해도 안 될 테니까 접고 들어가, 하는 것 같다. 넘을 수 없는 벽, 을 상정하는 것 같고. 너무 급한 사안이라 함께 마주볼 틈도 없이 망실한 채 달려가는 마음 같다. 아무리 그래도 노력은 해봐야지. 이해하려는 노력 이후에 인정할 수 있게 되는 게 아닐까. 어차피 답이 정해졌다고 해도 답에 이르기까지의 심사深思하고 숙고熟考하는 과정이 반드시 필요한 게 아닐까. 그래야 마음이 부대끼지 않는다. 그래야 오래 함께 할 수 있다.

이해는 하는 것일까, 되는 것일까. 이해는 되는 것이 자연스럽지 않을까. 하지만 자연스럽게 이해되지 않는 것들이 더 많겠지. 아무리 설명을 들어도 이해되지 않는 수학문제처럼, 아니 그보다 더 어려운 것이 타인의 마음이고, 나의 마음이기도 하니까. 이심전심이 어디 그렇게 쉽겠나. 모두들 서로의 마음이 저절로 이해된다면 '위아더월드' 되는 거겠지. 전쟁도 없고 빈부의 격차도 없고 헤어지는 연인들도 없고 파탄 나는 가정도 없겠지. 이해는 거의 언제나 되는 것이 아니라 하는 것이라고 해야 맞을 것 같다. 그 과정이 지난하니까 애쓰지 말고 인정하라는 말이 나온 거겠지.

너무 생각하다가 지나치는 경우들이 많다. 너무, 하다 보면 중심을 잃는 모양이다. 무덤덤해질 필요가 있다. 너무 좋아하다가, 너무 싫어하다가, 너무 많이 먹다가, 너무 안 먹다가, 너무 자주 만나다가, 너무 안 만나다가, 너무 예스예스 하다가, 너무 노노 하다가, 너무 자다가, 너무 안 자다가, 너무 떠들다가, 너무 입 다물고 살다가, 너무 잘해주다가, 너무 매몰차게 굴다가, 너무 퍼주다가, 너무 아끼다가, 너무 바쁘게 살다가, 너무 게으르게 살다가, 너무 기다리다가, 너무 잘하려고 하다가, 너무 대강 하려다가, 너무 충동적으로 굴다가, 너무 이해해주려다가, 너무 이해받으려다가 이렇게 너무, 라는 말에 사로잡히다가 시간을 탕진하게 생겼다. 너무, 라는 말이 이쪽으로 갔다가 저쪽으로 가는 사이, 식어 버리고 바람이 빠져 버리는 것 같다. 지루해지고 재미없어지는 것 같다.

이쪽으로 너무한 사람과 저쪽으로 너무한 사람은 서로를 이해하기가 더욱 어렵겠지. '너무'의 양 극단은 멀어지려고 하면 한없이 멀어지는 것. '적당'이 가장 어렵다. 적당을 적당히 해야 하는데 그게 잘 안 되는 사람도 있으니까, 많으니까.

어쩌지 허전한 마음에 인형을 안아 본다. H의 침대에 인형이 너무 많아져서 거실에 내다 놓은 인형이다. 페이즐리 무늬 스카프는 풀어주었다. 아이보리 빛 털은 고불고불하고, 검은색의 빛나는 눈과 코를 가졌다. 동그란 귀, 동그란 입매에 동그란 팔과 다리, 아니 앞다리와 뒷다리라고 말해야 하겠구나. 입매는 있는데 가만 보니 입은 없다. 실로도 그려지지 않았다. 그래서 편해 보이는 걸까. 눈은 뭔가 다 아는 듯, 나를 바라본다.

정재승 교수의 『열두 발자국』에서 읽었던 '눈이 없거나 입이 없는 것들에 대한 이야기'는 적확하다. "타인의 얼굴을 보며 표정을 읽는 방식에서 동양인과 서양인이 서로 다르다는 겁니다. 서양 사람들은 주로 타인의 입을 보면서 그 사람의 감정을 읽는 반면, 동양 사람들은 입을 오래 보지 않습니다. 주로 눈을 보면서 그 사람의 감정을 읽는다는 거지요. 다시 말해, 눈과 입이 자신의 감정을 싣거나 남의 감정을 읽는 데 굉장히 중요한 부위인 건 맞는데, 중요한 정도가 동서양 사람들에게 서로 다르다는 겁니다. 동양 사람들에겐 눈의 형상이 중요하고, 서양 사람들에겐 입이 중요하다는 거죠. (…중략…) 동양 아이들은 눈에서 감정을 읽기 때문에 눈이 있는 헬로키티에게 공감이나 동일시가 가능합니다. 다만 헬로키티는 항상 중성적이어서 특별히 슬퍼 보이지도, 그렇다고 기뻐 보이지도 않습니다. 그렇기 때문에 내가 기분이 좋으면 헬로키티가 나를 빙긋 웃으며 보는 것 같고, 내가 기분이 우울하면 얘도 나를 뚱하게 보는 것처럼 여겨집니다. 감정 이입이 쉽고 동일시가 잘돼서 '곁에 두고 싶은 캐릭터'일 수 있는 거죠." 아, 이 곰 인형도 입이 없군요. 그래서 좋아요.

입이 없는 것들에 대해 생각한다. 언제나 입이 없어서 아무 말도 할 수 없다면 답답할까, 편안할까. 잘 듣지 못해서 말수가 적었던 A를 생각한다. 잠시 함께 일을 했던 그녀는 한쪽 귀가 기형이었다. 긴 머리를 흘러내리게 해서 작게 오그라든 손처럼 생긴 귀를 가리고 다녔는데. 그렇게 가려서 더 잘 보였는데, 혼잣말처럼 중얼거리는 모습을 보곤 했다. 무슨 이야기를 하는 거냐고 묻는 내 입매를 보며 마른 풀꽃처럼 웃었다. "그냥, 기도문을 외는 거예요." 언제나 기도하는 그 마음은 어떤 것이었을까. 무엇에 대해 기도했을까. 늘 혼자이던 그녀는, 일생이 봉쇄수도원 같았을 그녀는 지금 어떻게 지내고 있을까.

연락처가 사라진 사람들의 안부가 궁금할 때면, 연락처는 있지만 연락할 수 없게 되어버린 사람들의 안부가 궁금할 때면 이것이 적당한 거리가 되었구나 싶다. 너무 궁금해지고, 너무 보고 싶어지고, 너무 안쓰럽고 하는 마음의 과속은 그 열감에 지쳐 버리니까. 너무 이해하고 싶어 하는 마음은 이해받기 어려워지니까. 그러다가 갑자기 너무 쓸쓸하다는 생각이 든다면 곰인형 같은 걸 안아주는 게 좋겠다. 동그랗고 따스하게.

속는 거라면 좋은 쪽으로 기꺼이

살생부다. 붉은색 테이프를 두른 나무들이다. 단지 내 조경 및 저층의 조광을 위함이라고, 반대 의견이 있으신 분은 관리실로 연락 바란다는 안내문이 내걸렸다. 대상이 된 것으로는 소나무도 있고, 라일락나무도 있고, 목련나무도 있다. 겨울잠에 빠져 아직은 만사가 아득할 텐데 차갑고 날카로운 청천벽력이겠다.

나무가 잘려나갔다고 상상하며 단지를 돌았다. 나무가 가리던 것들이 다 환해지겠구나. 어느 집 베란다에는 주인도 잊어버린 것 같은 박스들이 층층이 쌓여있고, 어느 집은 건조대에 내걸린 옷가지며 양말짝 같은 것들을 세어볼 수 있을 정도다. 텅 빈 화분도 있고, 시들어 버린 화분도 있고, 라탄 테이블과 의자가 세팅된 찻집 같은 베란다도 있었다. 열린 커튼 사이로 소파에 앉은 사람들도 보이고, 거실을 서성이는 민낯의 표정까지 볼 수 있었다. 조광은 확보했으나 이제 비밀은 잃겠구나.

비밀은 필요하다, 비밀이 없어지면 가난해진다. 비밀 속에서 숨을 쉴 수 있다. 헝클어진 마음을 다잡을 수 있다. 부끄러운 생각들을 전지할 수 있다. 스스로를 용서하고 이해할 수 있다. 거기 숨어있을 수 있고, 기대 쉴 수 있다. 훌훌 벗고 다닐 수 있고, 자다가 졸다가 할 수도 있다. 피폐한 내부를 무방비로 내놓을 수 있다. 늘 함께 있는 가족도 사랑하는 사람도 종일을 함께 하면 답답해지니까. 그래서 무덤덤해지고 의도치 않게 무례해질 수도 있으니까. 비밀은, 비밀스러운 자기만의 방은 꼭 필요하다. 현실의 방이거나 마음속의 방이거나 있어야만 한다.

『질문이 멈춰지면 스스로 답이 된다』의 원제스님 말씀이 생각나는 날이다. "불기자심不欺自心, 자기 마음을 속이지 마라. 다른 사람이 나를 속이는 것을 아는 것은 쉽습니다. 내가 내 마음을 속이지 않으려 노력하는 것 또한 그리 어렵지는 않습니다. 하지만 내가 나에게 속지 않는 것은 어렵습니다. 아주 어렵습니다. 다른 사람이 나를 속이는 게 아닙니다. 내가 나를 속이는 겁니다. 이를 바로 아는 것도 어렵고, 이로부터 벗어나는 것도 힘들고, 그 후에 나를 쓰는 것으로 가기까지도, 길고도 힘겨운 여정인 겁니다."

아침 내내 환하던 날이 순식간에 어둡다. 눈이 내린다. 제대로 오는 걸로는 첫눈이다. 내 마음대로 되지 않는 일에 조급증을 냈던 시간이 간다. 약속이 지켜지지 않아서, 미뤄지던 일이 더 미뤄지는 것 같아서 기분이 상했다. 그런데 역시나 내가 나에게 속았다. 내가 어떻게 할 수 있는 일이 아니라는 것을 알면서, 뭘 걱정하는 거니. 고민한다고 될 일도 아니고, 서두른다고 서둘러질 일도 아니다. 더구나 예정대로 이루어진다고 해서 좋을 일인가, 하면 그것도 알 수가 없다.

대부분의 걱정은 안 되면 어쩌지, 하는 생각에서 생긴다. 그렇다면 이제 그게 다 내 생각대로 되면 어쩌지, 하고 사고의 방향을 돌려 볼까. 다 제때에 이루어지고, 원만히 해결된다고 생각하면 기분이 좋아지니까. 어쩐지 가벼워지고 즐거워지니까, 원대로 다 이루어진 것처럼 행복해지니까, 그런 마음으로 방향키를 돌린다. 그렇게 생각하니 또 좋다. 아주 좋아. 고심하던 일을 벗어버리고 다음에 올 즐거울 일을 생각해야지. 어차피 속는 거라면 좋은 쪽으로 속아야지. 이걸 나의 비밀로 해야겠다.

멍은 붉다가 푸르다가 보라색, 녹색, 노란색

전혀 예상하지 못한 상황에서 빠르게 넘어지면서 어깨가 그대로 바닥과 부딪혔다. 죽은 건가, 하며 간신히 일어서는데 숨을 쉬기 어렵고 움직이기는 더 어렵고 왼팔은 감각이 없다. 미슥거리고 어지럽고. 피가 난 곳도 없는데 무슨 일이 벌어진 거야, 중얼거리며 약간 울며 조퇴하고 병원에 갔더니 좌측 상완골 대전자 골절이라고. 엑스레이 속 어깨뼈 끝의 동그란 뼈가 부서져 있었다. 조각조각 수습이 불가능한 형상을 하고 있었다. 맙소사.

뭘 조심하면 될까요?

조심할 거 없습니다. 아파서 저절로 조심하게 될 거요.

병가가 시작되었다. 곧바로 팔이 부어올랐다. 그 다음날은 더욱 부어 마동석의 팔과 같은 사이즈가 되었다. 그 사이 멍은 팔 전체를 환상적으로 물들인다. 잭슨 폴록의 페인팅을 한 풍선인 줄 알았다. 팔을 L자 모양으로 구부리고 잤다. 그 자세가 가장 나았다. 불편한 거? 모두 다! 옷을 입고 벗을 수가 없고, 단추를 잠글 수도 없고, 옷에 팔을 넣을 수 없고, 팬티며 스커트며 모두 한 손으로 간신히 올리는 시늉을 하고,

지퍼는 불가능하고, 브래지어 후크도 못 잠그고, 병뚜껑도 못 열고, 잼통도 보기만 해야 한다. 누웠다 일어나는 것도 큰 도전이고 기침이라도 나는 날엔 눈물을 쏟는다. 윙윙 울리니까, 나를 울리니까. 뼈가 살을 뚫고 나오는 건 아닐까 무서웠다.

그러는 중에도 하루가 다르게 무엇이든 달라진다. 멍은 성운처럼 보인다. 외계 은하처럼 보인다. 폭발 직전의 별 같기도 하다. 그게 붉다가 푸르다가 보라색, 녹색, 노란색으로 조금씩 옅어진다. 멍의 색이 변하는 순서도, 다양한 색의 전개도, 각각의 색들이 각자의 경계에서 뒤섞이는 조화도 상상 이상이었다. 멍은 위에서 아래로 더 아래로 내려온다. 3주에서 4주가 되니 멍은 많이 사라지다가 어느 날 아침에는 이게 다 어디로 간 거야? 그 모든 걸 내가 해냈다. 이렇게나 큰일을 하는 몸이라니 밥을 좀 많이 먹어도 되겠다.

3주가 되던 밤, 드디어 왼팔을 펼 수 있게 되었다. 두 팔을 다 펴고 눕는다는 게 이렇게나 좋은 일이었구나. 이틀이 지나고는 두 손을 가슴에 모은 채 잘 수 있다. 다시 사흘이 지나고는 왼손으로 이마를 간신간신 긁을 수가 있다. 재빨리 원위치 해야 하긴 하지만 그래도 그게 어디야. 몸의 한 지점, 다친 그곳을 위해 온몸이 최선을 다하고 있다는 것을 알겠다. 아무것도 먹지 못하겠던 처음이 가고 한밤의 허기가 몰려오는 날들도 있었고, 자도 자도 졸린 날들도 있었는데 그런 와중에 내 몸은 완쾌를 위해 얼마나 수고를 하는 것일까. 아직 무엇을 잡기는 어렵고 팔을 올리기도 어렵고 각도를 잘 못 잡으면 통증이 몰려오지만 첫 날 울던 기억에 비하면 양반 되었다.

이렇게나 나는 살아 있다. 아무것도 안 하는 것 같은 순간에도 엄청난 일들을 하고 있다. 멋지다, 고맙다, 나여!

(하지만 MRI를 찍어 보니, 인대가 아예 끊어져서 입원 수술까지 받게 된다. 지금 나의 왼팔은 초강력 아이언 보호대 속에 있다. 초반의 보호대 4주, 지금의 보호대 6주, 물리 치료는 3달에서 6달까지 받아야 한다고 한다.)

있잖아. 내가 스물몇이라면 양쪽 팔에 타투를 스물세 개 정도 할 거야. 피어싱은 코에 하나, 귀에 아홉 개. 머리는 아주 짧게 혹은 아주 길게. 헐렁헐렁한 티셔츠에 청바지를 입겠지. 먼 곳으로 워홀 갈 거야. 시드니나 오사카나 암스테르담 같은 곳에서 커피도 내리고 빵도 굽고. 음악을 들으며 천천히 걸어서 퇴근하겠지. 납작 복숭아랑 맥주랑 와인이랑 사야지. 갈증에 맥주를 마시면서 걸어가겠지. 떠나온 친구들을 그리워하겠지. 숙소는 꼭대기 층이야. 큰창이 있지. 그리로 밤빛이 들어온다. 뒤척이다가 슬픈 꿈을 꿀 수도 있겠지. 무서운 꿈도 꾸고, 야한 꿈도 꿀 거야. 일어나 찬물을 마시고 다시 잠을 청할 거야. 가능한 사랑을 다 해야지, 불가능한 사랑까지 할 수도 있고. 희소한 사랑에 기댈 거야. 사랑을 함부로 믿지는 않을 거야. 아닌 것들에 비굴해지지는 않을 거야. 만약 그런 마음을 만난다면 한껏 소리지르고 손등을 깨물어 버릴 거야, 주먹을 날릴 거야, 버리고 버려두고 돌아설 거야. 용서 같은 것은 절대 하지 않을 거야. 내일이 없는 사람처럼 살 거야. 뭐가 되어야 한다는 생각 같은 건 안 할 거야. 텅 빈 시간을 챙길 거야. 달리다가 멈추는 법을 익히고, 질문을 멈추는 법을 익힐 거야. 이미 갖고 있는 답을 알아차리는 순간도 필요하거든. 이미 충분하다는 것을 느낄 시간이 필요해. 지루함을

실컷 즐길 거야. 천천히 말하는 사람이 될 거야, 말수가 적은 사람이 될 거야. 맘대로 웃을 수 있지만 웃기지 않을 때는 절대 웃지 않는 사람이 될 거야. 좋아하는 것을 좋아할 거야. 싫어하는 건 싫어할 거야. 좋아하는 것을 좋아한다고 말하고, 싫어하는 것은 싫어한다고 반드시 말해야지. 그곳에서 혼자 맞는 생일이 오면 구겨진 흰색 원피스를 꺼내 입겠지. 두꺼운 패딩을 걸치고 닥터마틴 부츠를 신고 푸른 비니를 쓰고. 눈비가 날리는 거리를 걷겠지. 생일이야. 축하를 좀 해줘. 그리운 사람들에게 문자를 쓰다가 지우겠지. 눈비는 점점 눈으로 바뀌고 밤은 깊어가고 불을 켜둔 집으로 돌아가겠지. 뜨거운 걸 좀 마시자, 생각은 그 다음에 하는 게 좋겠어. 언제든 돌아갈 수도 있고 다시 떠날 수도 있겠지.

이런 생각을 하는 지금을 생각하는 시간도 오겠지. 그때는 무슨 후회를 할까. 뭘 아쉬워할까. 그때가 되기 전에 할 수 있는 일은 뭘까. 절대 할 수 없는 일은 뭘까. 이제 워홀은 갈 수 없지만, 절대로 할 수 없는 건 별로 없는 것도 같다. 그때도 못 하고 지금도 못 하고 있는 건 뭘까.

천천히, 그게 잘 안 된다. 뭘 해도 급하다. 영화는 결말 스포를 찾아본 다음에 본다. 책은 목차를 읽고 들어가는 말과 나가는 말과 추천사까지 읽고 본문을 스르륵 펼쳐본 다음에야 제대로 읽기 시작한다. 새로운 음식점도 새로운 옷도 후기를 찾아 읽고 비교한 다음에야 선택한다. 실패를 하지 않으려고 지나치게 애를 쓰다가 기어이 실패하면서 그 짓을 멈추지 못한다. 시작도 급하고 끝내는 것도 급하고 후회도 급하고 비난도 사과도 급하다. 글도 지나치게 빨리 쓴다. 초고는 손가락이 날아다닌다. 천천히 익힌 생각을 천천히 풀어내야지. 천천히 말하고 천천히 먹고 천천히 마시고 뭐든 좀 천천히 하자. 무엇보다 천천히 살자. 빛속도 아닌데 뭘 그렇게 서두르니. 우연에 기댈 때도 있어야지, 직감에게도 기회를 주자. 우선 커피를 마시자. 원두를 내려서 마시자. 거기 좀 앉아 봐.

여과지에 원두를 담는다. 한 김 식힌 물을 붓는다. 부풀어 오르는 봉긋한 커피 무덤. 검은 동그라미 가장자리에 반짝이는 거품의 알갱이들, 여과지 끄트머리로 번지는 연한 갈색 무늬, 그리고 이내 따스하게 천천히 낮게 번지는 향. 이것은 얼마나 먼 곳에서 왔을까. 원두를 갈았지. 한 알은 그냥 입에 넣고 씹어 본다. 이게 커피 원두를 분간하는 방법이라고 했다. 아직도 원두는 다 똑같은데 그저 쓰기만 한데 커피 내릴 때마다 원두 한 알씩 음미하는 일을 많이 하게 되면 언젠가 파삭, 하고 깨지며 번지는 향만으로 그것의 산지를 분간할 수도 있겠지. 원두를 갈 때 나는 드르륵 소리와 턱턱 걸리는 느낌, 그거 좋다. 아주 작은 하나의 세계가 열리는 것 같아. 원두는 원두의 시간을 고스란히 우려내지. 자라던 곳의 햇살과 대지를, 그곳의 밤과 낮을. 그곳의 분위기와 마음 같은 것을. 그래서 한 잔의 커피를 마시는 일은 그 긴 시간을 마시는 것과 같아. 커피를 마시면 잠시 커피가 되는 것 같아. 지금 나는 커피를 담은 커다란 잔이 된 것 같고. 커피는 나를 통과해서 또 어디로 갈까.

아직도 나를 잘 모르겠다. 뭘 원하니, 물으면 곧잘 변한다. 이런 사람이 되고 싶었다가 저런 사람도 되고 싶었다가 이도저도 아닌 사람이 되어버린 것 같거든. 다들 그런 걸까. 이도 저도 아닌 딱 그런 사람이 되는 걸까. 그 중간 정도 되는 어중간한 지점이 현실과 꿈의 타협점인 걸까. 꿈은 몇 살까지 꿀 수 있을까. 내 나이는 서른둘 정도에서 멈춘 것 같은데 가끔은 열두 살이 되고 가끔은 여섯 살이 되고 가끔은 아흔여덟 살이 되기도 하거든.

늘 이상한 나이라고 생각한다. 뭘 하기도 뭘 안 하기도 적당하지 않은 나이라고 생각해 버린다. 비겁하고 어리석다. 서른둘의 나는 뭘 했을까. 어중간한 나이라고 생각했던 것 같은데. 빨리 세월이 지나가 버렸으면 좋겠다고 생각했던 것 같은데. 결혼과 출산과 육아를 제외하면 내게 무엇이 남은 걸까. 아이들은 내가 아니고, 아이들의 행복이 나의 행복은 아닐 텐데. 육아는 이미 끝났는데도 성년이 된 아이들이 늦으면 걱정하고 그들의 내일도 걱정하는데.

그들은 지금의 그들의 나이를 어떻게 생각할까. 뭘 해도 좋은 그 시절을, 실수와 실패가 커다란 공부가 되는 그 나이를 어떻게 지나가게 될까. 금지가 없다는 것을 알고 있을까. 부모라는 벽을 실감하고 있을 텐데. 물어보지 말고 허락받지 말고 저질러도 된다는 것을 알고 있을까. 이 벽 안에서 안전을 구하지 말고 뛰어넘고 부숴야 한다는 것도 알고 있을까. 빨아먹을 수 있는 것을 다 빨아먹으렴. 긁어낼 수 있는 것을 다 긁어가도 좋아. 아무리 그래도 다 주지는 못할 거야. 나는 나도 사랑하거든. 여하튼 나는 나의 삶을 살게, 너희들은 너희들의 삶을 살라고. 진심은 늘 튀어나오는데.

아이들의 어지러운 방이 무엇 때문인지 안다, 그들의 늦은 귀가가 왜인지도 안다, 어느 밤의 만취의 이유도 안다, 가끔 울먹이는 마음도 안다, 또 가끔 풀죽은 까닭도 안다, 다 안다고 말하다니 나는 절대 너희들을 모르는 게 맞을 텐데. 그런 나를 엄마라고 부르다니 미안한 마음도 들고. 불량하고 이기적인 엄마라서 미안한 마음이 또 들고. 나는 언제나 나만 생각하는데, 바로 그런 점이 나의 장점 같고 썩 괜찮은 삶의 방식일 수도 있을 것 같은데. 바로 이 점은 나에게 배워 갔으면 좋겠는데. 아니, 아니야. 내가 무슨 말을 하든 다 믿지 말고, 너무 귀 기울이지 말고, 내가 쓴 이런 글 찾아 읽지 말고, 너희만의 삶을 살았으면 좋겠다.

오늘은 뭘 하면 좋을까. 저녁에 비가 내린다던데, 추위가 닥쳐온다던데. 단풍이 다 사라질 텐데. 올해의 마지막 밤 단풍을 보러 나갈까. 저 아래 놀이터에서 아이들 웃고 떠드는 소리가 들려온다.

되었지, 되었고 더욱 될 거야

해. 뭐든 해. 뭐든 해도 된다. 살인, 도둑질, 불법, 뭐 그런 거 빼곤 다. 원하는 건 해. 원하는 걸 해. 안 하면 후회가 점점 자라거든. 할 수 있는 타이밍을 놓치면 할 수가 없으니까 유령처럼 한처럼 혹처럼 그게 매달려 있을 거야.

사랑? 해. 저지르라고. 좋아하면 좋아한다고 말해. 먼저 말해! 상대가 싫다고 하면 뭐, 어때. 내가 좋아하는 게 싫다고, 그러지 말라고 하면 그때 다시 생각하면 되는 거지. (아마도) 정 싫다면 안 좋아할게, 혼자 속으로만 좋아할게. 네가 모르게 아무도 모르게 좋아할게. 좀 쓸쓸하겠지만, 그것도 나쁘지 않아.

더 저질러. 더욱 부딪히고 더 실수하고 더 거절해. NO, 라고 말해. 해보지 않고는 몰라. 아무도 나를 몰라. 나 자신조차도 모를 때가 많아. 해보는 것, 그게 유일한 방법 아닐까. 꿈은 천천히 정해도 되는 거고, 목표도 그렇지. 가능한 넓게 높게 바라보고, 가능한 좁게 가깝게 겪어 보아야 해. 그래야 실감이 오고, 실감이 와야 확신도 가능해질 거야. 시간 가는 줄 모르고 홀딱 빠지는 거, 잘하지는 못하지만 그래도 좋은 거, 그런 것들 속에 나만의 것이 있을 거야. 좋아하는 일인데 돈이 안 되는 일이면 어쩌지. 돈도 중요하거든. 돈이 전무하다면 그건 오래 하기 어려워. 좋아하는 일로만 살다가 생활고로 세상을 떠난 친구가 있거든. 돈이 너무 적으면 버티기가 힘들어. 한 가지 일로 평생을 살 수는 없을 거야. 그렇게 사는 게 질릴 것도 같아. 답도 없는 이야기를 해서 미안한데 그 나이의 불안은 당연한 거라는 말은 확실히 해줄 수 있어. 내 나이가 되어서도 여전히 생은 불안하거든.

사랑을 나눌 때 조심해야 할 것은, 그런 게 없어야 진짜 사랑 같지만, 있어. 사랑하기를 정말 원하는지 어떻게 알아? 나만 원하는 것은 아닐까? 충동과 욕망 탓은 아닐까? 그런 생각할 틈이 없겠지. 사랑은 뜨거워지는 것이고, 성급해지는 것이고, 전부를 원하고 전부가 되고 싶은 것이니까. 너무 흥분했다면 잠시 바람을 쏘이는 것도 좋아. 찬물을 마시고. 냉정을 찾은 다음에도 이 사람이야, 지금이야, 싶다면 서로 같은 마음이라면 피임을 꼭 해야 한다. 사랑에는 안전이 필요하니까. 몸의 사랑 이후에는 그 사랑이 전부라고 생각하기 쉬워. 전부를 나누었으니 일생이 되어야 한다고 생각할 수도 있어. 하지만 그건 아닌 것 같아. 서로 다른 생각을 하면서 같은 행동을 할 수도 있거든. 그런 경우가 더 많을 것도 같다.

어느 날부터인가 네가 하는 말을 소홀히 듣는다면, 네가 보낸 문자에 답을 아주 늦게 한다면, 읽긴 한 것 같은데 답이 없다면, 연락이 안 된다면, 그런 일이 한 번 두 번 반복된다면 잠깐 멈춰 보는 것도 좋겠어. 그의 마음이 거기 없다는 뜻일 수도 있으니까. 연락이 안 된다는 말, 믿지 마. 휴대폰을 두고 왔다는 말도 거짓말일 거야. 심지어 폰을 잃어버렸다가 드라마틱한 순간에 이제 막 찾았다, 배터리가 아웃이었다, 그런 말도 그다지 신뢰가 가지 않는다. 물론 그럴 수도 있지만.

그 사람을 위해 죽을 수도 있을 것 같은 순간이 올 거야. 너를 위해 죽을 수 있어, 하는 고백을 들을지도 모르고. 그런데 정말 그렇게 죽을 수 있을까? 그렇게 타인을 사랑할 수 있을까. 그 정도로 타인을 사랑하는(사랑할 수 있는, 사랑할 줄 아는)것 같은 스스로를 사랑하는 것은 아닐까. 대부분의 사랑은 자기 자신에 대한 사랑인 것 같아. 너를 사랑해, 하는 순간의 진실은 너를 사랑하는 나를 사랑해, 너를 사랑하는 나의 마음을 사랑해, 너를 사랑할 수 있는 이 분위기를 사랑해, 뭐 그런 거 아니겠니? 사랑 때문에 죽은 사람을 본 적 없거든.

어떻게 헤어질까? 나는 아닌데 그만 끝내고 싶어 하는 사람이라면 어떻게 하지? 어떻게 헤어지지? 싫다면 하는 수 없지, 하고 쿨하게 돌아설 수 있을까? 그게 되나? 쉽지 않을 거야. 마음이야말로 마음대로 안 되거든. 혹시 그게 된다면 너는 강하고 지혜롭거나 그런 척하는 것일 수도 있어. 그렇게까지 많이 사랑했던 게 아닐 수도 있어. 최대한 매달려 보는 건 어때? 제발, 하며 조르는 건 어때? 식음을 전폐하고 앓게 될 수도 있어. 시간이 필요하기 때문이지. 실컷 슬퍼하고 실컷 실척서러보고 실컷 구질구질하게 굴어 보고 실컷 지치기 바라. 그렇게까지 사랑할 사람이 아닐지도 모르지, 그래도 이제 되었다, 할 때까지 최선을 다해 봐. 그러면 어느 날엔가 갑자기 머리가 맑아지면서, 그래, 너, 이제 아웃, 할 수 있을 거야. 사랑이 그랬던 것처럼 이별도 내가 하는 일이니까.

평생 몇 번의 사랑이 가능할까. 너희들은 어떤 사랑을 하게 될까. 응원을 보낸다. 실컷 사랑하기 바란다! 처음은 기억하게 될 거야. 가치를 두거나 두지 않거나 처음은 그 나름의 생명력이 있는 것 같아. 하지만 터널에 불과하다는 것, 터널은 아주 많다는 것. 처음의 의미를 두지 않으려고 함부로 하는 사람들도 있고, 거기 매달려 정작 소중한 것들을 잃어버리는 사람들도 있지. 그래도 첫 키스가 구취로 기억되는 건 싫어. 첫 섹스가 숙취로 기억되는 것도 싫어. 처음은 언제나 언제까지나 너의 것이니까. 너의 처음이 행복했으면 좋겠다.

대학 때 남자친구 있는 애들이 부러웠어. 내게 결격사유가 있었나 싶었지. 엄마는 늘 예쁘다 예쁘다 하시는데 아닌가 보다, 가르마를 바꿔 보기도 하고 표정을 바꿔 보기도 했어. 어떻게 하면 예뻐지는지도 모르겠고, 뭘 입을 때의 내가 예쁜지도 모르겠어. 내가 뭘 좋아하는지도 모르겠어. 그렇다고 미팅이 재미있었냐 하면 하품만 나오는 일이었지. 연애도 안 되고 젖살은 빠지지 않고 시간은 많고 그러니 뭘 하겠어. 더욱더 옥수수를 먹으며 빌려온 책을 읽는 거지. 사랑 말고 연애 말고 더 중요한 게 있다는 것을 몰랐어. 내가 뭘 하고 싶은지, 뭘 할 수 있는지 알아낼 수 있는(알아내야 하는) 시간이었다는 것을 몰랐어. 알아서 대학 갔으니 알아서 하겠거니, 믿어주셨지만 알긴 뭘 알겠어. 시간을 탕진했지. 내가 나를 사랑하지 않았거든. 누군가 나를 사랑해주는 일보다 내가 나를 사랑하는 일이 더 중요하다는 걸 몰랐어.

지금 하고 싶은 게 뭐야? 공부도 좋지만 그거 말고 다른 거 뭐 있어? 아무 거라도 좋아. 모르겠으면 이리저리 탐색을 해봐. 사랑도 좋고 연애도 좋고 스킨스쿠버도 좋고 필라테스도 좋고 헤어며 메이크업도 패션도 좋고 춤도 타투도 좋아. 전공이 무슨 상관이겠어. 졸업이 무슨 상관이겠어. 제발 멀리 가보고, 많은 것을 해보고, 저질러 보기 바라. 죽어도 하기 싫은 거라고 해도 한 번만 해보고. 20초만 용기를 내보기 바라. 20초, 그거 영화에서 나온 이야기잖아. 〈우리는 동물원을 샀다〉에서 아빠가 말하지. 딱 20초면 된다고. 그가 아내를 만나게 된 순간을 떠올리며 하는 말이야. 완전 실감이 되더라.

그리고 일상의 기록, 그게 너무 중요해. 매일 있었던 일, 기억해야 하는 일들을 메모라도 해 두어야 해. 기록해 두지 않으면 다 사라진다. 비교하고 앞으로 나아가기가 힘들어. 나만의 기록이 나만의 준비가 될 거야. 써놓은 걸 돌아보면 알게 될 거야. 오늘의 지옥이 내일은 별 거 아닌 게 되고, 오늘의 평범이 내일의 특별이 되고, 그 반대가 되기도 하지만 오늘은 언제나 어제인 날들의 총합이라는 것. 기록하며 기억하며 만들어가는 운명을 조금은 믿어주기 바라.

때가 되면 남자친구 생긴다, 연애도 때가 되면 하게 된다, 정말 좋은 사람 생긴다, 먹고살 거는 다 타고 태어나는 법이다, 어떻게든 될 거다, 너는 머리가 좋다, 조금만 더 해 봐라, 안정적인 직업이 최고다, 공무원 정말 좋지, 내가 너를 잘 아니 하는 말인데, 너는 이게 딱이다, 그런 말, 전부 듣지 마. 나를 포함해서 너의 아빠 할머니 할아버지가 하시는 말은 전부 거절해, 의심해. 너무 서두르지 말고, 너무 애쓰지 말고, 너무 착하게 굴지 말고, 너무 잘하려고 애쓰지 말고, 스스로를 아끼고 사랑하기 바란다. 조금 더 이기적인 사람이 되었으면 좋겠어. 내가 또 성급한 잔소리를 하더라도 귓등으로 흘려 들어. 나의 속도 말고 너희들의 속도로 가기 바란다, 가끔은 빠르게 가끔은 느리게 최대한 즐길 수 있길 바란다. 너무나 긴 시간이 있고, 많은 기회가 있고, 무수한 선택지가 펼쳐질 거야. 어디 가서 무슨 짓을 해도 오케이, 응원을 보낼 거야!

너의 인생은 너의 책임이라는 것, 너의 삶에 대해 누구도 무엇도 알려주지 않는다는 것, 막막하겠지만 그걸 자유라고 해도 좋겠다. 뭘 해도 된다는 것, 정말이지 그게 다야. 너는 이미 되었지, 되었고 더욱 될 거야.

제2부

그래서 마음은 이제 어떻습니까

8H에서 간신히 8B가 되었다

연필심이라는 말, 귀엽다. 鉛筆芯이라고도 쓰고 鉛筆心이라고도 쓰는 것 같은데, 등심초 심芯으로 쓰는 게 더 정확할 것 같은데 마음 심心 쪽이 더 끌린다. 연필심은 흑연가루에 점토를 섞어서 만든다고 한다. 연필에는 H 혹은 B 혹은 HB 같은 표시가 되어 있는데 진한 것을 원한다면 B를 고르면 된다. 9까지의 등급으로 연필심의 진하기와 단단하기를 구분하고, 흑연가루가 많이 들어가면 BBlack의 지수가 높아지고 진하고 부드럽고, 점토가 많이 들어가면 HHard의 지수가 높아지고 연하고 단단하다.

오늘의 마음은 종일 8H 정도로 단단하고 흐리다. H가 저녁으로 햄버거를 먹겠느냐 토스트를 먹겠느냐 묻는다. 토스트를 원한다고 네 번 정도 말했는데도 자꾸 햄버거 이야기를 해서 햄버거 싫다고! 소리지를 뻔했다. 밥 안 하게 해준다는 건데, 간단하게 올해의 식사 준비를 종무終務하게 해주겠다는데 왜 짜증이 날까. 생리 탓일까, 연말이라 그럴까. 자꾸 그는 나를 화나게 하고 나는 그를 외롭게 하고, 아무래도 우리 너무 오래 함께 살았나.

> 알면 사랑한다. 그러나 너무 사랑하면 더 깊이 상처를 준다. 부부는 그래서 위대했으나 그래서 또한 위험하다. (…중략…) 결혼과 이혼도 돌아보면 모순의 연속이다. 사랑했던 그 이유로 싫어진다. 헤어졌지만 남이 될 순 없다. 사랑이 식었지만 사랑을 끝내진 못한다. 말도 안 되지만, 말이 된다. 그게 엉터리 같은 우리의 진실이다.
>
> 송혜진, 「송혜진의 영화를 맛보다」, 『조선일보』, 2019.12.31

맞아요, 맞아. 우리의 진실. 이 밤에 나, 도망칠까. H의 기분은 늘 비슷해 보이는데 나는 매순간이 뒤죽박죽이다. 왜 기분이 나쁜지 자꾸 생각하다 보면 더욱 오리무중을 헤맬 수 있으니, 그건 더 어지러운 일이 될 테니, 너무 멀리 가면 수습이 불가능할 테니 이만 생각을 멈추자. 추운데 어디로 도망을 치겠어. 충동에도 생각에도 종무, 그게 필요해. 그저 오늘 저녁밥을 안 한다는 것에 집중하기로 하자. 마음이 2B 정도로 회복된다.

한 해가 다 간다고 하는 분간과 실감의 유난스러움이라니. 새해 복 많이 받으라는 말도 부질없다. 그렇게나 꼭 복을 많이 받아야 하겠습니까. 그냥 평타만 쳐도 된다고, 실은 그것도 매우 어려운 일일 수 있다고. 또 어제와 같은 오늘이 될 거라고, 작년과 같은 올해가 될 거라고 하면 새해를 시작하지 않을 건가. 어제까지 했던 일들이 오늘을 만들 텐데, 작년까지 해온 일이 내년을 만들 텐데. 무슨 복권이라도 긁는 마음으로 또 기도를 해야 할까. 매번 들어주지 않던 그 기도를 올해는 들어줄 거라 믿는 건가. 내 기도를 듣는 자가 나라면 그것을 해낼 자 또한 내가 아닌가. 남에게 기대는 어리고 어리석은 마음은 해를 더하도록 더해 가는데 이런 시니컬함은 왜인 거니.

기분이 별로일 땐 로맨틱 코미디 영화가 최고야. 〈노팅힐〉 같은 거. 세계적인 여배우와 평범한 서점 남자가 사랑에 빠지는 이야기잖아. 우여곡절 끝에 서로를 믿고 사랑을 나눈 아침, 기자들이 몰려오지. 둘의 사랑이 저속한 호기심의 대상으로 전락하는 순간이고, 안나는 스캔들의 주인공이 된다는 사실에 단단히 화가 나있는데, 대커는 말하지. "솔직히, 정말 큰일과 비교하면 이 일은 아무것도 아니잖아요." 이런 말도 해. "내 가장 친한 친구는 계단에서 미끄러져서 척추가 부러졌고, 평생을 휠체어에서 지내야 해요." 정말 큰일과 비교하면 대부분의 별일들은 별일도 아닌 거야. 정말이야.

드디어 올해가 간다. 아무래도 나는 해가 바뀌는 이 타이밍이 싫은 것 같다. 시간처럼 무겁고 질긴 존재는 없지 싶다. 나에게 관심도 없으면서 내 모든 것을 좌지우지하는 시간이라니. 하지만 이렇게 질긴 시간이 우리를 커다랗게 포괄하여 감싸 안는 거라고 믿을까 한다. 부러지기 쉬운 흑연을 감싸 안는 연필처럼 시간이 우리를 견디게 해주고, 잊어버리게 해주고, 다시 힘을 내게 해주고 결국에는 가장 쓸 만한 것으로 만들어준다고. 그렇게라도 믿지 않으면 이 밤이 가기 전에 어디로든 도망을 칠 것만 같아서. 아무리 도망을 쳐 보아도 시간, 그 자의 손바닥

위에 있을 게 뻔하니 어서 뜨거운 물로 샤워하고 좋은 책을 읽다가 재빨리 자야지. 열두 시 타종 전에 잠들면 내일이 오겠지. 다사다난한 한 해였다, 뭐 그런 말들 더 이상 안 하겠지. 8B 정도로 부드럽고 진해지는 기분이다.

구안와사는 아홉 개의 언덕을 기어가는 달팽이라는 생각

그날 얼마나 놀랐는지. 그의 얼굴 하단이 비대칭이었다. 퇴근하고 얼굴도 제대로 못 본 채 저녁 준비를 하는데 그가 그제야 말한다. 나 얼굴이 좀 이상해. 바라보니 아니었다. 많이 이상했다. 바로 응급실에 가자고 했으나 내 말을 들을 리 없지. 그 밤을 새우며 지나 다음 날 아침 일찍 함께 한의원에 갔다. 그런 경우 한의원에 가는 사람을 본 기억이 났고, 일단 가까운 델 가 보라는 말도 있었고, 대학병원 가는 게 겁이 나기도 했다. 한의사는 구안와사라고 했다. 면역이 약해지거나 스트레스를 받거나 피로하거나 기타 등등의 이유가 있을 수 있다고. 금방 좋아지는 경우도 있고 오래 걸리는 경우도 있다고.

구안와사가 온 이틀째인가는 집 앞에서 넘어지기까지 했다. 얼굴은 까지고, 입은 돌아가고, 눈은 잘 감기지 않고. 애들처럼 왜 그랬어! 엄마처럼 야단치며 호호 불며 약을 발라주고 아무렇지도 않은 척했지만 주방에서 울었다. 이 사람이 이대로 낫지 않으면 어쩌나 무서웠다. 추석에 아무데도 가지 않았다. 쉬고, 또 쉬라고. 잘 먹고 잘 자고 더욱 쉬라고 다들 걱정하고 이해해주었다.

벌써 1년도 전의 일이다. 이제는 완전히 괜찮다. 한참 전부터 괜찮아졌다. 심한 증상은 한 달 정도. 그때 회사는 병가를 냈고, 한의원에 매일 가서 침을 맞고, 물리치료를 받고, 보약을 겸한 한약을 먹었다. 눈도 코도 입도 제대로 감기지 않아서 마스크로 가려 주었다. 깔끔한 사람이니 남들 시선도 신경쓰였을 거다. 샤워할 때는 수영 안경을 쓰고 머리를 감았다. 두 눈이 감기지 않으니 비누가 눈으로 다 들어가서 따갑다고 했다. 하루하루 조금씩 좋아졌다.

나는 그와 오래오래 함께 살고 싶다. 건강하게 웃고 째려보고 놀리면서 함께 가고 싶다. 불완전하고 불안정한 나를 이해해주는 사람. 곁에 있어도 숨쉬기 편안한 사람. 내가 코고는 것도 봐주는 사람. 어쩌다가 내가 이런 사람을 만났을까. 혼자 사는 게 백만 배 낫다고 아직도 서로 틈틈이 말하고는 있지만, 나는 그를 선택했고 그도 나를 선택했다. 어떤 인연이 우리를 이렇게 맺어주었을까. 고맙고 안쓰럽고 예쁜 사람.

구안와사口眼喎斜는 입 구口, 눈 안眼, 입 비뚤어질 와喎, 비낄 사斜를 쓴다. 영어로는 facial nerve palsy안면신경 중풍라고 한다. 일본어, 중국어, 러시아어도 있다. 세상 모든 언어로 이런 마비 증상을 의미하는 단어가 있겠지. 세상 여기저기 비스듬한 얼굴을 하고 고단하게 버티는 사람들이 있겠지. 그 모습이 그렇게 기울어지도록 가까운 곳에서 밀고 누르는 어떤 힘겨운 일들이 있겠지.

좌우가 완벽히 대칭을 이루는 얼굴이 잘생긴 사람이란다. 대칭이 당연하게 생각되지만 의외로 그런 사람들이 별로 없는 것 같다. 오른쪽 얼굴을 찍어달라거나 왼쪽으로 해 달라는 경우들처럼. 사진이 잘 나오는 방향이 사람마다 다르다는 것은 약간의 구안와사가 일상적인 일이라는 뜻은 아닐까. 전혀 증세를 느끼지 못하며 살지만, 은연중에 감지되는 어떤 압력으로부터 멀어지려는 자동 신경 반응 같은 게 작동 중인 것은 아닐까. 그래도 만에 하나 혹시라도 갑작스럽게 많이 기울어지는 일이 생긴다 해도 아주 쓰러지지 않는다면, 잠시 쓰러져도 다시 바로 설 수 있다면, 마비가 되어도 결국 풀린다면 정말이지 매우 다행이다. 그 정도만 되어도 감사한 일이고 행복한 일이다. 일상이라는 가장 큰 기적 속에 우리는 산다.

다시 입에 올리기도 싫은 그 구안와사口眼喎斜를 나는 구안와사九岸蝸思로 부를 거다. 아홉 개의 언덕을 기어가는 달팽이라는 생각. 달팽이는 어떤 끄트머리로도 기어가니까, 웬만해선 떨어지지 않으니까. 느리지만 멈추지 않으니까. 당근을 먹고 당근색 똥을 누고, 상추를 먹고 상추 색 똥을 누니까. 그것으로 이미 충분하니까. 말도 없이 고독하지만 머리 위에는 더듬이 왕관이 눈부시니까. 어쩌면 모두들 저마다의 자리에서 달팽이처럼 고독한 선지자처럼 묵묵히 살고 있으니까.

벌레 먹은 의자에 앉아 벌레를 생각하는 아침

방에서 쓰고 있는 '벌레 먹은 자작나무 의자'는 그토록 많은 벌레들을 잡아냈음에도 아직 살아 있는 벌레들이 들어있는 모양이었다. 조용한 밤이면 의자에서 조그맣게 사각대는 소리가 들렸는데, 겉으로 보아서는 도저히 벌레 구멍을 찾을 수 없었다. 그런 벌레들이 의자를 얼마나 갉아먹을지 몰라 불안해했다. 그런데 어느 날부터인가 문득 살아 있는 벌레가 들어있는 의자가 정겹게 보이기 시작하였다. 살겠다고 그 안에서 꼬물거리는 벌레들을 생각하면 기특한 생각이 들기도 했다. 그래서 그냥 같이 살아 보자고 마음먹었다. 어느 날 자작나무에 사는 애벌레의 나무 갉아 먹는 소리가 그쳤다. 자세히 보니 조그만 구멍이 나 있고, 늘씬하게 잘생긴 날벌레 한 마리가 근처에 날아 다녔다. 애벌레들이 드디어 성충이 되어 나온 것이다. 약간 섭섭한 일이었다.

김진송, 『목수일기』, 웅진닷컴, 2007

벌레, 무섭다. 벌레는 내가 더 무섭겠지. 벌레 먹은 의자는 벌레가 먹은 의자, 벌레가 먹고 있는 의자. 벌레가 한 마리 두 마리 세 마리 셀 수 없이 많다면 그 벌레들이 모두 쉬지 않고 열심히 먹고 있다면 나무는 조금씩 가벼워지겠지. 벌레들도 자라며 무거워지니 마찬가지일까.

그래도 푸른 나무였다가 의자였다가 벌레였다가 결국에는 다 날아가 텅 빈 것이 되겠지.

먹고 자고 먹으려고 산다면 벌레와 같은 얼굴. 그런 것만 한다면 사는 거라고 할 수 있을까. 그게 그거 같은 날들이 이어진다면, 그래서 돌아보니 모든 날이 단 하루 같다면, 어느 날과 다른 날을 분간할 수 없다면 살았다고 할 수 있을까. 먹고 사는 일 말고 살고 싶어지는 일도 해야지. 무엇이든 마음이 원하는 일, 몸이 원하는 일을 조금이라도 해야지. 특별해서 잊을 수 없는 모월모일의 순간을 찾아야지.

사각사각 쉬지 않고 나무 의자를 갉아먹는 낮과 밤이 무수히 지나야 성충이 될 테니까, 날개를 말리고 펴고 드디어 날아가는 특별한 순간은 아주 짧을 테니까. 그 순간만을 기다리고 바라며 사는 일은 지루하고 비루할 거다. 쉽게 지칠 거다. 날게 되면 날아다니게 되면 익숙해지면 그게 일상이 되면 그 다음은 뭐지? 벌레는 그 다음에 무엇이 됩니까? 벌레는 언제나 벌레가 되고 더욱 벌레가 되겠지요. 모든 벌레들이 비슷해 보이는 것처럼 아득바득 살고 있는 우리들도 서로 비슷하게 닮아 있을 거야. 그래서요? 그러면요? 지나친 질문은 질문만 낳습니다.

우리는 모두 벌레처럼 몰두한다. 지금 이 순간, 우리는 거북이처럼 목을 길게 늘이고 자판을 두드린다. 눈을 비비며 교정을 본다. 파스를 잔뜩 붙인 등을 숙여 벽돌을 나른다. 시큰거리는 손목으로 팬을 뒤집는다. 부은 손으로 타코야키를 굽는다. 접시가 가득 쌓인 쟁반을 나른다. 생수통과 쌀 포대를 이고 비틀비틀 연립주택 계단을 오른다. 모두들 열심을 다해 해야 하는 그 일을 한다. 옆을 돌아보지 않는다. 이게 아니었으면, 하는 상상은 일이 끝날 때까지 미루어둔다. 그러다가 가끔은 위태로이 무릎이 고개가 허리가 퍽, 하고 꺾이기도 하겠지.

우리는 모두 벌레처럼 몰두한다. 사랑을 시작하고 그 사랑을 끝내고 그리워하고 증오하고 망각한다. 주고 또 줄 것이 뭐가 있을까 텅 빈 서랍을 뒤적이고, 돌아서는 모습이 사라질 때까지 차마 돌아서지 못한다. 사랑이었던 사람이 자랑이었던 사람이 환멸이 되기도 하고. 그 허망함에 오래 사로잡히기도 한다. 그러다가 아무래도 아무도 그립지도 않은 시간이 오겠지. 그러면 그 다음에 무엇이 됩니까. 이것도 지나친 질문입니까.

오늘의 뉴스도 어지럽다, 간지럽다. 어딜 긁어야 할지 모르겠다. 어떻게 긁을 수 있는지 모르겠다. 긁을 수 없으니 더욱 긁고 싶다. 너무도 당연해 보이는 이것을 다르게 볼 수도 있다니. 누가 맞습니까. 어느 쪽이 사실을 말합니까. 사실이라면 어느 정도나 사실입니까. 사실이 아니라면 어느 정도나 거짓입니까. 사실과 진실은 어떻게 다릅니까. 어떻게 희석되어 있습니까. 최선을 선택하고 싶은데 그럴 수 없다면 차선은 안 되겠습니까. 최악이라면 조금이라도 차악 쪽은 안 되겠습니까. 서로를 파먹는 우리들은 벌레와 어떻게 다릅니까. 한 치 앞도 볼 수 없는 이

맹목은 언제 걷힙니까. 이것 또한 지나친 질문입니까.

벌레 먹은 의자의 벌레를 생각하는 아침. 애벌레에서 성충에서 날아오르는 비상에 이르기까지 어느 한 순간 삶이 아닌 적이 없겠지. 어지러운 뉴스 중 어느 것 하나 정도는 거의 진실이겠지. 수많은 선택지 중 그나마 좋은 것을 고르게 되겠지. 그러길 바란다. 나의 믿음이 나의 발등을 찍는 일은 없기를. 소문은 소문을 파먹고 거짓말은 거짓말을 파먹어 언젠가 마땅한 엔딩을 맞게 되겠지. 명명백백을 소망하며. 정반대 성향의 신문을, 포털을 함께 본다. 어느 한쪽에 당하지 않으려고 제대로 보고 듣고 아는 사람이 되기 위해서. 그럴 때의 질문이야말로 유의미한 것이 될 거라고 기대하면서.

그렇게까지 무엇이 되지 않아도 괜찮겠지만 언젠가 약간이라도 무엇인가 되면 좋겠다고. 매순간 그 자체로 충분하지만 충만의 맛도 한 번은 보고 싶다고. 그래도 너무 먼 미래까지 더듬지는 말자고, 그건 너무 지치는 일이 될 거라고 그냥 이 순간에 집중하자고, 즐거워하자고, 즐겨보자고, 자주 좀 쉬어 가자고. 놀자고, 졸자고, 물 마시고 허리도 펴고. 이따가 맥주도 한 캔 들이키자고. 조금은 스스로를 허락하자고.

완벽完璧은 바라지도 않는다. 그것은 흠 없이 둥근 구슬이라지. 결함 없이 완전한 것을 의미한다지. 정말이지 완벽하지 않아도 괜찮아요. 벌레 먹은 자리가 무늬가 되는 일, 상처가 추억이 되는 일, 내가 벌레가 되고 내가 상처를 주기도 하면서 있는 그 자리에서 지나가고 흘려보내고 그냥 그대로 있는 일, 그것으로 되었다, 되었다 끄덕이면서.

그래서 마음은 이제 어떻습니까

베네치아에 갔다는 이야기는 들었어요. 그곳은 어떻습니까. 아직도 물로 가득합니까.

그곳에는 가지 않기를 바랐습니다. 당신의 그가 다니던 도시의 골목들을, 카페와 식당을, 더듬더듬 헤매 다니는 상상만으로도 지쳐 축축 처지는 기분입니다. 잠겨버린 도시의 심정으로 당신을 걱정했어요. 그곳까지 뭐 하러 갔습니까. 아니, 그런 사람을 대체 왜 좋아했습니까. 나도 말리고 다들 말리지 않았습니까. 만나서는 안 될 사람이라고, 가까이 하지 말라고 그렇게 말했는데 왜 그랬습니까.

부질없는 질문입니다. 당신도 노력은 했을 거예요. 좋아하지 않으려는 노력만큼 어리석은 짓은 없을 거고요. 마음이란 자주 제 맘대로 굴곤 하지요. 하지만 아이도 아닌 당신이 어쩌다가 그렇게 어리석었을까요. 기어이 사랑을 하고, 잃고, 앓고, 이제는 끝나버린 사랑을 복기하는 마음이라니 한심하다는 생각을 그칠 수가 없어요. 당장 먹고 살기 힘든 사람들은 그런 사랑, 꿈도 꾸지 않아요. 뭘 그렇게까지 유별나게 사랑을 하고 그럽니까. 그냥 약간만, 대강만, 살짝만 할 수는 없었습니까.

없었겠지요. 없었을 겁니까. 사랑은, 하지 않을 수 없는 일이니까요. 병처럼 번져서 깊어져서 돌이킬 수 없는 것이 되어버리니까요.

당신이 기어이 그 사랑을 할 거라고 짐작했어요. 당신의 사랑은 당신의 것. 당신의 사랑은 당신과 닮았습니다. 직진하고 저지르고 눈치보지 않고 후회하지 않는 방식. 과감하고 무모한 당신에게 부러운 마음도 들어요. 그 사랑이 시작될 때의 당신은 얼마나 빛이 났는지, 그리고 그것이 끝날 때 얼마나 캄캄해졌는지 다 기억하고 있습니다. 당신은 그 사람을 향해 늘 고개를 길게 빼고, 기꺼이 흔들리고 마구 무너지고 예정된 폐허를 향해 걸어 들어갔지요. 단 한 번인 사랑의 처참한 말로라니. 당신은 속속들이 피폐하여 텅 비었을 것 같습니다.

당신이 당신을 불행하게 만드는 것을 나는 그저 바라볼 수밖에 없습니다. 당신의 불행은 당신 탓이라고, 당신이 당신을 그렇게 만들었다고 생각해요. 이제 끝나버린 그 사랑을 혹여 잊을까, 새로운 걱정을 만들어서 하는 것은 아닌가요. 제발 곧, 잊어요. 사랑 따위, 하고 살아요.

당신은 말했어요. 그를 만나러 갈 때는 가장 아름다운 구두를 신는다고요. 가장 아름다운 당신의 구두는 가장 아픈 구두였지요. 아마도 발등이 위태로이 휘어지는 그 검정 구두 같은 것이겠지요. 본 기억이 납니다. 간신히 바닥을 지탱하는 굽이었습니다. 신고 서있기도 힘들어 보이는 그것을 신고 당신은 달렸다고 했어요. 바닥을 내딛는 최소한의

면적만 남기고 당신은 둥둥 떠다니는 기분이었을 거예요. 발가락에 물집이 잡히고 까지는 것도 참을 수 있었다고 했어요. 당신이 늘 누리던 당연 대신 사랑이었나요. 상실과 사랑이 등가로 여겨지던가요. 대책 없는 사랑에 빠지는 일이 궁금해서 묻는 말이에요. 다 잃을 걸 알면서도 내던지게 되나요. 그런 사람이 있나요. 그런 사랑이 있나요.

그렇게 달려가서 그를 만나는 순간, 통증도 잊고 발도 잊고 그곳이 어디인지 언제인지 모두 다 잊어버린다고 했어요. 당신이 당신인 것조차 잊어버린 것은 아니었나요. 오직 단 한 사람, 당신의 그 사람만 존재하는 시공간은 아니었나요. 당신의 맹목이 무척 아름답다는 말을 하고 싶었어요.

당신의 그 사람은 불능이라고 했어요. 그런 소문, 당신도 알고 있었나요? 그게 사실이라면 어떻게 몇 번이고 절정에 가 닿았다는 것인가요. 그런 일이 가능한가요. 정신의 절정이라니요. 당신은, 불능인 그를 사랑하는 당신의 순진을 사랑한 것은 아니었나요. 함부로 말해서 미안해요. 당신도 알다시피 나는 사랑 따위, 하는 사람이니까요.

당신을 이해할 수 없었어요. 아무것도 없는 것에 어떻게 모든 것을 걸어요. 이해할 수 없는 그런 사랑을 나는 원하지 않지만 이해하고 싶은 마음이 드는 것도 숨길 수 없습니다. 당신을 나는 부러워했던 것도 같아요. 하지만 사랑에 전부를 거는 일을 나는 하지 않을 겁니다. 저는 영악한 사람이거든요. 당신은 나와 다른 사람이니까요. 말도 안 되는 시 한 편에 속아 사랑하다니. 그런 남자는 믿어서는 안 됩니다. 너무 달콤하니까요. 그런 사랑은 건강에 해롭습니다.

내가 가본 적 없는 그 도시가 온통 희미하게 느껴집니다. 당신의 희미한 기대, 희미한 확신, 희미한 약속, 희미한 믿음 그런 것 때문인 것 같아요. 이제 그런 사랑은 잊어버리고 살았으면 좋겠습니다. 이태리 남자랑 사랑에 빠지는 것도 좋겠어요. 빛이 좋은 날, 사진이라도 한 장 보내주세요.

오늘 이곳은 종일 흐리고 추워지는 것 같습니다. 새벽에는 비가 내렸고 남쪽에는 눈이 내렸다고 합니다. 연락 반갑고 많이 고마워요. 봄이 오기 전에는 돌아오시길 바랍니다.

p.s. 그래서 마음은 이제 어떻습니까. 좀 괜찮아졌습니까.

번쩍 우르르 쾅쾅, 단발마가 있다면 장발마도 있겠네

밥을 먹는데 갑자기 번쩍, 우르르 쾅쾅 한다. 이럴 때 온 식구가 집에 있으면 정말 좋아. 다들 돌아오는 거 걱정 안 해도 되고, 다들 안전하니까 평화롭다. 그런데 궁금해. 번개는 뭐고 천둥은 뭐지? 그게 뭔지 아는 것도 같은데, 정말 그게 뭐지? 왜, 무엇 때문에 온 천지가 아니 저쪽 천지가 번쩍, 하고 환해지는 거지. 그거 학교에서 배운 거 아니니? 다 까먹었어요. 나도 나도. 근데 정말 궁금하다. 무엇이 이런 소리를 낼까? 번개는 한자니? 천둥은 한자야? 궁금해서 밥을 씹다 말고 휴대폰을 가져다가 검색을 하고 읽어주며 이해를 한다.

번개는 구름과 구름, 구름과 지표 사이에서 일어나는 방전 현상이래. '번쩍거리다'의 '번'에 '개'가 붙여졌다고. 방전은 전기를 띤 물체에서 전기가 외부로 흘러나오는 현상이고. 방전放電, 놓을 방에 번개 전을 쓰네. 구름 상단과 하단 사이의 방전이면 번개가 되고, 구름 하단과 지표 사이의 방전이면 낙뢰고.

그럼 번개 칠 때 왜 번쩍거리지? 잠깐만…… 전류가 공기 중을 흐를 때 엄청난 에너지 때문에 3만 도 이상 가열되고, 이 때문에 공기분

자의 전자가 원자를 이탈, 이온화되었다가 다시 원자와 결합하면서 빛 에너지를 방출, 이때 보이는 게 그 빛이래. 전류가 공기에 흐를 때 가열된 공기는 엄청나게 팽창하고, 그 공기가 주위 공기와 충돌하며 만들어내는 파동을 천둥이라고 한다네. '하늘을 치다'는 한자어 천동天動에서 비롯되었다고.

그런데 왜 번쩍, 하고 나서야 우르릉 하지? 빛의 속도는 초속 30만 킬로미터, 1초에 지구 7바퀴 반을 도는 속도고. 소리의 속도는 초속 340미터래. 1초에 340미터를 간다는 거지. 번개가 번쩍 하고 5초 지나서 우르릉 쾅쾅 한다면 5 곱하기 340미터, 1,700미터 떨어진 곳에 번개가 쳤다는 뜻이지. 멋지다. 낭만적이야. 번개가 치면 천둥소리가 들릴 때까지 하나둘셋, 세어보고 340미터를 곱하면 어디에서 번개가 치는지 알 수 있다는 거잖아. 밥을 먹는다. 찌개는 식기 시작했다. 식은 음식보다 궁금한 걸 못 참는 사람들. 궁금한 게 참 많은 사람들. 이런 사람들이랑 살아서 재밌다.

내가 재밌는 출판사 이름을 들었어. 뭐더라. 서랍의 기분인가, 서랍의 날씨인가, 아니 기분의 서랍이던가? 날씨의 서랍 같기도 하고. 날씨의 기분 같기도 하고. 역시나 휴대폰을 다시 들고 오다가 의자 다리에 발을 부딪는다. 으아악, 단말마의 비명이다. 야, 이게 바로 단말마라는 거구나. 근데 그게 무슨 뜻이더라. 말, 이니까, 말에 관한 이야기 아니니? 말의 목이 끊어진다는 거 아닐까? 말의 목이 끊어지는 순간의 고통으로 지르는 소리 아닌가? 단발마 아니니? 크크, 그럼 장발마도 있겠네? 발을 문지르며 검색을 이어간다.

출판사 이름은 서랍의 날씨야. 시인들이 만든 출판사래. 그리고 단말마斷末魔가 맞네. 뜻은 인간이 죽을 때 느끼는 최후의 고통. 이거 정말 재밌다. 산스크리트어로 마르만marman의 발음을 그대로 옮겨 쓴 거래. 마르만은 급소를 의미하고, 이곳을 자르면 죽음에 이른다고. 인간이 죽기 직전 빈사 상태에서 괴로워하는 것을 단말마의 고통이라고 한대.

문과 출신 가족이 함께 하는 식사는 이런 식으로 끝난다. 아는 것 같은데 정확하게 아는 건 아니고, 그 자리에서 이해는 하지만 금방 잊어버리고, 같은 이야기가 또 궁금해지면 그것도 기억을 못 하느냐고 서로 타박하면서 한꺼번에 떠들고, 부딪히고. 이런 소동은 함께 엘리베이터를 탈 때도 빈번하다. 서로 각자의 이야기를 하고, 그것들 중 각자가 답하고 싶은 걸 답하느라 잠시의 공간은 링으로 변하고. 이런게 좋은 건지 나쁜 건지 모르겠는데, 맥락도 없고 궁금한 건 너무 많고. 그래도 다행인 건 예전에는 밥 먹다가 백과사전이며 국어사전이며 과학사전 등을 꺼내야 했는데 이젠 휴대폰 하나면 된다는 거.

정재승의 『열두 발자국』에서는 "결과를 예측할 수 없는 상황에서 호기심, 도전정신 같은 자발적 동기만으로 끝까지 몰두해 해답을 얻거나 무언가를 이루어내는 건 세상을 바꾼 사람들이 보이는 가장 강력한

특징입니다. 호기심이나 꿈, 재미, 보람 등 다양한 내적 동기. 그리고 명예, 인정, 직위, 인센티브 등 외부에서 부여된 외적 동기. 이런 동기들에 지속적인 의미를 부여하면서 뜻한 바를 이루기 위해 끝까지 천착하는 사람들이 결국 세상을 변화시킵니다. 사회적 성취를 이루는 데 있어 외적 동기와 내적 동기가 잘 균형 잡힌 사람들이 세상을 의미 있게 변화시킨다고 합니다"라고 했다. 이 아이들이 세상을 의미 있게 변화시킬 수 있을까. 있겠지.

아이를 갖는다는 것, 하나의 몸에 두 개의 심장이 뛰는 일. 내 감정과 내 영양을 고스란히 받아 안았던 아이들. 그리고 다른 존재가 내 속에 있다는 이물감. 이물이 몸속에서 자라는 일. 내 몸은 점점 부풀어 오르고 거의 터질 때까지 늘어났는데 설렘보다는 두려움이었고, 모성애보다는 책임감 같은 것이었는데. 사랑하지만 키우는 일은 힘들어서 도망치고 싶었는데. 아이들보다 나를 더 사랑하는 것은 아닌가 싶은 미안함과 죄책감이 늘 있었는데 그래도 아이들을 단 한 번도 사랑하지 않은 적은 없는데. 아이들을 키울 때 가졌던 나의 그늘이 어딘가에 옮아갔을까 봐 조심스럽게 살펴보기도 하는데.

수영장에서 극장에서 공원에서 아이를 잃어버린 일이 있다. 작은아이는 두 번, 큰아이는 한 번이다. 시간은 채 몇 분이 되지도 않았었는데. 이대로 내가 죽는구나 싶던 그 순간의 절망감. 그 짧은 시간 동안 점층의 상상 속에서 나는 아이 아빠와 이혼을 했고, 순식간에 백발의 노파가 되었고, 살기를 포기했다. 그러니까 너희들을 사랑하지 않은 것은 정말 아니었어. 애틋한 사랑 고백을 몰래 하면서.

궁금한 게 아직도 많은 (어른이 된) 아이들, 그리고 더욱 어른이 되어버린 어른들. 아이들이 어렸을 때 그 시절이 너무 소중해 시간이 천천히 지나기를 바란 적 없다. 그저 어서어서 자라기를, 내가 챙겨주지 않아도 되는 나이가 되기를, 각자의 삶에 집중할 수 있는 때가 되기를, 궁금한 게 적어지는 어른이 되기를, 그래서 나만의 시간을 많이 가질 수 있기를 바랐다. 이제 와 생각하니 세상 어디서도 구할 수 없는 빛나는 감정과 경험들을 너무 홀대했던 것 같은데 보석은 그것을 알아보는 자의 것. 나는 이제 그것들의 진가를 알게 되었으나 이미 늦어버렸고 궁금한 것은 아직도 많고.

고맙다는 말을 하는 거예요. 사랑한다는 말을 하는 겁니다

내게는 대면공포가 있다. 그런 게 정말 있는 포비아인지는 모르겠다. 그것도 여럿이 있는 건 견딜 만한데 단독으로 누군가를 대면하는 일은 힘들다. 식은땀이 나고 정신이 없다. 뭔가 말을 해야 한다는 강박, 대화가 끊기면 안 되는데, 무엇보다 상대가 편안해해야 하는데, 상대가 웃지 않으면 내가 뭘 잘못했나 싶다. 그렇게 독대하고 나면 기진맥진한다. 며칠치의 에너지를 다 써버린다. 상대의 상태를 살피느라 나의 상태는 뒷전이다. 누군가와 일대일로 만나고 싶지 않다. 만나, 그래, 보고 싶어, 하고 말하고 정말 보고 싶기도 하지만 만나는 건 고역이다. 친구들만 그런 게 아니라 식구들까지 그렇다. 늘 함께 사는 사람들은 좀 덜한데, 오랜만에 만나는 일가친척은 상상만으로도 넉아웃이다. 알 수 없는 마음이라고만 생각했는데 알고 보니 과도한 내향성의 증상인 것 같다.

시댁 식구들은 말할 것도 없고, 친정 식구들을 만나는 일에도 지쳐버린다. 얼마나 힘들어지는지 그들은 모를 거다. 누군가 집에 오는 날이면 나는 날아다닌다. 한 사람 한 사람의 일거수일투족에서 눈을 떼지 않는다. 누구에게 무엇이 필요한지, 대화가 끊긴 사람은 없는지 뭘 더 줄 게 없는지, 불편한 사람은 없는지 다 알아차려야 한다. 그들에 대한 환대의 마음을 알리고자 모든 말에 묻고 답하느라 침이 말라 입이 바짝바짝 탄다. 돌아가는 손에 마음에 뭔가 선물을 쥐어야 할 텐데, 돌아가는 자동차 불빛이 사라질 때까지 손을 흔들고 선 채 서서히 탈진한다. 머리는 이미 어질어질하다. 뭘 그렇게까지, 그러게나 말입니다.

시끄럽고 소란스럽고 생각 없이 말하고 남 신경 안 쓰는 것 같은 사람과 있으면 편하다가도. 그래서 당신의 생각은 무엇입니까, 물어보면 사시나무가 된다. 그런 걸 꼭 말해야 하나요, 생각을 시작하는 머릿속은 텅 빈다. 이건 조금 더 살면 괜찮아질 것도 같다. 누구였더라. 나이를 먹으면 남들 앞에 서서 말하는 것도 괜찮아진다고 하던데. 생각보다 덜 떨리고 은근히 재미있다고 했다. 나에게도 그런 날이 오겠지. 과연 올까?

생산 강박도 있다. 이런 것에도 강박이라는 말을 붙여도 되는 건지 모르지만 나로서는 사실이 그러하니까. 아무것도 안 하는 시간을 견뎌내지 못한다. 구체적인 목적도 없는 영어시험을 자꾸 보던 것도, 다닐 수 없는 학교를 자꾸 휴학했던 것도, 뭔가를 하고 있는 사람인 척, 괜찮은 인간인 척, 바쁜 척, 열심인 척하려는 마음 탓이었다. 잘한다고 잘했다고 역시 너라고 해주기를 바라면서 막상 누군가 그런 말을 내게 해주면 아닙니다, 아닌데요, 하면서 뒷걸음질 치면서. 누가 나의 진면목을 알게 될까 두려워서 내가 아무것도 아니라는 것을 알까 봐.

나의 못남을, 어리석음을, 나태함을, 이기심을, 멍청함을 들킬까 전전긍긍한다.

이것을 안 하면 나는 내가 아닌가. 저걸 못 해내면 나는 못난 인간인가. 남들이 이런 말을 하면, 아니, 아니야, 그럴 리가 있니. 너는 너 자체로 충분해, 이미 차고 넘쳐, 그래, 잘했다, 아주 좋아, 그만 열심히 해도 된다, 하고 말하면서. 왜 나에게는 그게 안 될까. 그저 나는 그런 사람이야, 하고 마침표를 찍고 페이지를 덮어버렸던 것 같다. 다시 그곳을 열어보자. 정말이니? 정말 그렇게 생각하니? 내향성을 곧이곧대로 받아들이고, 그렇게 평생을 살고 싶니. 작고 좁고 어두운 내실에서 혼자?

"내성적인 사람들은 조용하고, 절제된 환경에서 가장 생동감 있고, 자신의 최대 능력이 나오는 것을 느낍니다." Ted. Susan Cain, 〈The power of introverts〉, Feb. 2012 수잔 케인의 말이다. "우리 같은 사람들의 재능을 극대화하는 방법은 내성적인 사람들에게 맞는 자극적인 환경에 자신을 보내보는 거죠." 그녀는 무대에 들고 나온 가방을 열어 그 속에 무엇이 들어 있는지 보여주면서 말한다. 덜덜 떨고 있는 게 한눈에 보였다. 자신만만하게 무대를 장악하는 모습, 자연스럽고 편안해 보이는 모습의 다른 강연자들과는 달랐다. 강연의 주제는 "내성적인 사람들의 힘"이었는데 끝까지 떨면서 강연을 이어나갔다. 두세 명 중 한 명은 내향적인 사람들이라고, 모든 사람들의 내부에는 내향성과 외향성이 함께 있다고, 내향적인 사람이 항상 내향적인 것은 아니라고. 가방 안에 무엇이 들었는지 숨기고 싶겠지만 가끔은 다른 사람들에게 자신의 가방을 열어 보여주기를, 모든 여정에서 최선을 다하기를, 부드럽게 말하는 용기를 갖기를 바란다고 말한다.

또한 브레네 브라운은 『마음가면』이라는 책을 통해 자신의 취약성을 인정하고 드러내면 수치심이나 불안이나 강박 같은 공격에도 끄떡없다고 말한다. 현대인이 겪는 고통의 뿌리는 취약해지는 것을 두려워하는 마음에 있다고. 마음가면을 벗고 취약성을 드러내면 마음이 홀가분해진다고. 가장 중요한 것은 우리가 충분하다는 것을 믿는 것이라고.

지금 나는 나의 취약성을 드러내고 있다. 나는 이런 사람이라고 말하고 있다. 나를 지켜준다고 믿었던 가면이 나를 옥죄고 있었고 오래전부터 그것을 벗고 싶어 했다는 것을 알게 되었다. 뭐라도 하면 번듯한 내가 될 줄 알았다. 사랑을 하고 사랑을 받고 결혼을 하고 아이를 낳고 식구가 생기고 등단을 하고 책을 내고 취직을 하고 시험에 붙고 졸업장을 받으면 좋아질 줄 알았지만 그것만으로는 부족했다. 아니 그것은 무관한 일이었다. 그런 것 없이도 나는 이미 충분하다는 것, 이런 나를 내가 그냥 사랑하고 있다는 것을 이제라도 알게 되었으니 다행이다. 아무것도 안 되어도 된다고, 기를 쓰고 최선을 다하지 않아도 괜찮다고, 하고 싶은 일을 하고, 하고 싶은 말을 하고, 무엇도 더 증명할 필요 없이 나로 살면 되는 거라고. 할 수 없다고 규정을 해버리는 일은 쉽다. 그렇게 하려는 나를 거절할 때 조금씩 달라지겠지.

사물이 거울에 보이는 것보다 가까이 있습니까

사거리 교차로는 여섯 개. 하교 시간이면 소란스럽다. 말과 말이 섞인다. 아이들이 가장 먼저 뛰어 건너고, 스티브, 선생님한테 까불지 말고! 여인들은 그 다음으로 건너고, 요즘도 일 나가시나, 아니, 일은 못 하지. 어린 연인들은 가다 말다 하고, 내 말 믿지, 정말이야, 속을 까서 보여줄 수도 없고, 그러지 마. 보행기에 치와와를 앉힌 노인과 신라면과 참이슬과 종이컵이 들여다보이는 비닐봉지를 들고 가는 노인이 그 뒤로.

길바닥에는 명함들이, ○○제일금고는 초록, 일수○○급전은 빨강, ○○○당일대출은 초록, 일수○○는 노랑. 현수막은 김장 한 마당, 행복 나눔. 휴대폰 가게에서 벤의 노래는 〈헤어져줘서 고마워〉. 건너편 정육점에서는 적재의 노래, 〈별 보러 가자〉. 어지러운 그 모든 것들 사이로 호랑이 무늬를 한 나비 한 마리가 단풍나무 쪽으로. 고요하게, 낮게, 느리게. 신호를 기다리는 차창에는 "사물이 거울에 보이는 것보다 가까이 있음".

아이들의 얼굴은 저마다 다르고, 여인들의 얼굴은 조금씩 비슷하고, 노인들의 얼굴은 쌍둥이처럼 닮아 있다. 그 모든 이들의 얼굴은 저마다 살아서 말하고 웃고 바라보고 찡그리면서 가까워지기도 하고 멀어지기도 한다. 내가 바라보는 저들은 모두 살아 있다. 저것이 살아 있는 자들의 얼굴이다. 죽은 사람의 얼굴은 본 일이 없다. 엄마가 임종하실 때도 못 뵈었고, 염을 할 때는 아버지가 막으셔서 못 뵈었다. 내가 보면 충격을 받을 거라고, 나만 못 보게 하셨다. 엄마의 죽음을 목도하지 못하였으니 나는 그 죽음을 믿을 수 없다. 아직까지도 거짓말 같다.

작가이면서 완화의료 분야에서 일한 샐리 티스데일은 그의 책 『인생의 마지막 순간에서』에서 죽음에 대해 매우 현실적인 이야기를 한다. 간병인처럼 중환자실 간호사처럼 병리학자처럼 해부학자처럼 장례지도사처럼 종교인처럼 말한다.

> 시신은 점점 검어지고 부드러워진다. (생물학자들은 이 단계의 시신을 '젖은 부육腐肉'이라고 부르는데, 부드럽게 썩은 고기라는 뜻이다.) 구더기가 먹는 고기는 액화되기 시작해서 뜨거운 팬에 놓인 버터처럼 흘러내린다. (…중략…) 유충이 번데기가 되기 위해 흙 속으로 떨어질 때가 되면 세 번째 파리의 물결이 몰려온다. 초파리와 꽃등에 같은 액체를 좋아하는 파리들이다. 마지막에 가서는 치즈파리의 애벌레가 나타나 뼈에서 힘줄과 결합조직의 남은 부위를 깨끗이 먹어치운다.
>
> 샐리 티스데일, 『인생의 마지막 순간에서』, 비잉, 2019

사거리 지나 10분 정도 달리면 갑자기 작은 묘지가 있다. 여름이면 초록이 번지는 산 위로 둥글고 푸른 무릎 같은 것들이 보인다. 눈 내리는 날이면 흰 만두 같은 것들이 보인다. 한식 즈음에도 추석 전후에도 어느 묘를 향해 줄지어 올라가는 사람들을 보았다. 사철 내내 모습을 흐트러뜨리지 않는 것은 묘석이다. 무덤마다 세워진 묘석마다 요철로 새겨진 이름들이 있고. 흰눈 속의 묘석은 흰 교복 블라우스에 달아둔 명찰처럼 빛이 나는데, 모르는 사람들의 이름을 더듬어 읽으면 어쩐지 알고 지내던 사람들 같고, 아득히 그립거나 서러운 기분이 드는데. 엄마는 화장했으니까 어디서도 찾을 수가 없고, 이미 모든 곳으로 간 것도 같은데.

저편에서 구급차가 달려온다. 소방서가 가까운 이 동네에서는 위급이 일상이다. 불이 났을까, 누가 다친 걸까. 오늘은 아무도 아프지 않았으면, 아무도 죽지 않았으면. 신호가 바뀐다. 사이드미러는 볼록거울이라지. 멀리 볼 수 있지만 실제보다 멀게 보인다지. 사각지대死角地帶를 볼 수 있게 만들었다지. 눈으로 보는 것을 믿을 수 없다. 언제나 어디에나 사각이 존재한다. 손을 뻗으면 예상보다 가까울 수도 있고, 아닐 수도 있겠다. 삶에 가린 죽음은 언제나 사각지대의 것. 갑작스러운 소식에 마음이 추워지는 계절이 왔다. 지금의 사각은 어디일까. 나는 무엇을 못 보고 있을까. 안 보이는 것을 보느라 보이는 것을 못 보는 것은 아닐까.

당신의 안녕이 나의 안녕

어린 배우의 죽음을 발견했다는 그 시간에 나는 익숙해진 통증과 함께 있었다. 수술 전에 운동을 열심히 하고 오라고 했다. 지팡이처럼 생긴 막대기에 기대어 아픈 팔을 모든 방향으로 움직이는 동작이다. 팔이 아픈 그 지점까지 밀고 가라고, 아픈 그 순간을 10초 정도 참으라고, 그 짓을 10번씩 하라고, 하루 세 번은 하라고 했다. 그렇게 하려니 종일 운동하는 기분이다. 아픈 데를 더 아프게 하는 느낌이다. 그래도 그렇게 해야 나중에 팔을 자유로이 올릴 수 있고, 등을 긁을 수도 있고, 옆으로 틀어볼 수도 있을 거라고 했다. 아픈 그 순간을 직면하고 조금 더 참으라고 했다. 그래도 이런 순간들을 지나면 언젠가 괜찮아질 거라고, 나아질 거라고, 좋아질 거라고 했다. 다행인 일이다.

그녀는 너무 외롭고 너무 힘들고 너무 부질없고 너무 지겹고 너무 불행하고 너무 아팠겠지. 나는 그녀보다 지겹도록 더 오래 살면서 너무 많은 말을 했고, 너무 많은 글을 썼고, 너무 많은 한숨을 쉬었고, 너무 많이 마셨고, 너무 많이 먹었고, 너무 쉽게 절망했고, 너무 쉽게 단정지었고, 너무 쉽게 미워했고, 너무 쉽게 용서했고, 너무 쉽게 고백했고, 너무 쉽게 사랑했고, 너부 쉽게 증오했고, 너무 쉽게 죽음을 이야기했다.

너무 후회하게 되는 일은 하고 싶지 않다면서 말과 글과 행동과 마음이 제각각이다. 되는 대로 살았고, 되는 대로 늙고 있다. 그냥 죽고 싶다는 생각을 한 적도 있고 맹렬히 살고 싶다는 생각을 한 적도 있지만 잠시 그러다가 그런 생각 자체를 잊어버리고 미적지근하게 살고 있다. 미안하기도 하고 죄스럽기도 하지만 나만 그런 것 같지는 않다. 삶의 의미라는 것이 꼭 있어야 하나. 그런 게 있기는 할까. 누군가는 생에 성공하고 누군가는 죽음에 성공하겠지. 생에 실패하고 죽음에 실패하기도 하겠지. 그 모든 과정 또한 삶의 일부가 아닐까.

서둘러 죽어버린 시인을 안다. 서른 남짓의 나이에 세 살, 한 살인 두 아이를 재우고 아이들이 아침에 먹을 버터 바른 식빵과 우유 두 잔을 준비해두고, 주방문을 테이프로 막았다고 했지. 아이들이 자는 방 쪽으로 가스가 새어 나갈까 봐 만반의 대비를 하고 가스 오븐에 머리를 밀어 넣었다고 했지. 드디어 성공한 그 죽음이 처음은 아니었다고. 아홉 살에도, 스무 살에도 시도했던 일이라고 했지. 그녀 실비아 플라스의 시 'Daddy'는 '아빠, 아빠 이 개자식, 나는 이제 끝났어'로 끝이 난다. 그녀가 여덟 살 때 당뇨병으로 세상을 떠난 아버지가 있고, 서로 열정적으로 사랑했지만 다른 여인을 사랑한 그녀의 남편 테드 휴즈가 있고. 그녀의 사후에 테드 휴즈가 엮어서 낸 시집은 퓰리처상을 받았다. 죽음은 그녀로서 가장 치열한 삶의 방식이었던 것도 같은데, 사후의 시집이며 상이 다 무슨 소용이람. 남아서 견뎠을 그녀의 아이들을 생각하면 그녀의 부재만큼 커다란 상실은 없을 텐데. 그녀가 아버지를 잃었던 것처럼 아이들 또한 엄마를 잃어버리는 일일 텐데.

어쩌면 죽음이야말로 극도로 치열한 삶의 방식 아닐까. '너무'의 임계 직전에 '적당'의 레벨로 전환할 수 있다면 좋았을 텐데. 그게 안 되는 사람도 있을 거야. 적당히 사는 일이란 작당 같은 것. 적당히 눈을 감고 모르는 척하며 사는 게 안 되는 사람은, 사는 게 죽는 것보다 힘들었겠지. 알 수 없는 죽음이 삶보다 낫다고 생각할 수도 있겠지.

우리는 각각 단독자인 척하지만 다 거기서 거기, 어린 나무의 실뿌리처럼 이어져 있다. 당신의 안녕은 나의 안녕과 닿아 있어서 당신이 잘 지내지 않으면 나도 편치가 않다. 당신이 너무 참고만 있으면 나도 힘들다. 당신이 아프다고 하면 그냥 듣고 있을 수가 없다. 아픈 당신의 손을 잡아주고, 안부를 들으며 따끈한 국밥을 함께 먹기로 한다. 하지만 너무 아프면 아프다고 말할 수가 없겠지. 너무 힘들면 말할 기운도 없겠지. 너무 외로우면 내가 여기 있다는 것도 잊겠지. 약간의 희망과 약간의 위로와 약간의 믿음과 약간의 기대와 약간의 사랑 같은 것은 남아 있기를, 완전히 바닥날 때까지 참지는 말았으면.

어떻게 사는 게 잘 사는 걸까. 어떻게 해야 잘 늙어갈 수 있을까. 이미 너무 살아놓고 이런 걱정을 하는 거 우습지만. 이렇게도 산다는 걸 말하고 싶기도 하고. 이렇게 늙어가는 모습을 보여주고도 싶고. 뭐라도 말을 하면 좀 괜찮을까 싶기도 하고.

어쩐지 아무것도 하고 싶지 않은 날, 간신히 무국을 끓여두었다. J의 방 창문을 열어두려고 들어가서 침대도 대강 정리하고, 책상 위에 던져둔 옷도 옷걸이에 걸고 나오려는데 문 위에 못 보던 드림캐처가 걸려 있다. 흰색과 푸른색으로 엮어 만든 위에는 은빛 링이 달려서 문을 여닫을 때마다 찰랑거리는 소리가 난다. 그 소리가 좋아서 문을 여러 번 열었다가 닫는다. 나쁜 꿈 같은 건 꾸지 말고, 나쁜 생각도 하지 말고 모두들 오늘 하루도 무사하기를.

우리들의 안심과 기대

호두아몬드율무차 박스는 130개 들이. 온열매트 박스는 스칸디나비안산, 흰색 바탕에 눈의 결정 모양이 붉은색과 푸른색으로 그려져 있는 위로 푸른 썰매를 끌고 가는 푸른 사슴과 푸른 산타가 있다. 씬씬씬 에어슬림 팬티 박스는 남아용, 사이즈는 XL…… 공원 옆 연립주택 앞, 재활용쓰레기 분리배출 장소다. 온통 3층 건물들 중 어느 집, 겨울 차비 마쳤겠다. 텅 빈 수거장에 달랑 세 개의 박스만 나온 걸 보면 제법 큰 아기의 부지런한 아빠가 아침 출근길에 내다 버리고 갔으려나. 이 사이즈면 36개월쯤 되었겠다.

베란다 쪽으로 공원이 내다보이는 작은 집의 겨울 아침이면 세 식구가 스칸디나비아 분위기의 온열매트에서 따뜻하게 자고 일어나겠구나. 입이 심심한 오후쯤에는 물을 끓여서 커플 머그컵 두 개에 탄 호두아몬드율무차를 이마를 마주하며 마시겠지. 아이는 저도 마시겠다고 무릎을 타고 오르겠지. 티스푼에 담긴 차를 호호 불어 식히면서 아기새 같은 입에 넣어주겠지. 부지런한 주부는 10월에 겨울을 준비를 하는구나. 덜덜 한파가 몰아쳐야 온열매트를 검색하던 나로서는 춥기 전의 이 대비가 여간 대견해 보이는 게 아니다.

이런 상상을 하는 머리 위가 소란스럽다. 철새다. 거대한 V자를 그리며 날아간다. 기러기일까. 대열은 끊기다가 이어지다가 출렁출렁 멀어져간다. 가장 강한 녀석과 아직 어린 녀석, 늙고 약해졌지만 지혜로운 녀석들이 대열 속의 제 자리를 찾겠지. 힘내라고 제대로 하라고 줄 흐트러진다고 서로를 부르며 소리치는 중이겠지. 기러기도 태양이나 별을 지표로 삼는 걸까. 후각에 의존하는 새도 있고 지구의 자기장을 이용하는 새들도 있다던데.

모두 떼를 지어 이동하는 것도 아닌 모양이다. 한 마리씩 떨어져서 가는 황금새도 있다니. 언젠가 늦은 가을, 무리를 잃어 혼자 가는가 싶던 그 새가 황금새였을까. 목의 앞쪽과 가슴과 눈썹이 황금빛인 그 새는 우리나라를 지나가기만 하는 새라는데. 센털넓적다리중부리도요는 알래스카에서 타히티까지 한 번에 건넌다고 한다. 여름새인 칼새는 3년 동안 쉬지 않고 날아다니다가 둥지를 만들기 전에 잠시 착륙한다는데, 교미도 공중에서 한다는데. 유선형의 새가 두 발을 11자 모양으로 몸통에 붙이고 깃털을 날리며 힘차게 날아가는 모습은 이 계절의 호사다.

착해지지 않아도 돼.

무릎으로 기어다니지 않아도 돼.

사막 건너 백 마일, 후회따윈 없어.

몸 속에 사는 부드러운 동물,

사랑하는 것을 그냥 사랑하게 내버려두면 돼.
절망을 말해보렴, 너의. 그럼 나의 절망을 말할 테니.
그러면 세계는 굴러가는 거야.
그러면 태양과 비의 맑은 자갈들은
풍경을 가로질러 움직이는 거야.
대초원들과 깊은 숲들.
산들과 강들 너머까지.
그러면 기러기들, 맑고 푸른 공기 드높이,
다시 집으로 날아가는 거야.
네가 누구든, 얼마나 외롭든,
너는 상상하는 대로 세계를 볼 수 있어.
기러기들. 너를 소리쳐 부르잖아, 꽥꽥거리며 달뜬 목소리로—
네가 있어야 할 곳은 이 세상 모든 것들
그 한가운데라고.

메리 올리버, 「기러기」, 김연수, 『네가 누구든 얼마나 외롭든』, 문학동네, 2007

기러기, 하면 이 시가 가장 먼저 떠오른다. 김연수의 소설 제목 『네가 누구든 얼마나 외롭든』으로 더욱 유명해진 시. 읽을 때마다 찡하다가, 울 것 같은 기분이 되다가, 자유로운 느낌이 되다가, 단전으로 힘이 차오르는 시. 읽으며 순식간에 다른 시간, 다른 장소, 다른 기분의 다른 사람이 되게 하는 이 시를 쓴 메리 올리버는 2019년 1월 17일 83세의 나이로 세상을 떠났다는데.

그녀는 행복했을 것 같다. 자신의 마음, 자신의 생각, 자신이 해야 할 일을 아는 사람은 행복할 것 같다. 그런 걸로 치면 기러기도 행복하겠지. 시월에는 멀리 날아가야 한다는 걸 아니까, 그게 어딘지 아니까, 대열 속의 제 자리를 아니까. 공원 옆 젊은 여인도 행복하겠지. 추워지기 전에 예쁜 온열매트를 샀으니까, 맛있는 차도 130개 들이로 샀으니까, 아이는 무럭무럭 자랄 테니까, 곧 기저귀가 필요하지 않을 거고 걸어 다닐 거고 말이 많아질 거고 언젠가 소년이 또 언젠가 청년이 될 테니까.

우리의 안심은 예측 가능한 미래에 있고, 우리의 기대는 예측 불가능한 미래에 있다. 예측할 수 있는 미래는 준비하면서 안심하고, 그럴 수 없는 미래에 대해서는 기대를 해야겠지. 집에 가는 길이 깃털처럼 가볍다, 상투적인 비유지만 오늘의 실감이다.

조금씩 나아지고 있는 거라고

팔이 무겁다. 어깨를 다쳐 보호대에 싣고 다니는 왼팔이 매우 무겁다. 내 팔이 내 목에 매달리는데 그게 이렇게나 무거울 일인가. 다치고 바로는 팔이 여기에 있다는 것을 알게 되었다. 통증에 졸아든 마음은 팔이 아주 커다랗다는 것. 누군가 다가오면 기겁하고 미리 피하고. 팔의 통로에 온 몸과 마음이 달라붙는다. 가능하면 아픈 팔이 움직이지 않도록, 무엇도 팔을 해하지 않도록 남은 팔다리 손가락 발가락이 저마다 나서서 최선을 다한다. 옷을 입을 때는 왼팔을 가장 먼저, 벗을 때는 왼팔을 가장 나중에. 아무튼 팔이 무겁다. 팔이 매달리는 바람에 뒷목과 겨드랑이는 땀이 송송.

내가 사는 곳은 15층, 이 라인의 6층인가에는 반절 남은 오른팔을 달고 다니는 남자가 있다. 출근할 때 엘리베이터에서 만나 버스정류장까지 함께 가기도 한다. 아내도 그도 출근하는 눈치다. 다들 그의 반 토막 난 팔에 놀라는데 그들 부부는 서로 장난치고 떠들고 웃고 옥신각신 한다. 다들 안 보는 척 그의 팔을 보고 안 듣는 척 그들의 말을 듣는다. 웃을 일이 있구나, 저럴 수도 있구나, 하는 눈빛으로.

하지만 누구라도 소프트 아이스크림이 나오다 만 것 같은 모양으로 마무리된 그의 팔을 제대로 보면 더는 볼 수가 없게 된다. 무슨 일이 있었을까. 얼마나 아팠을까. 얼마나 절망했을까. 저 상처가 아물 때까지 얼마나 오랜 시간이 걸렸을까. 저 상처는 다 아문 것도 아닐 거야. "오늘 비 올 거다" 남자가 말했다. "왜, 팔이 쑤시나?" 여자가 묻는다. 그런 날 오후쯤이면 스멀스멀 먹구름이 몰려들고 비가 흩뿌리곤 했다. 잘린 팔로 기우뚱 살아가는 그가 비라도 맞을까 사라진 팔이 먼 곳에서 신호를 보내주는 걸까.

상처를 입은 사람을 보면 다들 도우려고 애를 쓴다. 내가 다친 어깨에 보호대를 하고 느릿느릿 걸으면 사람들이 길을 피해준다. 두부랑 콩나물을 사러 간 슈퍼에서는 장바구니에 넣어주기도 한다. 베트남 음식점에서는 포크를 가져다 드릴까, 더 도울 일이 없는가 물었다. 어쩌다가 그랬냐고 반찬가게 아주머니도 묻고 야쿠르트 아주머니도 묻고 보행기를 밀고 가시는 할머님도 혀를 끌끌 차신다. 잔뜩 안쓰러운 눈빛으로 뭔가 해줄 게 없는가 물으신다. 이렇게나 다정한 사람들이라니 나는 기분이 좋아져서 이제 많이 나았다고 고맙다고 씩씩해져 버린다.

지향이 남은 삶은 살 만한 것. 조금씩 나아지고 있다는 게 중요하다. 개미 오줌만큼이라도 어제보다 나아졌다면 되었다. 빚이 산더미라고 해도 조금씩 벌고 있다면, 아주 조금씩이지만 갚아가고 있다면 더욱 되었다. 가을 햇살 속을 한 걸음 한 걸음 산책하는 회복기 환자들의 다리에도 팔에도 근육이 붙겠지. 조금이지만 어제보다는 힘이 붙겠지. 그거면 되었다. 다 낫지는 않더라도 완쾌는 아니더라도 다치고 아프기 전으로 돌아갈 수는 없더라도 그거면 되었다. 팔이 무겁다는 것을 알았고 그 팔이 얼마나 소중한지 알았으니까. 미약한 희망을 안고 조심조심 다시 오늘 하루를 사는 거다.

이제
살아가는 일은 무엇일까

물으며 누워있을 때
얼굴에
햇빛이 내렸다

빛이 지나갈 때까지
눈을 감고 있었다
가만히

한강, 「회복기의 노래」, 『서랍에 저녁을 넣어 두었다』, 문학과지성사, 2013

물리치료 좋다. 아무것도 안 하고 있어도 되니까 좋다. 선생님들의 얼굴은 잘 모른다. 벽을 향해 옆으로 눕는 자세 탓에 음성과 손길의 강도, 타월을 덮어주는 방식으로 얼굴을 대신하게 된다. 누우면 침대의 안마봉이 올록볼록 강약을 되풀이하며 뭉친 곳을 풀어준다. 이 병원을 좋아하는 사람들이 많아지는 이유 중 하나가 이 안마침대 때문이라는 소문도 들었다. 안마의자도 아니고 침대라니 말해 뭐해.

환자들은 8할이 여자다. 오전에 갈 때도 오후에 갈 때도 여자들 대부분에 노인들과 아이들이 약간 있다. 남자들은 안 아픈가. 안 다치나. 다쳐도 치료받을 틈도 없이 달린다는 건가. 아파도 아프다는 말을 못 하는 아버지들처럼. 괜찮다, 아직은 참을 만하다고 끈질기게 고집하시는 아버지들처럼 다들 그냥 참고 버티며 산다는 걸까. 아니면 야간 진료를 오는 걸까.

한 선생님에게 질문을 했다. 아픈 사람들을 이리저리 돌보는 일은 몸도 지치고 마음도 지치는 일일 텐데, 기가 빨린다는 말을 듣기도 했는데 퇴근하시고 나면 물리치료 받으셔야 하는 거 아닌가요? 그분은 이런 답을 한다. "아니요, 환자분들이 좋아지는 걸 보면 제 몸 힘든 건 다 잊어버려요." 속으로 '정말요? 진짜요?' 두 번은 했는데 정말 그럴까. 아픈 사람들을 돕는 보람이 자신의 고단함을 잊게 해줄까. 가끔은 안마침대에 누워 쉬고 싶을 것 같은데. 아픈 사람들만 보는 일이 징글징글하고 지겹고 지루할 것도 같은데 삐뚤어진 나의 선입견일까.

그냥 나는 좋아요, 괜찮습니다, 하는 대답들을 온전히 믿을 수가 없다. 정말 그럴까. 언제나 웃는 사람은 사실 조금 우는 사람 같아서. 언제나 괜찮다고 말하는 사람은 사실 별로 괜찮지 않은 사람 같아서. 실은 내가 그런 사람이라서. 그녀가 해주는 물리치료는 어쩐지 연말에 선물박스를 들고 보육원 가서 기념사진 찍는 정치인 같아서 아아, 그만 받고 그냥 집에 오고 싶었다. 낮고 건조한 그녀의 음성 탓이었을까.

하지만 괜찮다고 말하게 된다. 괜찮지 않다고 말한다고 괜찮게 되는 것도 아니고. 그렇게 말해 버리면 듣는 사람도 말하는 사람도 한층 고단해지는 일이 될 테니까 나는 무조건 괜찮다고 말하게 된다. 친정 식구들에게 다쳤다는 말을 하지 않았다. 아프지 않은 척, 잠시 만날 때는 보호대를 숨겨두고 들어갔다. 형편이 좋지 않을 때도 절대 말하지 않는다. 걱정이 가득한 거 다 아는데 한층 더 무겁게 해주고 싶지 않아서. 사실대로 다 말하지 않는 이유는 배려다. 나를 사랑하는 사람에 대한 배려, 그리고 그들을 사랑하는 나에 대한 배려.

처음 보는 사람에게, 다시는 볼 일이 없는 사람에게 비밀을 말하게 되는 것도 그런 때문이겠지. 나의 비밀을 듣는다고 해서 많이 놀라거나 걱정하거나 아파하지 않을 테니. 임금님 귀는 당나귀 귀라고 소리 지르는 사람처럼 시원한 감이라도 더할 수 있을 테니. 물리치료 선생님도 라커룸 거울을 보며 제 손목을 주무르며 이야기하겠지. '힘들다, 힘들어, 나도 물리치료를 받고 싶을 정도야.'

사랑 대신 메리 올리버

메리 올리버의 『휘파람 부는 사람』을 읽는다. 책은 이렇게 시작된다. "이 우주에서 우리에겐 두 가지 선물이 주어진다. 사랑하는 능력과 질문하는 능력. 그 두 가지 선물은 우리를 따뜻하게 해주는 불인 동시에 우리를 태우는 불이기도 하다." 그리고 여백 뒤로 이렇게 이어진다. "지금 이 순간은 아니지만 곧 우리는 새끼 양이고 나뭇잎이고 별이고 신비하게 반짝이는 연못물이다." 그리고 서문이, 목차가, 이야기가 이어진다. 맑고 서늘하다.

"나는 아직 늙거나 성장이 끝났다고 생각하지 않는다. 하지만 인생관은 바뀌었다. 이젠 몸을 바삐 움직이고 싶은 갈망은 줄었고, 정신의 묘기에 관심이 더 많아졌다. 또 쓸모없는 목재에 새로운 애정이 생겼다. 버려진 자리에 조용히 남아 그저 존재만을 유지하는 것들 말이다. 물결무늬가 생기고 소금물에 절여진 해변의 널빤지들. 좀조개가 파놓은 구멍 천지인 말뚝들. 그리고 숲에 떨어진 오크목, 단풍나무, 비바람에 시달린 귀한 소나무 가지들. 그들은 바닥에 누워 아무것도 하지 않는다. 그들은 망각의 길을 가는 여행자들이다." 이 부분들이 왜 좋은가. 나는 왜 표시를 해 두는 걸까. 나도 많이 변하고 있구나.

뜨거운 것이 무섭다. 예측 불가능한 것이 싫다. 떨리는 것이 싫다. 쉽게 변하는 것이 싫고, 변하지 않을 거라고 영원을 걸고 하는 약속들이 싫다. 죽을 것 같은 감정이 싫고, 모두를 내던지고 시험에 들고 싶어 하는 마음이 싫다. 너, 사랑이 싫다는 거지, 지쳤니, 늙었니? 그래, 그거다. 그래도 괜찮다. 더는 어리지 않아서 다행이다. 불안하고 불온한 감정에 시험당하지 않아도 되는 나이가 되어서 다행이다.

책을 덮고 동네를 돈다. 11월 오후 5시, 공원 옆 아파트 단지를 가로지른다. 아무도 살지 않는 것처럼 고요하다. 놀이터는 텅 비었다. 애벌레 모양의 탈것에는 굵은 스프링이 달려 있다. 그 옆에는 무당벌레 모양의 탈것이 있다. 이런 걸 뭐라고 부르는 걸까. 아이들이 없는 놀이터에서는 낙엽이 놀고, 가벼운 바람이 놀고, 뜨겁지 않은 햇살이 논다. 나뭇가지 사이로 드는 빛을 찍는다. 둥글게 번지는 햇살 위로 액정에 반사되는 붉은 빛이 겹친다. 그 빛도 태양 빛이라고 부르는 걸까. 태양에서부터 비롯되지 않은 빛도 있을까. 모든 빛의 근원이 유일한가. 오후의 카메라에 찍힌 잠시의 환한 것, 온기는 없고 물기는 없고 생기는 있는 것. 메리 올리버의 책을 읽는 기분은 11월의 오후 같다. 혼자 걷는 숲길 같다. 오래오래 걷고 싶다.

천천히 걷는다. 천천히 바라본다. 천천히 숨을 쉰다. 늘 다니던 길에 벽화가 숨어 있었구나. 무지개색 등껍질을 가진 커다란 거북이가 있고, 흰 벽에 그려진 무 세 개가 있고, 오리와 나란히 서서 행인 쪽을 바라보는 두더지가 있다. 그런데 두더지는 왜 두더지일까, '두더쥐'가 되어야 하는 건 아닐까. 진회색 몸에 긴 꼬리에 반짝이는 눈을 가진 쥐 한 마리가 단지를 가로지른다.

그나저나 사랑은 이제 아니라는 걸까. 이러한 사랑에 도착했다는 걸까. 후자 쪽이라고 생각하고 싶다. 사랑이 아니었다면 지금 이 순간조차 없었을 거야. 사랑을 통과하였기에 이런 사람이 될 수 있었을 거야.

우리는 곧 "새끼 양이고 나뭇잎이고 별이고 신비하게 반짝이는 연못물"이라는 그의 말이 참 좋다. 그것은 사랑의 말이고 고백이고 증언이고 위로이고 헌사 같다. 그렇다면 우리는 곧 거북이고 흰 무고 오리이고 두더지이고 생쥐이고 새끼고양이고 빛이고 숨이라고 생각하니 더욱 좋다.

예술은 짧고 인생은 긴데 가을배추는 너무 비싸군요

위아래 검정 옷을 입은 내 또래 여인이 시각장애인용 지팡이를 짚고 걸어오는 것을 보았다. 두어 걸음 뒤로 물러나서 그녀가 먼저 가기를 기다렸다. 토요일 이른 아침이라 인적이 드문 길. 뭐라도 돕고 싶은 마음은 들었지만 돌발적 행동에 당황할 수 있다고 배웠던 터라 그녀 왼쪽 뒤에서 오른쪽 뒤로 적당한 거리를 두며 따라 걸었다. 자전거라거나 달리는 사람이라거나 갑작스러운 일이 생기면 바로 그녀를 보호할 수 있도록 보호대를 하지 않은 팔을 반쯤 올려 들고 은밀한 수행원처럼.

검정 인조가죽 구두를 신고, 저지 소재의 검정 바지에 엉덩이를 덮는 검정 스웨터에 광택이 도는 얇은 검정 점퍼를 입고, 연갈색 바탕에 분홍 리본이 그려진 가방을 매고, 구불거리는 긴 단발 밑으로 새치가 잔뜩 올라온 그녀가 나무 그늘을 지나 햇살 쪽으로 향하자 등 뒤로 만화의 한 장면처럼 눈부신 빛이 났다.

"ARS LONGA VITA BREVIS"라고 은빛으로 수놓은 점퍼였다. 예술은 길고 인생은 짧다는 글자 밑으로 검은 독수리는 날개를 V자 모양으로 모으고, 뾰족한 발톱을 바짝 세우고 있었다. 독수리는 그녀의 걸음을 따라 날개를 이리저리 휘젓다가 기회만 잡으면 순식간에 그녀를 낚아챌 기세였다. 깃털 끝에서 검은 등판 쪽으로 광채처럼 빛나는 자수가 퍼져나가고 있었다.

그녀는 좌판을 깔기 시작한 야채장수를 지나 과일가게를 지나 편의점을 지나 오른쪽 건물 입구의 디딤돌을 지팡이로 조심스럽게 두드리더니 닫힌 문 앞에 멈춰 섰다. 드디어 내가 나설 차례였다. "저, 괜찮으시면, 제가 문 열어드릴게요", 놀랄까 조심히 말하며 그녀 뒤에서 옆으로 천천히 다가가며 그녀의 팔소매를 살짝 잡으며 뻑뻑한 문을 활짝 열어두었다. 고맙다는 그녀의 인사, 환히 웃는 얼굴, 건물 안으로 사라지는 그녀의 등 뒤로 독수리의 날개가 한 번 더 퍼덕거렸다.

그 사이 한 노파가 "무 얼마요?" 물으며 보행기를 힘차게 밀다가 멈춰 섰다. 앞서거니 뒤서거니 두 여인이 "형님, 어디가세요?" "배추 사러 가." "일찍 나오셨네요. 요새 배추 너무 비싸요!" "아유, 비싸야지. 비싼 게 맞아. 농사짓는 게 얼마나 힘들게. 약이며 비료는 또 얼마나 비싼데." "맞아요, 그 공을 모르는 사람들이 싼 거만 좋아하지, 저는 운동하러 가요, 형님 조심히 가세요!" 주거니 받거니 대화를 하면서도 나와의 적정 거리를 유지하려고 가장 먼 구석 쪽으로 줄을 서듯 걸어갔다.

로버트 치알디니의 『웃는 얼굴로 구워 삶는 기술』이라는 책은 '세상에서 가장 짧고 쉬운 20가지 심리법칙'이라는 부제를 달고 있는데 심리학에서의 "하위 인간화Infrahumanisation" 개념을 다음과 같이 설명한다. 다른 사람이 자신보다 덜 인간적이라고 믿는 보편적인 심리가 있다고, 자신의 생각이나 욕망, 의도, 행동을 다른 사람에 비해 좋게 평가하는 경향이 있다고. 그래서 다른 사람들도 나와 똑같이 생각할지도 모른다는 것은 잘 알지 못한 채, 모르는 사람과 대화할 기회가 생겨도 혼자 있는 시간을 선택한다는 것이다.

나는 내가 제일 좋은 사람인 줄 안다. 이른 아침, 시각 장애를 가진 낯선 여인의 보행을 아무도 모르게 돕는 선행의 주인공이 나뿐인 줄 안다. 하지만 장애를 가진 그녀가 오늘 아침 집에서 나왔을 때부터, 아니 그녀가 장애를 갖고 살아가기 시작했을 때부터 그녀의 걸음걸음 무수히 많은 마음들이 함께 했을 것 같다. 언제나 누구나 누군가를 돕고 있다. 나는 시각 장애를 가진 그녀를 내가 돕는다고 생각했지만, 남들이 보기에는 시각 장애를 가진 여인 뒤로 팔을 다친 여인이 걸어온다고. 한없이 느릿느릿 횡단하는 저들을 위해 2인분의 도움이 필요하다고, 어서 길을 넓게 만들어 주어야 한다고 생각했겠구나. 이 생각은 집에 돌아와서야 할 수 있었다.

모두 그런 것은 아니겠지만 노인들은 처음 보는 사람들과도 친구처럼 이야기한다. 전철 노약자석에서, 병원 로비에서, 사찰의 마당에서 출가한 아이들 이야기, 손자손녀 이야기를 한다. 어디 가느냐고, 왜 가느냐고, 요즘 어디가 아프냐고 안부를 묻고 걱정하고 용한 병원이며 약이 되는 음식 정보를 전한다. 다들 나이 들어 외로워서 그런 거라고, 오지랖이 태평양이라고 놀리지만 그게 다는 아닐 것 같다. 살다 보니 사람들의 마음이 다 거기서 거기라는 것을 알게 된 거겠지. 내 마음이 네 마음이라는 것을, 너의 삶과 나의 삶이 다르지 않다는 것을 아시게 된 거겠지. 무수한 우연마다 반가운 인연이라서 집착 없는 연민이 가득하게 된 것은 아닐까.

저번에 마트 에스컬레이터 올라갈 때, 젊은 엄마 치마 참 이쁘다고, 늙으니 허리도 아프고 다리도 아파서 치마 입을 일이 없다고 하시던 할머님께 어색하게 웃지만 말고 할머니 입으신 조끼 참 곱다고 말씀드릴 걸 그랬다. 병원 대기실에서 어쩌다가 어깨를 다쳤냐고 걱정해주시던 할머니에게 그 다리는 어쩌다가 그렇게 심하게 다치신 건가 여쭈어볼 걸 그랬다. 어서 나으시라고 부디 조심하시라고 내내 건강하시라고 말씀드릴 걸 그랬다. 그런 이야기를 나누는 순간에는 덜 아프고 덜 외로울 텐데. 내 마음도 훨씬 좋았을 텐데.

실은 배춧값 얘기하던 두 여인의 대화에 끼어들 뻔했다. 그러니까요, 알배기 배추 두 개 천 원 하던 게 하나에 삼천 원으로 올랐더라고요, 라고. 예술은 짧고 인생은 긴데 가을배추는 어지간히 비싸군요, 라고. 아니아니, 예술이 길고 인생이 짧고 아무튼 가을배추 너무 비싸다고.

죽은 자의 날을 사는 날의 햇사과의 맛이라니

청계천은 알고 있었다. 개천이었다가 복개하고, 다시 복원한 맑은 물은 알고 있었다. 바라보기도 했고 징검다리도 건넜고 사진도 찍었다. 올덴버그의 스프링도 보고 조너던 브롭스키의 해머링맨도 보았다. 낙원상가 근처에서 아구찜을 먹었고 맥주도 마셨다. DDP에도 갔다. 야시장에서 아이 지갑도 샀다. 그리고 얼마 전 청계천 8가에 대한 오래된 노래를 처음 들었다. 그곳에 출사를 가야겠다고 생각했다. 전철을 타고 어디서 내리나 궁리도 했다. 그런데 그곳은 이미 없는 곳이란다. 청계고가도 삼일고가도 이젠 없다고 한다. 정말요?

마포도 그랬다. 서대문으로 출사 갔다가 마포까지 갈 생각을 했다. 그곳에서 태어나 자랐으니까, 돌아가면 어느 거리든 나올 거라고. 걸어서 가다 보면 신수동, 용강동, 도화동 아는 동네 이름이 나올 거고, 거길 가면 그곳이 내가 살고 자라던 곳임을 대번에 알 수 있을 거라 믿었다. 그런데 마포에 가도 마포가 없었다. 아무리 걸어도 뱅글뱅글 돌아도 내가 아는 곳이 단 한 군데도 나오지 않아서 먹먹한 마음으로 돌아오게 되었다. 그러면서도 내가 아는 곳이 어딘가에 조금은 남아 있을 거라고, 내가 찾지 못했을 뿐 전혀 없는 건 아닐 거라고 생각하는 나를 발견했다. 이봐, 이젠 없다니까, 그 사거리, 그 도로, 그 극장, 그런 건 이제 없다니까.

존재와 부재에 대해 생각한다. 존재는 존재 자체로 증거가 되고, 부재는 흔적으로 증거가 될 텐데, 흔적이 없는 부재는 믿기 어려운 것이 될 텐데.

10월 31일부터 11월 2일까지 사흘간은 멕시코의 "죽은 자의 날"이다. 죽은 자의 날은 영화 〈코코〉를 통해 알게 되었다. 12살 소년 미구엘은 음악을 금지한 집에서 은밀히 뮤지션을 꿈꾸는데 전설적인 가수의 기타에 손을 댔다가 죽은 자들의 세상에 다녀오게 된다. 그곳에서 코코 할머니의 아버지가 그의 딸 코코에게 다음의 말을 전한다. 〈Remember me〉 미구엘의 노래도, '죽은 자의 날' 축제도, 죽은 자들의 세상도 아름답다. 보며 웃으며 울게 된다. 영화는 살아 있는 사람들이 그 사람을 기억하고 그에 대한 이야기를 하지 않으면 그 사람은 완전히 사라진다고 말한다.

'죽은 자의 날'을 맞는 멕시코를 그려 본다. 죽은 자들이 1년에 단 한 번 가족이나 친지를 방문할 기회를 얻는다는 날, 제단에는 죽은 사람의 생전 사진과 설탕인형과 둥근 빵과 음료와 해골 모양의 인형과 금잔화가 장식된다지. 죽은 자가 '죽은 자의 꽃'인 금잔화 향기를 따라 산 자를 찾는 그 자리는 죽은 자들이 좋아하던 음식들이 넘쳐나고 죽은 자들이 즐겨 듣던 음악이 흥겹게 연주된다지. 함께 먹고 마시고 춤추며 즐기는 시끌벅적한 분위기는 놀이동산 같다지.

눈앞에 산 자들의 거리가 있다. 한 노인이 전동 스쿠터를 타고 간다. 거의 붉다. 주홍색과 붉은색이 섞인 모자, 붉은색 자전거 장갑, 푸른 점퍼 속에는 붉은색 페이즐리 무늬 스카프, 벽돌색 바지 밑에는 붉은색 운동화, 스쿠터 뒤에는 분홍 어깨끈이 달린 붉은 백팩이. 스쿠터 손잡이에 걸어둔 검정 비닐봉지가 갑자기 터져 버린다. 크고 붉은 가을 햇사과가 우르르 굴러간다. 그걸 보며 소리치는 사람, 그걸 향해 달려가는 사람, 사과를 발로 잡고 손으로 잡는 이 장면은 빨강과 초록과 노랑이 이어진 비치파라솔 아래의 어지럽고 향긋한 소란이다. 죽음도 삶도 잘 모르지만 어쩐지 시끌벅적 축제 같은 이 순간, 저 사과의 맛은 알겠다. 침이 고인다.

기억하는 한 사라지지 않는다. 이미 죽은 엄마도 살아 있고, 이미 사라진 거리도 여전하다. 보이는 세상에서는 볼 수 없지만, 완벽하고 거대하고 내밀한 나의 우주의 어느 지점에 생생히 존재한다. 바라보면 존재한다, 존재하면 느낄 수 있다, 느끼면 기억할 수 있다, 기억하면 함께하는 것. 거꾸로 해도 다르지 않다. 함께하면 기억할 수 있고, 기억하면 느낄 수 있고, 느끼면 존재하는 것. 보이는 것도 보이지 않는 것도 볼 수 있는 마음이 우리들에게는 있다. 그렇게 믿는다.

너는 멀리 튀니지에서 왔고

1티스푼을 넣을 때 이 스푼을 쓴다. 스푼은 거의 무게가 없고 1티스푼을 담아도 여전히 무게가 없다. 그래도 이렇게 한 스푼, 한 스푼 넣다 보면 넘치도록 많아지는 순간이 오겠지. 가득한 최선이 모여서 가능한 최대가 되겠지. 하루하루는 조금씩이지만 그게 모이면 무언가가 되겠지. 한 번에 할 수는 없는 일들을 작게 잘게 나누어서 하는 방식이라면, 그렇게 부담이 없는 일이라면 시작해 볼 수 있겠지. 조금씩 쉬지 않고 잊지 않고 하는 일 속에 먼 길을 가는 유일한 방법이 있겠지.

※주의사항

천연목 재질로 자연스러운 흠집 및 변형이 있을 수 있습니다. 사용 후 부드러운 수세미로 세척 후 즉시 물기를 닦아 자연건조해주시기 바랍니다. 세척 후 건조해 식용오일을 발라 관리하면 고유의 색상을 오랫동안 유지할 수 있습니다. 재질 특성상 보관 시 주의하시고 물에 장시간 두면 표면이 거칠어질 수 있습니다. 무리한 충격을 가하거나 화기에 직접 닿지 않도록 주의해 주십시오. 제품을 용도 외로 사용하지 마십시오. 색소나 양념 등으로 인한 착색 및 변색에 주의하십시오.

8 808739 000207

MADE IN TUNISIA

다이소 TN올리브나무양념스푼

나무였던 흔적은 물결무늬 속에 있다. 나무의 내부는 이렇게 생겼구나. 나무는 이렇게 한 켜 한 켜 자랐구나. 이 작은 스푼 속에 나무의 일생이 담겨 있다. 한 해 한 해 자라며 몸피를 키웠겠지. 나무는 무엇을 먹고 자랐을까. 어쩌다가 이렇게 작은 스푼이 되었을까. 올리브 나무 한 그루를 갖고 무엇을 만들었을까. 만들고 남은 것으로 이렇게 작은 스푼이 되었을 것 같은데. 올리브나무였던 스푼에 올리브유가 담길 때, 스푼은 어쩐지 떨리는 것 같다. 있어야 할 곳에 있다는 듯, 가야 할 곳에 도착한 듯. 작고 단정한 이 스푼이 왜 이리 좋을까. 왜 이리 안쓰럽고 애잔할까.

스푼은 튀니지에서 왔다. 튀니지는 어떤 나라일까. 햇살은 바람은 공기는 냄새는 어떤 것이었을까. 스푼을 만든 나무가 완전히 사라진 다음에도 이것은 영원히 올리브나무일 텐데. 그런 것이 태생일까, 뿌리일까. 아주 멀고 오래된 나무의 시작에 대해 생각한다. 작은 씨앗에서 싹이 트고 자라 올리브 꽃을 피우고 올리브 열매를 맺는 순간을 상상한다. 올리브나무는 작은 나무로 자라지만 드물게 15미터까지 자라기도 한다지. 잎은 타원형에 은빛을 띠는 녹색, 4~5월에 향기로운 크림색 꽃이 핀다지.

제품설명서를 여러 차례 읽는다. 이 설명서는 다른 것에 달아둘 수도 있겠다. 사랑하는 사람의 등이라거나 소매라거나 앞섶 같은 곳에 달아주고 싶다. 자연스러운 흠집 및 변형이 있을 수 있으니 조심하세요. 사용 후 잘 닦고 잘 건조해주시기 바랍니다. 샤워 후 바디로션이나 오일을 발라 관리하시면 훨씬 좋으실 거예요. 보관 시 주의하시고, 사용 시 물론 주의하시고 물이나 바람, 햇살에 장시간 노출 시 매우 거칠어질 수 있습니다. 무리한 충격 금지, 화기 금지하시고요. 떨어뜨리거나 부딪히지 않도록 주의하시고요. 잘 살아가는 용도 외로 사용하지 마십시오. 소중한 것을 다루는 방법은 비슷할 것 같다. 잘 사용한다는 것은 제대로 사랑한다는 것. 구체적인 삶의 방식과도 통하겠지. 다들 알고 있는 공공연한 비밀이겠지.

알리오 올리오를 해먹어야겠다. 오일은 3리터짜리 스페니쉬 엑스트라 버진 올리브오일이다. 아낌없이 듬뿍 넣어야지. 이걸 대체 언제 다 쓰나, 쓰기도 전에 상하는 거 아니냐고 했던 용기가 어느새 비어간다. 이것이 우리들의 몸을 만들었다는 건데, 핏줄 속을 떠돈다는 건데.

튀니지의 올리브나무로 만든 스푼에 스페인의 올리브나무로 만든 오일을 담는다. 튀니지는 아프리카 북부 지중해 연안에 있는 아랍국가로 아랍어를 공용어로 쓰고, 스페인은 유럽의 남서쪽 끝 이베리아반도에 있는 나라로 스페인어를 공용어로 쓴다. 튀니지와 스페인 사이에는 지중해가 있다. 스파게티 면은 스페인산, 통흑후추는 이마트에서 샀는데 어찌된 일인지 베트남, 말레이시아, 인도네시아 산이라고 쓰여 있다. CalNort 치킨스톡은 스페인산, 소금은 신안군, 마늘은 의성의 것이다.

스페인의 올리브나무가 만든 오일이 튀니지의 올리브나무로 만든 스푼을 지나 세상 여러 곳에서 난 것들과 함께 내 몸을 채우다니 온 세상의 해와 비와 흙과 바람 같은 것들이 나를 만든다는 의미겠지. 우주가 우주 속에 겹겹이 들어차고, 온 바다가 뒤섞여서 온 숨이 하나 되는 일이라니. 한 접시의 알리오 올리오 속에 없는 것이 없다, 없는 곳이 없다. 그것을 삼키는 나는 얼마나 큰지, 또 얼마나 작은지, 생각 없이 퍼먹다가 퍼뜩 놀란다.

지운 아이가 있다

신경 쓰인다. 채운각 가지 탓이다. 웃자라 쓰러지는 바람에 급히 잘라 두었다. 기다란 초록의 덩어리가 신문지 위에 누워 있다. 전쟁영화 속 수습된 사체들처럼 고요하다. 절단 부위는 얼추 말랐다. 매달린 이파리는 기운 없이 늘어진다. 조금 더 두면 말라비틀어지겠지. 아직은 제 몸의 물기로 살아 있지만 오래 버티지 못할 거다.

식물 싫어한다. 아니, 식물 키우는 거 싫어한다. 죽인 화분이 많다. 살린 화분도 가끔 있다. 넘치도록 물을 주어야 하는 줄도 모르고 하염없이 바라보다 말라 죽인 남천의 작은 뿌리에서 새로 올라오는 푸른 잎에 환호했다. 초등학교 다니던 아이가 교실 화분이 깨져 함께 버려졌다며 휴지로 감싸들고 온 용월은 떨어지는 잎사귀 하나하나에서 실뿌리를 내려 큰 화분을 가득 채우고 말았다.

살아 있는 건 조심스럽다. 책임져야 하는 생은 버겁다. 나만 바라보고 있는 수많은 입 같아서 도망치고 싶다. 아이를 낳는 일은 화분 하나를 들이는 것과는 비교도 되지 않는다. 흙 있고 햇빛 있고 물만 주면 되는 그런 게 아니다. 키울 수 있을 때 가져야 하고 낳았다면 잘 키워야 한다. 그런데 어떻게 키우는 게 잘 키우는 것일까. 아이들이 다 자랐는데 아직도 모르겠다.

채운각 자를 때 흐르던 흰 수액이 눈에 어른거린다. 흐르는 젖 같다. 오래 전 지운 아이 생각이 났다. 생명은 어디에서부터 어디까지일까. 임신 초기의 아주 작은 아이는 아픈 것을 모른다는 글을 읽었다. 아무리 작아도 생명은 생명이라고 아픔을 모를 리 없다는 글도 읽었다. 수술 도구를 피해 이리저리 달아나려는 태아의 동영상도 보았다. 그게 조작된 거라는 댓글도 있었다. 그러기를 바라며 눈을 질끈 감았다. 화장실에서 아이를 낳고 달아나거나 여관에 갓 낳은 아이를 버리고 달아난 여학생의 이야기를 읽었다. 누군가는 비난하고 누군가는 동정한다.

마야 안젤루의 책 『새장에 갇힌 새가 왜 노래하는지 나는 아네』에서 어머니는 말한다. "봐라. 옳은 일을 할 때는 생각할 필요가 없는 거야. 만약 네가 하려는 일이 옳은 일이라면 생각하지 않고서도 저절로 하게 된단다." 어린 딸아이가 임신했다고 말했을 때 '드러내고 비난하지도, 은밀하게 비난하지도 않은' 어머니는 '최고를 원하지만 최악에 대비하고 그 중간의 어떤 일에도 놀라지 않는 여자'였다.

지나치게 생각이 많아진다면 변명을 찾는 것일 수 있다. 옳지 않은 일일 수 있다. 미리 당겨 상상하는 최악에 경악하고 그 중간의 모든 일로부터 도망치려는 수작일 수 있다. 나는 마야 안젤루의 어머니처럼 할 수 없을 것 같다. 마야 안젤루처럼 할 수도 없을 것 같다. 드러나게 비난하고, 은밀하게 또 비난하고 자책하면서 최악으로부터 달아나려고 최악의 결정을 내릴 거다. 아니 이미 그렇게 했다. 최악의 결정을 후회하냐고? 물론, 언제나 후회한다.

아이가 울면 유선이 찌르르 울리고 뻐근해지고 젖이 방울방울 흐른다. 젖을 빠는 아이의 눈에 고인 눈물, 젖은 검은 속눈썹과 파르르 떠는 입술과 힘차게 젖을 빨아 당기는 느낌. 아이의 입으로 목으로 내 존재가 다 빨려 들어가는 것 같다. 그렇게 내가 사라져 버릴 것만 같다. 지금도 어디서 어린 아이가 울면 놀라서 돌아본다. 엄마, 하면 더욱 돌아본다. 나의 내부에서 무언가 습관적으로 부푸는 것 같고, 고이는 것 같고, 흘러내리는 것 같다. 내가 지운 아이는 내 속에 새겨져 있다. 이름도 없고 생일도 없지만 잠시 머물다 간 화초의 빈자리처럼 황폐해진 부분이 내 속에 있다.

채운각을 삽목한다. 다친 팔로 조심조심, 새 흙과 묵은 흙을 섞는다. 커다란 돌멩이는 골라낸다. 채운각은 나미비아에서 태어났다. 위치는 아프리카 남서부 대서양 연안, 국토의 대부분이 사막이고 세계 3대 다이아몬드 생산국이다. 학명은 유포르비아 트리고나Euphorbia trigona, 잘린 부위에서 우유 같은 수액이 나와서 아프리카 우유나무African milk tree라고도 부른다. 또 하나 배우는 하루가 간다. 잘린 가지는 다 말랐다. 흰 수액은 더 이상 흐르지 않는다. 뿌리를 잘 내렸으면 좋겠다. 여린 잎 사이로 날카로운 가시들이 뜬 눈처럼 반짝거린다.

제3부 / 어차피 영원도 아니니까요

철학자와 늑대와 아버지와 나와

아버지의 편지는 늘 같은 말로 시작되었다. 사랑하는 나의 넷 별 보거라. 언니, 큰오빠, 작은오빠, 나의 편지에 대한 답과 당부, 그리고 엄마에게 하는 말이 가장 끝에 이어졌다. 몇 년간의 편지는 대략 다음의 키워드로 요약된다. 나는 잘 지낸다, 다들 건강히 지내라, 공부 열심히 해라, 엄마 말씀 잘 들어라, 최선을 다해라, 불가능은 없다. 높이 쏘는 화살이 멀리 가는 법이다. 이곳은 덥다, 땀은 순식간에 말라서 피부에 소금 알갱이들이 달라붙는다, 이곳의 밤은 별들로 가득하다, 이곳은 놀거리가 전혀 없다, 술도 불법이다, 영어 공부를 하고 있다, 아랍어는 그 글자가 그 글자 같아서 여간 어려운 게 아니다, 책 많이 읽어라, 시간을 아껴 써라, 다시 만날 때까지 안녕.

아버지의 편지는 종이로도 왔고 테이프에 녹음되어 오기도 했다. 금성 카세트 라디오를 놓고 모여 앉아 아버지의 숨소리를 듣는다. 그때는 아빠라고 불렀지. 아빠의 음성은 갈라지고 낮고 똑바른 서울말투에 단정하고 다정했다. 녹음도 똑같은 말로 시작된다. 사랑하는 나의 넷 별들아, 잘 지내니, 아버지는 지금 사우디아라비아, 혹은 이란, 혹은 리비아…… 그 사막이 그 사막 같고, 부재감은 익숙해졌다.

아버지는 일 년에 한 번 돌아오셨다. 오시기 전까지 엄마는 어땠을까. 쑥쑥 커가는 아이들을 데리고 어떻게 혼자 버티셨을까. 의논할 일들이 가득했을 텐데. 쓸쓸하고 속상하고 화나는 일들이 참 많았을 텐데. 친구라고는 옆집 아줌마들뿐이었는데. 긴 골목 끄트머리에 있던 그 집 낮은 담장 안의 엄마 한숨은 외롭고 길고 깊었을 것 같다.

아빠가 오시는 날에는 온 식구가 택시를 탔다. 공항까지 가는 길은 설레고 지루하고 졸렸다. 수많은 사람들이 쏟아져 나오는 게이트에서 누군가 나를 부르는데 아빠를 찾을 수가 없다. 달려오는 저 사람은 내 아빠가 아니다. 새까맣고 마른 저 사람은 내 아빠 같지가 않다. 아빠 같지 않은 그 사람이 나를 안아 올린다. 많이 컸다고 머리를 쓰다듬는다. 음성은 아빠 맞다. 돌아오는 택시는 무겁다. 아빠의 존재감, 사갖고 오신 선물과 쌓인 이야기들의 무게다. 나는 내가 가장 신이 난 것 같았는데 지금 생각하면 엄마가 제일 신났을 것 같다.

마루에 가방이 줄줄이 펼쳐진다. 열 때마다 선물과 사연들이 쏟아져 나온다. 언니를 위한 검정 가죽 장갑과 시계, 엄마를 위한 화장품과 원피스, 나를 위한 원피스와 반지, 오빠들 것은 기억나지 않는다. 모두를 위한 거대한 태피스트리도 있다. 커다란 암컷 수컷과 네 마리 아기 짐승들이었는데. 호랑이인지 사자인지 확실치가 않다. 저 여섯 마리가 우리 가족이라고 하셨는데. 아무래도 사자였던 같다. 정글 숲의 커다란 나무 그늘에 앉은 여섯 마리 사자 앞에 여섯 식구가 모여 앉으면 천하에 겁날 일이 하나도 없었다.

얇고 가벼운 흰색 아사 원피스에는 둥근 목선에 붉은 바이어스 테이프로 만든 리본이, 옷 가득 붉은 체리들이 그려져 있었다. 내가 얼마나 컸는지 몰라서 사이즈 고민을 많이 했다고, 아랍 소녀의 나이를 물어보며 나의 키를 어림짐작하셨다고 했는데, 참 예뻤는데. 그걸 입고 친구 집에 놀러가는 걸음마다 가득한 체리가 하나라도 떨어질까 봐, 상상 속의 그걸 밟을까봐 조심조심 얌전을 떨었는데.

아버지와 주고받은 편지는 구두 상자 두어 개를 채웠던 것 같다. 어느 샌가 다 사라졌는데 그 속에 담겨있던 이야기는 하나도 잊지 않았다. 잊고 말고 할 것도 없이 같은 마음의 당부였으니까. 내가 나의 아이들에게 할 수 있는 말도 그런 것들이 아닐까 싶다.

마크 롤랜즈의 『철학자와 늑대』에는 늑대 개 브레닌이 등장한다. 브레닌에 대해, 그의 행복에 대해 작가는 다음과 같이 말한다. "나는 길게 펼쳐진 잔디밭에 앉아 브레닌이 토끼 뒤를 몰래 쫓는 모습을 보면서, 나 역시 삶 속에서 감정이 아니라 토끼를 쫓아야 한다는 것을 깨달았다. 우리 삶에서 가장 좋은 순간, 우리가 가장 행복하다고 말하고 싶은 순간은 즐거운 동시에 몹시 즐겁지 않다. 행복은 감정이 아니라 존재의 방식이기 때문이다. 감정에 초점을 맞추면 요점을 놓칠 것이다. 나는 얼마 지나지 않아 이러한 교훈을 얻었다. 때로는 삶에서 가장 불편한 순간이 가장 가치 있기도 하다. 가장 불편하다는 이유만으로도 가장 가치있는 순간이 될 수 있다. 이후 무수히 많은 불편한 순간들이 내 앞에 나타날 준비를 하고 있었다."

토끼를 잡을 때도 있고 잡지 못할 때도 있겠지. 잡으려고 뒤쫓는 숨찬 걸음들이 무수히 많이 이어지겠지. 가끔 기차게 좋기도 하겠지만, 기다리고 또 기다려야 하는 기진맥진의 시간들이 더 많겠지. 아버지도 나도 나의 아이들도 끝없이 토끼를 쫓아다닌다. 감정이 아니라 토끼다. 토끼를 쫓는다. 즐거울 수도 있고 즐겁지 않을 수도 있는 순간들이 모두 '나쁘지 않음'의 카테고리 속에 있다. 이것이 행복이다, 하고 나면 좁아질 게 뻔하다. 행복까지는 아니더라도. 천천히 작게 오래 번져가는 좋은 감정들이면 된다. 가치 있는 체험을 선택하는 용기, 남들이 뭐라고 하건 자신만의 토끼를 잡기 위해 우리는 불편 속으로 걸어 들어간다. 기꺼이 그 중심을 통과한다. 언제든 스스로를 믿을 것. 세상에 믿을 건 그것 하나뿐이니까. 거대하고 무한하여 상상 이상일 테니까, 라고 기대하는 오늘이다.

취미는 물구나무서기. 그렇게 말할 때 자랑스럽지

허구한 날 우당탕탕 쿵. 요란스럽고 위태롭게 앞으로 뒤로 떨어지다가 부드럽고 우아하고 유연하고 폼나게 다리를 서서히 올려 세우던 날, 만세! 드디어 해냈다.

'두 손을 모아 스무 개의 손가락을 깍지 끼워 세모로 만들고, 거기에 머리통을 대고 다리를 서서히 올리는 거야. 하나도 안 어려워.' 물구나무 실력자가 하는 거짓말을 믿은 건 아니었다. 잘하는 사람들은 다 쉽다고 그러니까. 운동에 소질 없는 사람에게 쉬울 리가 없잖아. 하지만 영상을 찾아보면 할머니도 하시고 할아버지도 하시니 어쩌면 나도, 쓰러지고 또 쓰러지면 할 수도 있겠다. 해 보자.

모아 받치는 두 손이 지지대가 되어 주었다. 무거운 머리를 안전하게 받쳐 주었다. 플라스틱 동그라미 고리 위에 괴어 놓는 수박 생각이 났다. 하나의 수박마다 하나씩의 고리가 있어서 어디로 굴러가지 않고 있어야 할 자리에 있었던 것처럼 내 머리도 있어야 할 자리에 얌전히 있어 주었다. 그렇게 있으면 가장 위에 있던 것이 가장 밑으로. 가장 높이 있던 것이 가장 낮게. 피가 거꾸로, 상기가 거꾸로. 중력은 나를 끌어당기고 기분 좋은 어지럼이 이어진다. 무게 중심은 두 손이 지퍼처럼 물려 있는 정중앙에서부터 머리와 배와 다리 끝까지 가볍고 단단하고 반듯하다.

무게 중심이 중요하다. 방심하면 중심이 중심을 잃는다. 두바이 왕자도 반했다는 균형의 예술가, 밸런싱 아티스트 변남석도 이런 마음이었겠지. 그는 빈병 여섯 개를 공중부양하는 것처럼 쌓아 올렸다. 작은 돌멩이부터 노트북, 볼링공, 가야금과 오토바이, 냉장고, 에어컨처럼 크고 무거운 물체까지 균형을 잡아 모서리나 귀퉁이로 세운다. 둥글고 미끄러운 볼링공 위에 쌓아올리기도 하고, 벽돌에 오토바이를 올려 세우고 어린아이까지 태운다. 불가능해 보이는 일을 해내는 그가 말한다. "무엇이건 무게와 부피만 있다면, 누구나 자신감만 가진다면 균형 잡고 세우고 쌓을 수 있다"『조선일보』, 2019.11.30고.

자신감, 자기 스스로를 믿는 마음. 물구나무를 설 때도 그게 필요했다. 처음에는 발차기를 하듯 들어 올린 무거운 두 다리가 비틀비틀, 순식간에 거꾸로 180도 회전을 해서 나가떨어질 것 같은데, 그 두려움을 이겨내야 한다. 내 다리를 내가 지탱할 수 있다는 믿음, 천천히 끝까지 아름답게 들어 올릴 수 있을 거라는 믿음이 필요했다. 믿음은 믿는다고 되는 건 아니었다. 믿음에도 지지대가 필요했다.

물구나무서기를 할 수 있다는 믿음은 코어 근육에서 온다. 코어 근육은 몸의 중심부를 지탱하는 근육이다. 복부, 엉덩이, 골반 근육 같은 것들이다. 플랭크 자세가 제일이라고 했다. 플랭크plank는, 어깨에서부터 발목까지 널빤지처럼 만들어서 버티는 자세란다. 검색 선생님을 통해 어깨 너머로 배웠으니 정식과는 조금 다른 이야기가 있을 수도 있다. 처음엔 1분부터 시작한다. 1분이라니 고작, 하며 얕보지만 해보면 1분도 지옥이다.

가장 좋아하는 건 송장자세Savasana. 그냥 편히 누워 있는 거다. 요가 동작 끝부분에 나온다. 아무것도 안 하고 숨만 쉰다. 천천히, 숨을 쉬다가 잠들기도 한다. 요가 매트는 180×60센티미터. 거기 누우면 머리 위로 좀 많이 남는데 이 정도가 내게 잠시 주어질 최종 면적이 아닐까 싶다. 톨스토이 소설에서 바흠이 누운 마지막 땅의 사이즈, 머리부터 발끝까지 채운 그 땅이 생각난다. 친구 아버지 문상 갔다가 사무실 옆에 전시되어 있던 향나무 관을 구경했다. 관은 길이의 내경이 182센티미터, 넓이의 하폭 내경이 36센티미터였으니 옆으로는 요가매트에 훨씬 못 미친다. 더 좁다. 답답할 것 같다. 어두울 것 같다. 좁을 것 같다. 무서울 것 같다. 그 모든 것들을 벗어버렸으니 감각조차 없겠지만. 요가 매트에 누울 때마다 관 생각이 난다. 차갑고 딱딱하지 않다는 것이 차이점이겠지, 어둡지도 않고.

물구나무를 서면 아주 못생겨진다. 인증샷을 찍어달라고 했다가 깜짝 놀랐다. 미용실 거울로 보는 현실 얼굴보다 더 웃기다. 피가 쏠려 붉은 데다가 가능한 모든 힘줄들이 화를 낸다. 눈코입은 아래로 더 아래로 지구의 중심이 당기는 그쪽으로 쏠린다. 웃기다 생각하면 무게 중심을 잃는다. 누가 보는 걸 알아차리는 순간 부끄러워 무게 중심을 또 잃는다. 눈을 감고 다시 다리를 올려 중심을 잡는다. 밸런싱 아티스트의 그가 말했다. 물체의 중심을 잡기 전에 마음의 중심을 잡아야 한다고. 뭔가를 표현하려면 몰입해야 한다고. 딴생각하면 못 세운다고. 내 마음에 중심이 잡히지 않으면 물체를 쌓지도 세우지도 못한다고. 마음의 중심이 행위보다 먼저 이루어져야 한다고. 맞아요, 맞아. 다리와 함께 마음을 세운다.

문소영 작가의 책 『광대하고 게으르게』에서 다음의 구절을 만났다. 세잔은 사과를 100번 넘게 다시 앉아서 그렸다고. 프랭크 매코트는 "계속 끄적거리세요! 뭔가가 일어날 겁니다Keep scribbling! Something will happen"라는 말을 했다고. 그리고 작가는 "뭔가를 끈질기게 하며 게을러야지. 무기력하게 게으른 건 안 되는구나" 말한다.

나는 바로 이걸 끈질기게 해야지. 다른 무엇보다 '물구나무서기를 할 수 있는 사람'이라고 나를 불러주겠니.

(그러나 어깨 수술 후로 이 자랑도 못하고 있다. 퇴원하고 첫 진료 때 언제부터 물구나무서기를 다시 할 수 있냐는 질문을 가장 먼저 했는데 의사선생님이 흘겨보신다. "그걸 뭘 그렇게 하려고 하세요? 조심하셔야 합니다. 다른 운동을 하세요." 아아, 저

렇게 매정하게 말씀하시는 걸 보니 나의 의사선생님은 물구나무서기의 맛을 전혀 모르시는 게 틀림없다. '저는 그 말씀을 듣고 싶지가 않은 걸요. 언젠가 다시 물구나무를 서고만 싶은 걸요.' 차마 말을 하진 못했지만 거부의 뜻을 담은 눈을 살며시 내려 깔았다.)

수상 소감에 대한 소감

청룡영화제 수상소감을 읽었다.2019.11.22 한국영화에 가장 창의적인 기생충이 되어 한국영화 산업에 영원히 기생하는 창작자가 되겠다는 사람도 있었고봉준호, 어느 순간부터 연기가 내 짝사랑이라고 받아들이게 되었고, 언제라도 버림받을 수 있다는 마음으로 연기를 했으며, 지금처럼 씩씩하게 잘 열심히 짝사랑해보겠다는 사람도 있었고조여정, 계획하고 꿈꾸지 않고 버티다 보니까 이렇게 상을 받게 됐다는 사람도 있었다정우성. 어린 나이에 상을 받는 사람도 있었고 오랜 조연 생활을 하다가 주목받는 사람도 있었다. 처음 시작했을 그들이 어제의 그 시상식을 미리 엿보았다면 기적이라고 했겠지. 그런 좋은 날이 진짜 오겠느냐며 의심도 했을 것 같다.

아이가 마술책을 사달라고 했었다. 초등학교 저학년 때였다. TV 마술쇼의 인기가 드높을 때이기도 했다. 서점에서 파는 책에는 각종 마술 도구까지 한 세트였는데, 금별 무늬 푸른 고깔모자며 수갑이며 카드 같은 것이 들어있었다. 저녁 늦게까지 책을 읽고 며칠간 연습하고 시연해보던 아이가 말했다. 모든 게 정말인 줄 알았다고. 정말로 모자 속에서 새가 나오고 손수건이 나오고 묶인 끈이 풀리고 손수건에서 물이 쏟아지고 찢어진 돈이 다시 붙는 줄 알았다고, 그러니까 아이가 원한 건 마술이 아니라 마법이었겠구나. 그건 사줄 수 없는 것, 이 세상에 없는 것일 텐데.

마술사 데이비드 블레인David Blaine 이야기를 TED 강연으로 보았다.TED, <내가 어떻게 17분간 숨을 참았는가?>, 2009 그는 뉴욕시에서 1주일 동안 산 채로 관에 들어가 물만 마시며 견디기도 했고, 스스로를 얼음덩이에 넣고 3일을 견디기도 했고, 100피트 기둥 뒤에서 36시간 동안 서 있기도 했고, 런던에서는 유리 상자에서 물만 마시고 44일을 견디기도 했던 사람이다. 17분 4초 동안 물속에서 숨을 참아 세계 신기록 보유자가 된 그는 말한다. 사람들에게 불가능해 보이는 것을 보여주려고 노력한다고. 숨을 참는 것이든 카드를 섞는 것이든 마술은 아주 간단하다고. 그것은 연습이고 훈련이고 실험이라고. 할 수 있는 최고를 위해서는 고통을 헤치고 나가야 하고, 그것이 그에게는 마술이라고.

마술책에 실망했던 아이들은 다 자랐다. 아이들의 이름은 최고로 좋은 것을 골랐다. 나쁜 일은 다 피하고 좋은 일들만 있기를 바라는 마음이었다. 그 소중한 운명에 혹여 나의 어리석음이 옮을까 봐 차마 직접 짓지는 못하고 아이들의 양쪽 할아버지들이 돈을 주고 지어오셨다. 가장 좋다는 그 이름을 나는 수도 없이 부른다. 신호가 바뀌는 교차로에서 뛰어나가려고 할 때 부르고, 뜨거운 것이며 날카로운 것 가까이 있을 때도 부르고, 열이 날 때도 배가 아프다고 할 때도 부르고, 일어나라고 자라고 양치하라고 부르고, 잘 다녀오라고 잘 다녀왔냐고 부르는 그 모든 순간의 호명이 간절한 주문처럼 함께 했던 것은 아닐까.

내 이름, 한 반에 같은 이름이 둘은 기본에 셋, 넷까지 갔던 나의 이름은 당시 인기 있던 드라마에 등장했다고 했는데. 그게 새롭고 예뻐서 내 이름 삼았다고 하셨는데. 금도 있고 은도 있고 보석도 있는 그 이름처럼 빛나고 단단하고 사랑받으라고 지어주신 덕분에 크고 작은 진창길을 무사히 건넌 것은 아닐까. 무난하고 무탈한 이 정도의 일생이 그들이 이룬 기적인 것은 아닐까.

영화제에서 주는 그 상을 가장 기뻐했을 사람은 그들의 부모였을 거다. 상을 탄 배우들이 스스로를 믿지 못할 때도 믿어 주었을 거고, 더는 버티지 못할 것 같은 상황을 버틸 수 있게 해 주었을 거고, 뭘 해도 된다고 괜찮다고 믿어 주었을 테니까. 혹여 다는 믿지 못하여, 고생하는 모습이 안쓰러워서 하지 말라고 했던 그 마음 또한 추돌하며 반대로 튀어나가는 반작용의 강력 파워가 되었을 테니까. 너무 긴 감사의 인사는 참아주세요, 말하지 않아도 알겠습니다. 제 삶보다 더 소중해지는 삶이 생긴다는 것, 아니다, 싫다 하면서도 그 존재를 위해 스스로를 잊어버리고 살게 되는 일 또한 마술이 아닐까. 마술이 마술인 줄도 모르는 채 또 하루가 간다.

웃기고 서운하고 쓸쓸하고 향기롭고 다시 웃기고

여권 사진을 찾으러 갔는데. 이게 나라니, 안 하던 화장까지 했는데. 이렇게 얇은 입술은 아닐 텐데. 눈썹은 짝짝이다. 포토샵 안 해주신 건가요, 물으려다가 말았다. 피부색을 보니 보정해준 거 맞다. 눈코입의 세부도 이상하고 전체도 내가 아니다. 너무하신 거 아닙니까. 제가 이 사진을 들고 이게 나다, 할 수 있겠습니까. 없지 않겠습니까. 그러니 이 사진은 가져갈 수 없습니다. 다시 찍어주세요. 제발 다시 찍어주세요. 예쁘고 아름답고 우아하고 지적인 제 모습으로 찍어주세요, 하고 싶었지만.

그렇게 말하면 사진관 사장님은 다시 태어나서 오세요, 하겠지. 나는 고맙습니다, 인사까지 하고 사진을 주머니에 쑤셔넣었다. 나오자마자 사진을 찢어서 버렸다고 말하고 싶지만 만 원이 아까워서 그럴 수 없었다. 이만 원을 내도 사진이 잘 나올 것 같지도 않고. 사진은 아무도 못 보게 서랍 깊숙이 넣어 두었다. 이럴 줄 알았다. 거울 속의 나는 왜 거울 바깥에 없을까. 내가 생각하는 나의 모습은 왜곡이고 고집이고 습관이고 이상理想이다. 그러니 늘 이상하다.

오후에는 그간 진행했던 사진과 글 연재가 끝났다는 통보를 받았다. 원래 1년 하기로 한 것을 2년이나 했으니 두 배로 길게 한 건데 서운했다. 병가 중이라 양손으로 카메라를 제대로 들기가 어려워서 더 연장하게 되면 어떻게 하나 고민했으니 다행인 일인데, 왜? 그 감정은 끝이라는 것의 서운함이었다. 연재란 예정된 다음이 있다는 뜻이니까. 다음, 이라는 말은 어쩐지 안심이 되거든. 하지만 다음이라는 있을 수 없는 허수虛數에 기대는 나라니, 좀 쓸쓸하구나. 그동안 고마웠습니다, 나도 행복했습니다.

처음에는 빈촌을 찍는 게 좋았다. 일부러 먼 곳을 찾아다녔다. 재개발구역, 텅 빈 집, 폐허가 된 마당, 주인을 잃은 신발들과 깨진 유리창 같은 오래된 동네들이 좋았다. 가득했다가 텅 빈 그 느낌이 좋았다. 텅 빈 곳을 다니며 부산하게 채워지는 나의 상상 세계도 좋았다. 고요함 속을 휘젓는 나의 부산함이 좋았다. 모두 죽은 것 같은 동네에 살아 있는 나의 가쁜 숨이 좋았다.

그러다가 지겨워졌다. 사라진 것들의 운명은 더욱 사라지는 것이니까. 썩어가는 것들의 운명 또한 완전히 썩어버리는 것이니까. 어쩐지 그 악취가 옮을 것 같았다. 그런 운명을 닮을 것 같았다. 싫어졌다. 생생한 쪽으로 시선을 돌렸다. 밤의 도시를 찍었다. 4차선, 8차선의 도로를 달리는 자동차들, 그 도로를 건너려고 기다리는 건널목 너머의 사람들을 찍었다. 살아 펄떡거리는 장면들이 매혹적이었다. 봐, 보라고, 나도 이렇게나 살아 있다, 하면서. 그러나 그곳에서 더 오래도록 찍고 있었다면 그 모든 것들이 사라지겠지. 자동차들도 사람들도 건물들도 사라지겠지. 나무들만 무성히 자라 밀림처럼 보였을 거야. 찍는 나도 찍던 카메라도 사라지겠지.

유적지를 찍은 사진을 보았다. 강가에서, 화산재 속에서, 모래 더미 속에서, 몇 미터 내려간 지층 속에서 발견한 옛 도시들, 사람들. 무덤 속에 누운 자는 팔목이었던 뼈 위에 팔찌를, 뼈만 남은 손으로는 창을 들고 있다. 눈자위는 둥글게 파이고 코는 사라진 채. 어느 성은 서랍 정리용 작은 칸막이처럼 보였다. 지붕은 사라지고 벽채만 남아 차곡차곡 양말이며 속옷을 넣을 수 있을 것도 같았다. 여인의 머리를 감겨주는 여인이 있었고, 짐승을 쓰다듬는 사내가 있었고, 창을 들어 겨누는 사내가 있었고, 딸아이를 안아주는 왕이 있었다. 무상하지만 여전히 아름답고, 여전히 아름다워서 더욱 무상했다.

일회용이 아닌 것이 없다. 이 삶이 그렇고 이 몸이 그렇고 이 인연들이 그렇고. 모든 도시의 나라의 사람의 사랑의 처음이 그렇겠지. 처음에는 벅차오르는 환희가 있었겠지. 꿈꾸는 영원이 있었겠지. 그러나 지속 가능할 거라고 믿고 싶은 약간 긴 시간이 있을 뿐. 처음이 있으니 마지막이 오겠지. 올해의 마지막 달이 가고 있다. 가득한 미세먼지들도 오늘이 마지막이겠지. 내일은 또 내일의 미세먼지가 몰려온다고 하고. 그렇게 먼지는 먼지 위로, 먼지는 먼지 속으로.

돌아온 J에게 굵은 소금을 뿌려주었다. 과 친구의 엄마가 돌아가셨다고. 어제 저녁부터 걱정이 한가득한 얼굴로 거실을 서성거렸다. 그분은 원래는 건강하셨는데 무슨 사고로 식물인간인 채 지내다가 그리 되셨다고. 조문을 가도 되는지, 무슨 옷을 입고 가야 하는지, 절은 몇 번 하는지, 무슨 말을 해야 하는지, 부의금은 얼마를 내야 하는지, 가서 밥을 먹어야 하는지, 등등을 묻다가 말한다. "엄마, 120살까지 살아야 해요."

"그래, 120살, 살지 뭐" 하고 말했다. '아니, 싫어' 할 수는 없으니까. 학교에서 장례식장에서 집까지 지하철로 가장 커다란 삼각 구도를 그리며 먼 길을 다녀온 아이의 등 뒤로 소금을 세 번 뿌려 주었다. 엄마가 내 등 뒤에 뿌려 주던 그 느낌으로. 왼쪽, 오른쪽, 그리고 머리 위로. 혹시 모를 슬프고 어둡고 아픈 기운 같은 것은 다 두고 들어오라고. 신을 믿지 않는다고 해놓고 소금은 뿌렸다. 아사삭 아사삭, 소금을 밟는 경쾌한 소리.

엘리너 와그텔의 『인터뷰, 당신과 나의 희곡』에서 에드위지 당티카는 다음과 같이 말한다. "영적인 것이 뭔지 이해하기 전부터 그랬습니다. 예를 들어 저는 어떤 연속체가 있음을 알았습니다. 가끔 큰아버지가 일주일에 결혼식과 장례식, 아이의 세례식을 전부 치러야 할 때가 있었는데, 우리는 목사의 가족이라 모든 예식에 참여해야 했습니다. 저는 어머니가 미국에서 보내 주신 자그마한 흰색 드레스를 항상 입었지요. 삶에 우리 자신보다 더 큰 무언가와 관련된 일종의 예식이 있음을,

새로 태어난 아이에게 환영 인사를 할 때나 젊든 늙든 죽은 사람에게 작별 인사를 할 때 어떤 연속체가, 우리 모두가 하고 있고 결국은 끝날 여행이 있음을 깨달았습니다. 장례식에서는 항상 그랬어요. 단 한 가지 확실한 사실은 우리 모두 이 문을 지나게 된다는 것이었지요. 물론 저는 아니라고, 난 아니라고 생각했지만요."

모두들 난 아직 아닐 거라고 생각하려나. 이제 슬슬, 하고 생각하려나. 언제가 되어도 하는 수 없다고 생각하려나. 그런 생각을 하며 사는 일이 바로 삶을 실감하는 일이 되겠지만. 손을 씻는다. 향이 좋은 핸드로션을 바른다. 뭔가 좋은 음악을 듣고 싶다. 거울을 본다. 오늘의 얼굴 안녕, 내일 또 보자. 가라앉아 있는 J에게 내 여권사진을 보여줄까, 배를 잡고 웃을 것도 같은데.

원하신다면 9년마다 돌아올 수도 있습니다만

물리치료를 받다가 옆 침대의 통화를 들었다. "올해가 삼재라더니 그 말이 딱 맞는 것 같아." 올해의 삼재는 소띠, 뱀띠, 닭띠라고. 나는 뱀띠, 신랑은 소띠인데 큰일이다.

검색해 보았다. 삼재三災는 9년 주기로 돌아오는 3가지 재난이라고. 종류로는 연장이나 무기로 입는 재난인 도병재刀兵災, 전염병에 걸리는 역려재疫癘災, 굶주리는 기근재饑饉災가 있고. 또 대삼재라고 하여 불의 재난, 바람의 재난, 물의 재난이 있다고 한다. 9년 주기로 들어오는 삼재는 3년 동안 머무르게 되는데 첫해가 들삼재, 둘째 해가 묵삼재, 셋째 해가 날삼재가 되어 재난의 정도가 점점 희박해진다고. 그래서 첫해의 들삼재를 매우 겁내고 조심하는 풍습이 있다고. 으으, 이게 다 무슨 소리야.

엄마가 아버지에게 선물한 부적을 기억한다. 번개 맞은 대추나무로 만든 것도 있었고, 붉은 헝겊에 노란 글씨를 쓴 것도 있었고, 절에서 구해 오신 오색의 실 묶음도 있었다. 이런 걸 뭘 믿느냐, 모든 게 마음 아니겠냐고 하시면서도 엄마의 마음이 고마워서 받는다 하시던 아버지는 자동차에 지갑에 양복 앞주머니에 그런 것들을 넣고 다니셨다.

번개의 원리를 모르던 옛날에는 번개가 신의 계시였다고, 그래서 번개 맞은 나무는 특별한 것이었고 그중 대추나무는 잡귀를 몰아내고 복이 들어온다고 믿었단다. 대추나무는 또 크기가 작아서 번개 맞을 일이 없어서 더 귀했다고.

그분들에게는 좋았던 일도 많았고 엄청난 다행도 많았고 이상하게 일이 풀리지 않던 때도 있었다. 될 일은 놀랍게 술술 풀리고 안 될 일은 자꾸 꼬이기도 했고. 어떻게 더 바닥일까 싶을 정도의 캄캄한 시간을 보내시기도 했다. 엄마는 해마다 때마다 절에 다녀오셨고, 용하다는 곳을 찾아다니셨다. 엄마의 기원은 늘 같은 것, 식구들의 건강과 행복, 부귀와 영화 같은 것들.

삼재를 어떻게 받아들여야 할까. 얼음장 위를 걸을 때는 얼음장인 것을 아는 게 좋겠지. 피할 수 있으면 피하고, 건너야 한다면 조심하겠지. 그런 마음이 부적이 아닐까. 그냥 평생이 삼재다 생각하고 매순간 조심하는 게 최선 아닐까. 걸음걸음 조심하고, 내뱉는 말마다 조심하고, 생각마다 조심하는 게 최선은 아닐까. 그러면서도 조심에 휩쓸리지 않는 평정심이 가장 최선 아닐까.

그렇게 생각하니 매순간이 다행이다. 매일매일 식구들이 무사히 돌아오는 게 다행이고, 하루를 또 시작할 수 있다는 게 다행이고, 쌀독에 쌀 가득한 게 다행이고, 돌아오는 카드값을 낼 수 있어서 다행이고, 대출 받을 수 있는 신용이라 다행이다. 믿음은 믿는 자의 것, 엄마의 기도가 영원히 유효하여 모두들 이 정도라도 사는 것이라고. 오늘 이 순간의 다행이 누군가의 기도 덕분이라고. 이만 하길 천만 다행이라고 믿는 이 마음이 최고의 부적이라고.

이렇게 다 예쁘기도 쉽지 않은 일인데

물 끓인다. 모리화차茉莉花茶다. 향긋하고 약간 떫고 개운하다. 모리화차, 라고 불러도 예쁘고 한자 그대로 말리화차라고 읽어도 예쁘고, 재스민 차, 라고 불러도 예쁘다. 손톱만 한 흰 꽃도 예쁘고, '당신은 나의 것, 사랑의 기쁨'이라는 꽃말도 예쁘고 향도 예쁘다. 이렇게 총체적으로 다 예쁘기도 쉽지 않은 일인데.

재스민 차는 녹차 잎에 재스민꽃의 향기를 흡착시켜서 만든단다. 찻잎에 꽃향기가 배도록 재스민꽃 잎을 찻잎과 섞어 놓는단다. 피기 직전의 재스민꽃 봉오리를 따내어, 밤에 꽃잎이 피기 시작해서 꽃향기가 퍼지기 시작할 때 찻잎에 섞는다고 한다. 꽃의 향은 사실 꽃이 스스로를 지키기 위해 만들어내는 독이라던데, 그 독이 인간에게는 이토록 향긋하여 피어 보지도 못하고 사라지는구나. 꽃봉오리는 꽃의 가능성, 재스민 차를 마시면 가득히 피어나는 재스민 흰 꽃밭 같은 것. 가본 적 없는 그 꽃밭이 허공에 떠다니는 것 같다.

차는 둥글고 낮은 원통형 깡통에 담겨 있다. 연녹색 뚜껑에는 만개한 재스민의 흰 꽃이 피어 있다. 깡통까지 예쁘다니, 이런 건 버리기 어렵다. 딱히 쓸 데도 없으면서 갖고 있게 된다. 쿠키 박스도 그렇고, 초콜릿 박스도 그렇고. 예뻐서 버리지 못하는 깡통이 몇 개는 있다. 노란 고무줄도 넣어보고, 클립도 넣어보고, 빵 끈도 넣어보고, 편지도 넣어보고 이리저리 쓸모를 찾았지.

영화 〈더 리더 – 책 읽어주는 남자〉에도 낡은 차 깡통이 나온다. 수용소에서는 소중한 추억을 담은 보관함이었다가, 한나가 평생 모든 돈의 보관함이었다가, 한나 때문에 죽은 유대인의 가족에게 다시 돌아가서 가족사진 옆에 놓이는 운명으로. 아름답던 깡통이 우그러진 깡통이 될 때까지, 깡통의 일생이 그 주인의 일생 같기도 하고.

영화 속에서는 "누구나 생각할 수 있는 것들이지요. 우리집 푸들 강아지의 터럭 몇 개, 아버지와 몇 번 같이 갔던 오페라 입장권 몇 장, 어디서 얻었던지 아니면 어느 상자에서 찾아낸 반지 한 개가 들어 있었어요. 그러니까 내용물 때문에 그 깡통을 훔쳐간 것은 아니었죠. 수용소 안에서는 깡통 자체와, 그 깡통으로 할 수 있는 일의 가치가 엄청나거든요" 이런 대사가 나온다. 깡통 속에는 돌아갈 수 없는 시간이 담겨 있겠지. 다시 만날 수 없는 사람들이 그 시간 속에 살고 있겠지. 희망 없는 현재를 견디고 싶은 간절함으로 그 깡통 속에는 그 주인의 모든 것이 담기겠지.

나에게도 오래된 깡통이 있다. 깡통 속에는 일 년에 한 번, 온 식구들이 모여서 쓰는 편지들이 있다. 연초에 시간을 잡아 모인다. 식탁 위에 촛불들을 켜고 멀리 향을 하나 피우고 다른 불은 끈다. 지난 시간과 다가올 시간에 대해 돌아가며 말하고 각자 편지를 쓴다. 날짜와 서명을 하고 각자의 봉투에 담고 그렇게 모인 네 개의 봉투를 모아 하나의 리본으로 묶어서 깡통에 넣는다. 신년을 시작하는 의식이다.

깡통 속에는 십 년도 더 된 편지뭉치들이 가득하다. 아이들이 초등학생 때부터 썼으니 필체는 비뚤비뚤한 연필에서부터 시작해서 제법 체가 잡힌 펜까지 이어진다. 그 속에 어떤 이야기들이 적혀 있을까. 중학교에 올라갈 때의 설렘, 고등학교에 올라갈 때의 떨림, 입시를 앞둔 시점의 두려움까지. 그리고 합격하고 쓴 신나는 기분들도 있겠지. 내년 초에는 또 어떤 이야기를 적게 될까. 그 편지 속에 나는 어떤 이야기들을 썼던가. 바람들은 비슷비슷했을 거다. 건강과 사랑과 행복 같은 것들. 나 하나만의 것이 아니라 함께 살고 있는 이들과 친척들과 세상 사람들에 대한 바람을 적기도 했고. 오지 않은 시간은 피지 않은 꽃과 같겠지. 곧 피어날 꽃봉오리와도 같겠지. 그래서 더 향기롭겠지. 가늠할 수 없는 황홀을 예감하는 일이겠지. 그래서 새해 계획은 늘 떨린다. 꿈꾸는 일들이 모두 이루어질 거라고 상상하면 미리 행복해진다.

정재승의 『열두 발자국』에는 볼프람 슐츠의 보상심리 실험이 소개되어 있다. 원숭이에게 오렌지주스를 보상으로 제시하고, 예측과 기대 여부에 따른 두뇌 반응을 측정하는데, '예측하지 않은 보상을 받았을 때 "쾌락의 중추"로 알려진 측좌핵 신경세포의 활동이 가장 활발히 증가했다'고 한다. 작가는 말한다. "행복은 예측할 수 없는 뜻밖의 상황에서 기대 이상의 무언가를 얻었을 때 우리에게 찾아오고요. 이미 미래를 예측할 수 있다면 기대감이 사라진 상황에선 어떤 것도 행복하지 않습니다. 월급날 월급이 들어올 때보다 지금 강연장을 나가다 복도에서 5만 원짜리 지폐를 주었을 때 더 기쁜 것처럼, 행복은 보상의 크기에 비례하지 않고 기대와의 차이에서 비롯됩니다. 따라서 미래를 알 수 있다면 행복도 사라질 겁니다." 사실 5만 원 지폐가 기쁜 것은 순전한 불로소득이기 때문일 것도 같은데.

정재승은 말한다. "당신이 5년 후에 치매에 걸린다는 사실을 알았다고 상상해보세요. 지금부터 5년 동안 어떤 삶을 살게 될까요? 아마 치매보다 더 큰 고통에 시달리게 될 겁니다. 다시 말하면, 우리는 미래를 예측할 수 없기에 행복은 더 크게 누리고 불행은 감당할 수 있는 존재가 되는 겁니다." 이 말은 그렇기도 하고 아닌 것 같기도 하다. 감당할 수 있는 불행이라면 미리 알고 대비할 수도 있지 않을까. 치과에 갈 때처럼, 위내시경을 할 때처럼. 몇 분만 참으면 된다는 걸 안다면 견딜 수 있지 않을까. 불행이라는 게 얼마나 커질지는 알 수 없는 노릇이지만.

남은 차를 마저 마신다. 차는 별로 안 좋아하는데, 마시기 전에는 그렇게 생각하는데, 막상 마시면 좋다. 차분해진다. 좋은 삶을 살고 있는 것 같다. 여유가 있어야 차를 마실 수 있을 것 같지만, 여유가 없을 때 마시면 없던 여유가 생긴다. 이 차가 스트레스 해소에 좋다고, 항암 효과도 있다고, 혈관 건강에 좋고, 피부 미용에 좋고, 해독 작용을 하고, 다이어트에도 좋고, 집중력 향상에도 좋고, 입 냄새 제거에도 좋고, 숙취 해소에도 생리통 완화에도 좋다고 한다. 이렇게 좋으려면 굉장히 많이 마셔야겠지. 어쩐지 만병통치약의 분위기가 있는데. 마음이 만병의 근원이고 그 해법이라고 치면 그 말이 틀리지도 않을 것 같고.

내년이 단 한 개의 깡통이라고 상상해본다. 그 속에 좋은 것들을 담아야지. 알라딘의 램프처럼 커다란 지니도 들어갈 수 있는 깡통이라고. 크거나 멀거나 아득한 것들도 다 담을 수 있을 거라고. 내년이 온다. 온통 예쁜 해가 될 것 같다.

이미, 라고 말할 때는 이미

이미 사라진 것들에 대해 생각한다. 이미 가 버린 전철, 이미 먹어 버린 케이크, 이미 보내 버린 메일, 이미 망가진 자전거, 이미 해 버린 말, 이미, 라고 말할 때의 부재는 존재를 증명하겠지. 정말로 있었다는 것을 나는 알고 있다. 그런 일이 있었다는 것을 적어도 누군가 한 사람은 안다. 모두의 기억이 사라지면 정말 사라지는 것. 이미, 라고 말할 때면 지나 버린 것, 늦어 버린 것. 돌이킬 수 없는 것. '이미'는 다른 시제의 것. 없는 세상의 것, 후회하는 마음의 것. 후회조차 소용없어지는 것. 이미 사라진 것들의 흔적은 누군가의 서랍, 누군가의 지갑, 누군가의 책갈피 같은 곳에. 흔적은 희미할 수도 있고 확연할 수도 있을 텐데 흔적들은 남기는 것일까, 남겨진 것일까. 뒤섞이겠지. 의도와는 무관한 일이겠지. 흔적이라는 결말, 흔적이라는 결론, 흔적이라는 결코. 흔적에 대해서는 최선이 무의미하겠다. 알아차리지 못할 수도 있고, 알아차린다고 해도 어쩔 수 없는 노릇일 거야. '이미 너무'라는 말은 가속이다. 두 번 다시 어찌해 볼 도리 없는 일이 된다.

어느 하루 옷을 꺼내 입다가, 책을 펼쳐 읽다가, 주머니에 손을 넣다가, 소파 밑을 청소하다가 발견할 수도 있겠지. 만져지는 떨어지는 부스럭거리는 (희미하거나 온전한) 그것에 놀라겠지. 다 끝난 일이 돌아오고 사라진 사람이 다시 오고, 잊었던 음성이 들리겠지. 잠겨 있던 문을 열면 드러나는 언젠가의 시공간들. 물에 잠긴 도시처럼 이마 위로 시간의 궤적을 고스란히 그리고 있겠지. 더듬어도 느껴지지 않는 온도, 그런데도 뜨겁거나 시리겠지. 그것은 무엇일까, 무엇이었을까.

세상에 없는 엄마의 토트백은 아버지의 머리맡에 있다. 가방 속에는 길이 잘 든 엄마의 천주千珠도 있고 진달랫빛 꽃무늬 손수건도 있고 함께 타이완 가서 샀던 물고기 비늘 같은 동전지갑도 있고 연갈색 가죽 반지갑도 있고 자리를 잡지 못한 손톱깎이와 귀이개도 있다. 이미 없는 엄마 대신 아직 있는 아버지 곁을 지킨다. 방 한편에 있는 그 가방을 볼 때면, 엄마가 문을 열고 들어올 것 같다, 돌아올 것 같다. 그 마음은 다 가지 못한 채 그곳에 내내 있을 것도 같다.

어느 쪽을 믿을까. 혼자 있는 아버지 곁에 엄마가 머문다는 쪽을, 아니면 그럴 일이 아니라는 것을? 어느 쪽이 더 위로가 될까, 나에게 혹은 아버지에게? 사라지는 것은 그냥 다 싹 완전히 사라지는 게 좋을 것 같을 때도 있고, 제발 그렇게까지 사라지지는 말았으면 싶을 때도 있다. 어느 쪽을 믿어도 괜찮다고 나는 믿는다. 남은 자의 어리석은 미련일 테니. 미련은 미련한 짓이지만 하지 않을 수 없을 테니 그냥 당신이 원하는 대로 해요.

크리스 임피는 그의 책 『세상은 어떻게 끝나는가』에서 로마 제국 시대에는 전쟁에서 승리를 거둔 장군이 기념 행진을 벌일 때 노예들이 특정한 음조로 '잊지 마소서, 당신도 언젠가는 죽을 운명입니다'라고 노래를 부르며 그 뒤를 따르는 전통이 있었다고 한다. 중세인들은 한쪽에 아름다운 여인, 다른 한쪽에 썩은 시체가 새겨진 조각상을 바라보며 죽음을 되새겼다고 한다.

병원에 가면 건강에 감사하게 되고, 조문을 가면 살아 있음에 감사하게 되고, 뉴스를 보면 무탈함에 감사하게 된다. 살아 있는 것이 죽어가는 것, 지금 있는 것이 곧 없는 것. 이 순간이 소중하다는 것을 다시 기억하는 아침, 오늘 하루 잘살아야지.

요리에 대해서라면 유감입니다만

밥은 먹었니. 식사는 하셨나요. 밥은? 밥 먹어야지. 밥은 먹고 다니는 거니. 밥 한 끼 대접도 못 하고. 밥 한번 먹어야 하는데. 그런 말보다 좋은 건 우리 오늘 밥 먹자, 하는 말.

식구는 식구食口. 한집에 같이 살며 끼니를 함께 하는 사람. 함께 산 시간만큼 함께 밥을 먹겠지. 부부라면 하루 한 끼 정도는 함께 먹겠지. 서른쯤 만난 부부가 이르게 잡아 일흔까지 산다 치면, 40년이니까 14,600번. 주말에 두 끼를 더한다면 40년간 4,160번. 다 합하면 18,760번이다. 나는 당신과 살며 최소 18,760번 밥을 차리게 생겼어요! (계산은 좀 엉터리일 수도 있지만) 공휴일은 뺀 게 그렇다니까요!

요리 잘하는 남자랑 사는 여자는 얼마나 좋을까. 팔을 다친 김에 신랑이 요리에 입문하도록 했어야 하는데 경상도 남자나 서울 여자나 성질 급한 건 거기서 거기라서 차분히 가르치고 배우지 못한다. 좀 기다리든지 시켜 먹든지 나가 먹든지 정 안 되면 굶든지, 하고 만다. 소련이 소련이었던 시절에는 밥 하는 시간과 노력을 줄이기 위해 마을마다 공동 식당이 있었다던데. 가책도 망설임도 없이 갈 수 있는 동네 공동

밥집 같은 게 있으면 얼마나 좋을까. 밥 먹고 치우고 뭔가 하려고 하면 다시 밥 할 시간이 되니까 휴일이면 하루 종일 밥만 하다 마는 것 같으니까 투덜대는 거야. 언제까지 밥만 하냐고!

그래도 먹는 거 좋다. 맛있는 거 먹는 거 좋다. 남이 해주는 밥은 다 맛있다. 새로운 음식을 만나면 들뜬다. 이국의 향신료 냄새, 이국 식재료의 이름, 가본 적 없는 나라의 태양과 바람과 비와 사람들의 북적거림, 낯선 동네의 풍성한 시장이 떠오른다. 함께 먹는 사람은 함께 가는 사람, 짧은 식사시간 동안 우리는 아득한 세계를 떠다니네. 베트남 쌀국수에 고수를 얹어 먹으면서 팟타이를 먹으면서 케밥을 먹으면서 난을 커리에 찍어 먹으면서 훠궈를 먹으면서 생각한다. 세상에 새로운 음식이 남아 있다니 다행스럽다. 풀지 않은 선물박스 같아서.

한때 서로를 욕했던 두 늙은 여인은 앙숙 같은 사이가 되기 훨씬 이전, 둘이 함께 손을 맞잡고 끝도 없이 노래 부르며 배를레보그 거리를 돌아다니던 소녀 시절로 돌아가 있었다. 한 늙은 형제는 사내 아이들이 치고받듯이 옆의 형제의 옆구리를 툭 치며 소리쳤다. "니놈이 나랑 목재 거래할 때. 그때 날 속였지!" 이 소리를 들은 형제는 거의 고꾸라질 정도로 배꼽을 잡고 웃으며 눈물을 흘렸다. "그래. 그랬다, 이 친구야. 내가 그랬어." 할보르센 선장과 오페고르덴 부인은 어느새 방 한구석에 다정하게 서 있었다. 두 사람은 젊은 시절 비밀스러운 사랑에서 도망치느라 못다 나눈 긴 입맞춤을 했다.

이자크 디네센, 『바베트의 만찬』, 문학동네, 2012

소설로도 영화로 나왔던 〈바베트의 만찬〉에서는 최고급 레스토랑의 요리사였던 바베트가 열두 명의 시골 노인들을 위해 만찬을 차려낸다. 최고의 식사를 마친 그들은 고백하고 용서하고 서로를 이해하고 사랑하게 되는데, 위의 대사는 그 장면 속의 것이다. 맛있는 음식은 몸도 마음도 풀어주는가 보다.

날이 저물고 쌀쌀하고 허기진 날에는 뜨거운 감자탕을 먹어야지. 뼛골 빠지게 일을 했으니 뼛골까지 다 파먹자. 해체된 돼지등뼈는 가득히 쌓여가고 청양고추는 얼얼하게 맵고 콧잔등엔 땀이 송송. 바닥을 기울여 남은 국물까지 싹싹 긁어 먹으면 아까까지 뭘 걱정했었는지 까마득하다. 어쩐지 보신을 한 기분이다. 감기 기운도 떨어진 것 같고, 집에 가서 씻고 자면 다 좋아질 것 같다. 그런데 내일은 또 뭘 먹지?

남편보다 더 나를 사랑하는 사람

아버지의 레시피가 있다. 혼자 사시려니 하시게 된 일상의 요리도 있지만, 원래부터 식구들을 위해 도맡아서 하시던 메뉴들이 있다. 미트소스 혹은 해산물 스파게티와 닭튀김과 동치미 같은 것들. 다 진짜 요리다. 해산물 스파게티는 각종 야채, 특히 어린 옥수수며 죽순에 오징어와 새우 등을 아낌없이 넣었다. 닭튀김은 에어프라이어에 튀기는 거 말고 진짜 기름에 튀긴다. 덩어리 돼지고기에 핸드메이드 소스를 바르고 겉면을 실로 묶어 모양을 세운 돼지고기 통구이도 맛있고, 갓을 넣어 은은한 보랏빛이 일품인 동치미는 한정식집 급이다.

이런 것들을 해놓고 모두를 부르시면 우르르 몰려가서 맛있다, 맛있다 노래하며 배를 두드리며 먹고 오는 게 가족 행사다. 어떻게 만드신 거냐, 내가 하면 이 맛이 안 난다, 다들 물으니 레시피를 정리하여 집집이 하나씩의 디스켓으로 나누어주셨다.

혼자 그것들을 사다가 다듬고 준비하며 레시피 남겨줄 생각에 계량을 하고 순서를 잊지 않고 적으셨을 텐데, 메모지에는 간장 소스가 떨어져 얼룩덜룩 쪼글쪼글할 텐데. 런닝셔츠며 바지며 주방 바닥은 더 어질러졌겠지. 보나 마나 볼펜은 귀에 꽂으셨을 거고 담배 피우고 싶은 것도 참으며 제대로 끓어오를 때까지 들여다보고 또 들여다보셨을 거다.

아버지 집에는 식당용 곰솥이 있다. 식당용 국자도 있다. 길고 날카로운 쇠꼬챙이도 있다. 고기가 속까지 익었는지 찔러볼 때 쓴다. 진회색 물이 끝없이 나오는 칼갈이용 숫돌도 있고, 기다란 창처럼 생긴 야스리라고 역시나 칼을 갈 때 쓰는 도구도 있다. 사이즈 별로 준비된 각종 칼은 말해 뭐해. 엄마 돌아가시고 이사하면서 버리고 줄인 게 그 정도다.

집은 좁다. 좁아서 그의 네 아이들, 각각의 두 아이들이 모두 모여 앉을 사이즈의 방은 없다. 방에서 거실 겸 주방에서 저마다 접시를 들고 놓고 각개전투하듯 먹는다. 그래도 맛있고 그래서 즐겁다. 많이 먹을수록 좋아하시니까 일부러 더 먹고 또 먹는다. 수험생이라거나 아르바이트를 가느라 참석 못 한 아이들을 위해, 또 집에 가서 한 끼 더 먹을 수 있도록 집집마다 남은 것을 다 싸주신다. 모두들 돌아간 빈집에서 아버지는 다시 혼자가 된다.

아버지와 함께 살고 있는 건 주문 제작하신 철제 선반과 그 선반의 칸칸이 놓인 주방기구들, 그 옆에는 집 한 채는 지을 수 있을 것 같은 각종 도구들(예를 들면 전동드릴이라거나, 건축용 제도판이라서나 버리지 못하고 안고 오신 뭔지 모를 것들), 한 달치로 받아 오시는 약봉지와, 새로 읽고 (내게 주려고) 묶어 두신 단행본들과 꼼꼼히 읽고 가지런히 쌓아두신 신문지들. 베란다에는 어른 몸채만 한 동치미 독이 얌전히 앉아 있고…….

다큐멘터리 감독인 미셸 포르트가 아니 에르노를 인터뷰한 책 『진정한 장소』에는 다음과 같은 내용이 있다. "단지, 이곳은 다른 곳보다 모든 게 빨라요. 가게들, 간판들이 믿기 어려울 정도로 빠른 속도로 바뀌죠. 이미 35년 전에 세워진 라크루아쁘띠라는 구역은 허물어졌고, 세르지경시청역은 완전히 달라졌어요. 끊임없이 변화하는 도시이며, 절대 멈추지 않죠. 이런 빠른 변화 때문에 사라지게 될 것들, 그 얼굴들, 그 순간들을 기록하는 성향을 갖게 된 것 같아요. 사실상 무엇인가에 대해 쓰지 않으면, 그것은 존재하지 않으니까요." 그렇지. 쓰지 않으면 그것은 존재하지 않는 것만 같다. 쓴다 해도 존재하지 않게 되겠지만. 완전한 무형의 비존재보다는 희미한 유형의 존재가 나을 테니까. 누굴 위해? 존재하는 사람들을 위해 그렇다고 나는 믿는다.

그런데 아무래도 아버지의 레시피 디스켓은 열어보지 않을 것 같다. 그대로 따라한다고 해도 그 맛이 나올 리 없고. 레시피 행간의 가득한 마음들에 나는 익사하거나 타버릴 거다. 아버지는 나를 너무 사랑하시고, 남편보다 더 나를 사랑하시고, 나보다 더 나를 사랑하신다. 안다, 너무나 잘 알아서 마음이 너무 힘들다.

귤과 핫초코와 선한 영향력과

밤 열한 시. 저녁을 일찍 먹어서 그런가, 출출하다. 날도 싸늘하고. 이럴 땐 핫초코지. 책을 읽다가 시간이 간다. 조금 더 읽고 자기 전에 타 먹어야지. 따뜻한 우유는 숙면에 좋다고 했잖아. 원래 잘 자면서 숙면을 핑계대고. 데운 우유 말고 끓는 물에 타 먹어야지. 숙면에 좋아서 마신다며. 다 혼자 하는 소리다. H가 오면 함께 타 먹자고 해야지, 하는데 돌아온다. 배가 고플 텐데. 뭘 좀 줄까? 아니요. 핫초코 먹자! 아니요. 귤이라도 먹자. 내일 아침에 먹을게요. 물 한 컵을 가득 마시고는 씻으러 간다. 아, 이러면 나도 먹을 수가 없잖아. 하는 수 없이 그냥 자야겠다. 내일이면 먹기 싫을 텐데.

아침이다. 핫초코 생각은 달아났다. 커피를 마신다. 수업이 늦게 있는 H는 아침을 먹고 귤을 먹는다. 어젯밤에 안 먹길 잘했다며, 우리 집의 가장 좋은 습관은 야식을 안 먹는 거라고, 밤에 치킨을 시켜먹지 않는 습관 정말 좋은 거라고. 대놓고 고무하는 이런 선한 영향력이라니. 우리는 우리를 칭찬해.

귤에 대해 이야기한다. 귤은 어디에서 온 걸까? 중국 아닐까? 나는 황하를 건너 맛이 달라진 귤인가 뭔가 하는 이야기를 떠올리며 말한다. 검색을 한 아이가 답한다. 인도에서 중국 동남부에 이르는 아시아라네요. 우리나라에서는 삼국시대부터 재배, 조선시대에는 아주 귀한 진상품이었다고요. 제주에서 귤이 올라오면 이를 축하하기 위해 성균관과 동·서·남·중의 4개 학교 유생들에게 특별 과거를 보이고 귤을 나누어주었다네. 그래그래. 그 귤이 얼마나 귀한 건데. 혼자 한 알 다 먹지 말고, 나누어 먹자니까. 임금님이 상으로 주신 거라니까. 키득키득.

어떤 귤은 노랗고 어떤 귤은 초록이 얼룩처럼 남아 있다. 귤의 처음을 상상한다. 초록의 작고 단단하고 동그란 것이 점점 커가는 모습. 외부는 초록에서 노란색 등황색 울금색으로, 내부는 과즙으로 새콤달콤한 수분이 가득하겠지. 귤을 높이 던졌다가 받으면 더 달게 된다고 하네, 냉장고에 넣었다가 차게 먹어야 달다고 하던데. 그래그래. 먹지도 않을 귤을 던졌다가 받으면 작은오빠 생각이 난다. 귤을 내게 던져서 머리통이며 뺨을 얻어맞았는데. 울며 따라가며 잡아당기면 긴 다리로 성큼성큼 달아나며 나를 놀려댔는데. 아주 어렸을 때 이야기다. 이불을 쓰고 엎드려 책을 읽으면서 귤을 하염없이 까먹었는데. 그러면 엄마는 또 귤을 한 박스 들여 오곤 했는데. 손가락이 노랗게 되도록 귤을 까먹던 겨울 방학이 영영 끝나지 않을 것 같았는데.

엄마, 귤이 한자였어. 세상에, 귀여워서 순우리말인 줄 알았는데? 귤橘이 귤나무 귤이라네. 귤을 거꾸로 쓰면 '륟'이야, 귀엽지? 귤 이야기를 하며 겨울 아침이 간다. 귤이 영어로는 뭐지? mandarin도 있고 tangerine도 있어. 오, 만다린. 나 그런 시 알아. 읽어줄게.

고백을 하고 만다린 주스
달콤 달콤 부풀어오른다
달콤 달콤 차고 넘친다

액체에게 마음이 있다면 무슨 말을 할까
당신은 당신을 닮은 액체를 가지고 있나요
당신은 당신을 닮은 액체에게 무슨 말을 하나요

고백을 하고 돌아서서 만다린 주스
고백을 들은 너는 허리를 숙여 구두끈을 고쳐맨다
고백과 함께 작별이 시작되는 경우는 얼마나 될까요

액화되었습니다
액화되었습니다

나는 만다린 주스를 응원하고
만다린 주스는 나를 응원하지만

만다린 주스는 울적하게 달콤 달콤

울적 울적하게 줄어들며 달콤 달콤

가만히 오른손을 가슴에 얹고
어제의 고백으로부터 달아나고 싶은 심정

우리에겐 식탁과 의자와 바닥과 불안과
어제보다 조금 더 묽거나 조금 덜 묽은 액체가 있었다

고백을 하고 만다린 주스
달콤 달콤 다시 부풀어오른다
달콤 달콤 다시 차고 넘칠 때까지

이제니, 「고백을 하고 만다린 주스」, 『아마도 아프리카』, 창비, 2010

어제 저녁에 생각이 많은 얼굴을 하고 있었더니 L이 묻는다. 무슨 일 있어? 신경 쓰이는 일이 있어. 그걸 듣고는 말없이 일어나 책 한 권을 펼쳐서 준다. 여기 읽어! 아무리 읽어도 좋더라. 내가 선물해준 책이다. 법상 스님의 사진과 글이 함께 하는 『날마다 해피엔딩』, 그가 권해준 페이지다.

"우리는 사실 끊임없이 떠들고, 재잘대고, 수다를 떨며 단 한순간도 가만있지 못하는 정신없는 그런 친구와 함께 살고 있다. 그것도 일평생을, 매 순간을 그와 함께 살고 있다. 함께 한 방을 쓰는 룸메이트

정도가 아니라 나와 한 몸을 함께 쓰고 있는 보디 메이트가 내 안에 있는 것이다. 그 친구가 누굴까? 그 친구는 바로 우리 안에 있는 '생각'이다. 우리 내면에서 끊임없이 올라오는 목소리다. 이 생각은 도무지 조용히 하려 들지 않는다. 단 한순간도 고요히 있지 못하고 떠들어댄다. 아무런 의미 없는 소리를 계속해서 불쑥불쑥 내던진다." 보디 메이트, 그렇지. 그에게 이 부분을 읽어준 일이 있다. 우리는 같은 이야기를 하고 다시 같은 이야기를 듣는다. 돌림노래처럼 순서를 바꾸어가며 위로하고 응원한다.

돌아갈 집이 있어서 다행이야

어제는 아무것도 하지 않았다. 아무것도 하지 않은 채 하루가 간다는 것에 화를 내면서도 아무것도 할 수 없었다. 통증은 방사형으로 번진다더니, 왼팔만 쓰는 석 달이 지나니 멀쩡하던 오른팔이 아팠다. 해가 질 무렵에야 간신히 병원엘 갔다. 이러저러하다는 말씀을 드리니 의사 선생님은 끄덕끄덕. 그럴 거예요, 그럴 수밖에 없지요, 하신다. 왼팔만 하던 물리치료의 맛을 오른팔에게도 보여준다. 전기 자극에 유독 약지만 기를 쓰고 오그라든다. 하하. 지직지직, 그게 바로 전기의 맛이다.

아무것도 하지 않는 건 내가 가장 좋아하는 일인데 왜 화가 났지. 다치긴 했지만 따지고 보면 내가 원하던 그림의 일부가 되었다. 시간이 많아졌고, 푹 자고 쉬어서 졸리지 않고, 마음껏 책을 읽고 뭐라도 쓸 수 있는 사람이 되었다. 다 되었는데 마음은 되지 않았다. 불안하고 조급하다. 호흡 조절이 잘 안 된다. 생각들이 너무 빨리 달리거나 아예 달리기를 멈춘다. 양 극단을 왔다 갔다 하는 것 같다. 조금 더 아니 많이 천천히 읽고 생각하고, 천천히 생각하며 써야 한다. 일생이 한 권의 책이라면 모든 페이지가 유의미하지 않을까. 텅 빈 페이지도 있고, 그림이나 사진만 담기는 페이지도 있고, 뼈아픈 실수나 부끄러운 고백이 담기는 페이지도 있겠지. 펼쳐진 오늘의 페이지를 묵묵히 걸어가는 것이 해야 할 일이다.

김소연의 책 『사랑에는 사랑이 없다』를 읽었다. 프롤로그는 "사랑의 적들", 에필로그는 "사랑함"이다. 드라마틱하게 맞아 떨어지는 시작과 끝이다. 제목과 나란히 중얼거리다 보면 사랑에는 사랑이 없지만, 그러한 사랑을 우리는 할 수밖에 없다는 것처럼 느껴진다. 그 속에는 이런 이야기가 나온다. "한 사람이 ○라고 말한다. 한 사람은 ×라고 대답한다. 한 사람이 다시 ○라고 말한다. 한 사람은 다시 ×라고 대답한다. 한 사람은 다시 표현을 조금 바꾸어 ○라고 말한다. 한 사람도 표현을 조금 바꾸어 ×라고 말한다. ○라고 말하는 사람은 계속해서 ○만을 말하고, ×라고 말하는 사람은 계속해서 ×만을 말한다. 표현을 바꿔가며, 예시를 바꿔가며, 관점을 바꿔가며 서로 끝없이 같은 말을 반복한다." 매일 보는 일상 속의 장면들이다. 가장 사랑하는, 사랑한다고 생각하는 사람과 마주 앉아서 이런 방식으로 우리는 이야기한다.

이런 이야기도 있다. "우리는 아주 친밀한 사람에게 '가족 같은 사람'이라는 말을 특별하게 사용하고 있지만, 실재하는 가족은 특별함을 일찌감치 지나쳐 온갖 문제가 산적한 집합체가 되어있다. 우리들 내면에 간직된 상처의 가장 깊숙하고 거대한 상처는 대부분 가족으로부터 얻은 것이다." 가족이란 무엇일까. 가장 사랑한다는 수식어를 붙이고 있지만 가장 상처를 주는 사람들이기도 하고, 가장 잘 아는 것 같기도 하지만 가장 알 수 없는 사람들이기도 하고, 그래서 더 알아야만 한다는 생각을 하고, 그래서 왜 그러느냐고 묻고 또 묻지만 시원한 대답을 들을 리 없다. 그 많은 가족들이 사는 집들이 끝없이 이어진 골목을 걸어본다.

나의 가족은 나의 외부를 감싸고 가두는 옷처럼, 어느 때는 거의 살과 피처럼, 가능한 나의 끝까지 함께 하겠지. 사랑해서 미워하기도 하고 미울 때는 미안하기도 하겠지. 어쩌다가 우리는 한 가족이 되었습니까. 이 모든 일이 우연이 벌인 짓이라고 말하기에는 너무나 드라마틱한 운명 같은데.

방사형의 통증에 대해 생각한다. 왼팔을 대신하는 오른팔은 아플 수밖에 없다. 내가 편하면 불편한 사람이 생기는 거지. 내가 내 맘대로 굴면 그 마음을 참는 사람이 있을 수 있다. 나를 대신하는 수고가 이미 가득하다. 아파서 미안하고 미안해서 화가 나고 화를 내며 휘두르면 약해진 마음까지 아파진다. 방사형으로 이어지는 것은 통증만은 아닐 거야. 내가 좋으면 그것도, 내가 재밌으면 그것도, 내가 날아갈 것 같으면 그것도 혈맥처럼 수맥처럼 이어지겠지. 그렇다면 이렇게 가라앉는 시간은 얼른 날려버리고 좋은 생각을 택해야겠다. 줄 수 있는 건 그런 것뿐인 것 같아서. 흘러갈 곳으로 흘러가는 자연스러운 일들처럼. 더 무엇을 알려고 애쓰지 말고, 너무 잘하려고 애쓰지도 말고 각자가 좋은 방식들을 말하고 들어주고 봐주고 조르고 결국에는 의좋게 타협하면서. 누구 한 사람 이기거나 지는 일 없이, 매번 그럴 수 없다면 교대로 돌아가면서.

신축한 빌라 바닥에 새로 입힌 시멘트 위에 운동화 자국들이 어지럽다. 다 굳기 전에 성급히 지나간 사람들의 흔적이다. 어느 신발 자국 위로 내 발을 올려 보았다. 230, 내 발이 딱 들어맞는다. 빌라와 빌라 사이 해는 더욱 지고. 다 늦은 시간에 빌라 옥상에 빨래를 너는 여인이 있다. 엄마, 엄마 부르면 돌아볼 것 같은데. 어디선가 얼룩 고양이 한 마리가 걸어 나올 것 같은데. 어쩐지 나는 살다 온 생을 다녀온 것 같다. 복기하는 페이지가, 그것도 아득히 먼 시간의 페이지가 다시 펼쳐진 것만 같다. 캄캄해졌다. 돌아갈 집이 있어서 정말 다행이다.

어차피 영원도 아니니까요

집에 돌아오는 길, 오늘은 초등학교 앞 사거리를 건너서 왔다. 비가 오는데 남자아이들 둘이 우산도 없이 신이 나서 뛰어 건넌다. 한 아이가 손을 흔들며 말한다. "내일 보자!" 다른 아이가 말한다. "그래. 근데 내일 볼 수 없을 수도 있어!" 그렇지. 우리는 내일 볼 수 없을 수도 있다. 어떻게 벌써 그런 생각을 한 거니.

아침마다 인사할 때 말한다. 조심히 잘 다녀오자고, 잘 돌아오자고 말한다. 그것은 인사와 바람과 기도와 기대와 부탁과 제발의 당부다. 우리 잘 돌아오자고. 꼭 돌아오자고. 이런 지나친 걱정이 병이 될 수도 있겠지. 이게 다 뉴스 탓입니다. 소방서가 너무 가깝기도 하고.

건널목에는 '교통사고사망발생지점'이라는 붉은 표지가 붙어 있다. 치킨집 배달 소년이 오토바이 충돌 사고로 사망한 곳도 안다. 앞 동 1층 주부가 옥상으로 올라가 투신한 화단 자리도 알고 있다. 그날 저녁, 큰 소리로 다투는 소리, 소리 지르고 우는 소리, 그 소음은 옥상으로 이어졌고 자동차 사고처럼 굉음과 비명소리가 터져 나왔다. 소방차와 앰뷸런스에 이어 경찰차가 오고 사람들이 달려나왔다. 진위를 알 수 없는 소문들이 떠돌았고 며칠 지나 조용해졌고 몇 달 지나 그 집은 이사를 갔다. 사고 지점의 나무는 여전히 푸르게 자라고 꽃들도 뭉클뭉클 핀다. 장미였다.

죽음은 주변에 숱하게 널려 있고 사건사고는 언제든 일어날 수 있으니까. 오늘 보는 사람을 내일은 볼 수 없을 수도 있으니까 그런 생각이 드는 날이면 걸음걸음이 간절해진다. 걱정도 팔자가 맞고 팔자는 고치기 어려운 것 같다. 걱정을 하거나 안 하거나 결과가 크게 달라지지 않을 텐데 걱정이 많은 사람은 기막힌 감각으로 걱정거리들을 찾아낸다.

죽고 싶다는 말을 늘 하던 친구가 있었다. 이혼하고 거푸 음독에 실패하고 친정 부모님 손에 끌려 고향집으로 내려갔다는데, 이후의 여하한 부고도 전해 듣지 못했으니 이제는 잘 사는 것도 같은데, 정말 잘 살고 있을까. 연락이 끊겨 안부를 물을 수 없는데. 사실은 무서워서 도망치고 싶어서 일부러 멀어졌다. 미안하지만 어떻게 도와줘야 하는지 모르겠어서.

누군가 자꾸 죽고 싶다고 하면 무슨 말을 해야 할지 정말 모르겠다. 왜 그런 소릴 해, 따뜻한 거 먹자, 널 생각하는 사람들이 얼마나 많은데, 그런 소리 하지 마, 다들 힘들어도 사는 거야, 지금 너는 마음이 많이 아픈 거야, 나가자, 햇살 좋으니 좀 걷자, 곁에 있을게, 뭘 도와줄까, 뭐 하고 싶니, 부산한 말이나 늘어놓게 될 텐데 솔직히 나도 모르겠다. 왜 살아야 하는지도 모르겠고, 왜 죽으면 안 된다는 것인지도 모르겠다. 죽고 싶어 죽겠는 사람은 죽고, 죽어도 죽기 싫은 사람은 살고 서로 모자라거나 남은 것을 주고받을 수 있으면 좋을 텐데. 그러면 간단할 텐데. 아니지, 대체 무슨 소리 하는 거냐고 등짝을 후려쳐야지.

태어났으니 살아야 하고, 살아 있는 한 끝까지 살아내야지. 단 한 번인데 그걸 허투루 쓸 생각인 거니. 모두들 1인용 식탁에 앉아 각자의 숨을 마시다가 각자의 사정에 따라 돌아가게 되는 걸 텐데. 조금만 더 견뎌 보자고 말해야 할까. 그렇게 죽고 싶어 했지만 죽을 수 없었으니까, 죽는 건 그만 포기하는 게 어떠냐고 말해야 할까. 아니, 실은 늘 너의 안부가 많이 궁금하다고 말해야 할까. 어디서든 어떻게든 반드시 씩씩하게 잘 살고 있기를 바란다고 말해야 할까. 아니면 나도 죽고 싶을 때가 있었다고 말해야 할까.

이런 말을 할 수 있는 시간이 얼마나 남았을까. 누군가의 유고시집을 받을 때면, 나는 언제 그것을 하게 될까 생각하는데. 그러니까 나의 유고시집은 어떤 것일까 궁금해지는데. 이미 낸 시집이 마지막이 되면 어쩌지, 지금 쓰고 있는 글들이 유고라면 어쩌지. 무슨 말을 더하고 무슨 말을 지워야 할까. 모든 말을 다 지워야 하는 것은 아닐까. 다음 시집이 나오기를 너무 기다릴 때면 이러다가 유고시집 되는 건 아닌가 싶은데. 이건 또 무슨 소리야. 네가 내 등짝을 좀 때려주겠니. 서로서로 등짝을 후려치면서 정신 차리라고 소리쳐주는 건 어떨까.

수녀님들과 신부님에게 작별 인사를 했다. 전날 밤 마지막으로 외웠던 독일어 '아우프 비더제엔'을 수줍게 소리 내어 말했다. 다시 한번 독일어 잘한다는 칭찬을 받으며, 수녀원을 떠나왔다. 안녕히 계세요, 또 만나요, 잘 가요, 그런 뜻을 가진 작별 인사. 다시 만나지 못할 것을 우리 모두 알았지만, 그 순간만큼은 꼭 다시 만났으면 하는 진심으로, 인사를 나누었다. 깜깜했던 성당이 금세 빛으로 환하게 물들어가듯, 마음이 부자가 된 듯한 기분으로 길을 나섰다. 나는 처음처럼 혼자였지만, 그전의 혼자와는 조금 다른 혼자가 되었다.

조지영, 『아무튼 외국어』, 위고, 2018

집을 나설 때마다 돌아본다. 있어야 할 것을 제 자리에 두었던가. 버려야 할 것을 다 버렸던가. 부탁해 두어야 할 것은 무엇이었나. 정리해야 할 것들이 쌓이지 않도록 평소에 조금씩 정리를 해 두는 게 좋겠다. 그리고 여행지를 떠나는 사람들처럼 '잘 지내요. 잘 살아요!' 인사하는 것도 좋겠다. 고마웠어요. 미안했어요. 진심으로 사랑합니다. 그런 말을 더해도 좋겠지. 힘들어도 힘을 내서 견뎌 봅시다. 어차피 영원도 아니니까요.

옆 침대의 낯선 남자

시끄럽게 통화를 하기도 하고, 수시로 문자 알림음이 울리기도 한다. 펄럭이는 커튼 속으로 방심한 (낯선) 팔다리를 마주하기도 한다. 주말의 물리치료실에서는 흔한 일이다. 평시에는 이쪽의 반은 여자, 저쪽의 반은 남자가 치료받는 것 같은데 주말에는 들어오는 순서대로 가는 모양이다. 아픈데 내외가 있겠나, 싶지만 가끔 허리 치료를 위해 화끈하게 내린 누군가의 등허리가 보이기도 하니까 조심스럽기는 하다. 그러면서 생각한다. 다른 남자와 산다면 이런 음성을(육체를) 들을 수도(겪을 수도) 있겠구나.

아이고, 침대가 우라지게 높아, 하며 누우시고는 곧바로 소리 지르는 할머니도 계시다. 약 먹었는데 어떻게 더 아픈 거요, 푸념이 이어지면 아이고 할머니 어떻게 그렇게 금방 나아요, 한두 번 약 먹고 치료받고 다 나으면 좋게요, 웃으며 하는 대답이 들린다. '어떻게 그렇게 금방 나아요!' 온당한 그 말이 다정하게 들린다. 그러게, 그렇게 금방 낫는 거였으면 그렇게 많이 아프지도 않았겠지.

뼈가 거의 붙었다. 둥근 모양이던 뼈가, 박살났던 표면이 붙었다고 했다. 눈으로 보기에는 그대로인 것 같은데 그 상태 그대로 골진이 나와서 붙었다고. 골진骨津은 뼈에 소용되는 진액, 뼈를 기르는 액체, 손상을 입었을 때 배출되는 액체라고, 손상 후 1주일을 전후로 묽은 상태로 굳어지며 손상 부위를 메우기 시작한다고 들었다. 붙은 뼈는 거북이 등껍질 같다. 조각난 순간이 그대로 굳어 새로운 무늬가 되었다. 다시 둥글고 매끈해지지는 않는 건지, 균열의 무늬가 옅어지지는 않는 건지 궁금하지만 묻지 않는다. 이대로도 기특하고 고맙다.

이제 끊어진 힘줄만 이어주면 된다. 끊긴 힘줄을 달고 애쓰는 왼팔은 수시로 나를 놀라게 한다. 놀라운 통증은 겉으로 보기에 멀쩡한 것 같아 방심하는 내게 울리는 사이렌 같다. 무심코 내밀다가, 으악, 누군가 팔로 치면 또 으악, 한다. 엄살을 부리지는 말아야지, 멀쩡한 척해도 어떤 날은 승모근이 아프고 또 그 옆의 어딘가 이어진 채 아프니 사제 폭탄을 이고 가는 듯 아슬아슬하다.

매일 먹는 것이, 마시는 것이 내 몸이 된다 생각하면 좀 잘 먹자 싶기는 한데 귀찮다. 정성을 들이는 건 하루 한 번 정도. 나머지는 자꾸 대강 먹는다. 저녁에는 수고를 좀 해 볼까. 차돌박이 된장찌개를 끓이고, 양배추도 삶고, 시금치도 데치고, 감자볶음도 해야겠다. 한식은 이래저래 손이 많이 간다. 국 하나 반찬 하나면 된다고 하지만 그게 어디 그런가. 식구들이 다 있는 날에는 뭐라도 특식을 하나 곁들여야 할 것 같은데. 음식이란 이래저래 손이 많이 간다.

편의점에서 주말 야간 아르바이트를 하는 J가 일요일 새벽에 떡국 사 드신 분 이야기를 한다. 연세가 많이 드신 남자 분이었다고, 아내가 먼저 가서 혼자되셨다는 말씀을 하시더라고 했다. 잠에서 일찍 깨어 뒤척뒤척하셨겠지. 어쩐지 뜨끈한 떡국 생각이 간절하셨겠지. 그걸 끓여 함께 드시던 분 생각도 하셨겠지. 더 누워 있어 보아야 그리움만 더할 것 같아 주섬주섬 옷을 챙겨 입고 텅 빈 거리를 걸어 편의점 불빛을 향하셨겠지. 차갑고 어두운 숨이 들어찬 몸속으로 뜨끈한 국물이 내려가는 상상을 한다. 어쩐지 환해지고 푸근해지고 가득해진다. 그 국물이, 그 흰 떡이 쓸쓸한 몸의 피가 되고 살이 되고 뼈가 되는 생각을 한다. 그 힘으로 긴 휴일 아침을 여시겠구나.

초기 이유식에는 알레르기 반응이 있을 수 있다고 한다. 모유나 그것과 흡사한 분유만 먹던 아기가 처음으로 생경한 음식을 먹는 일이라니 그럴 수 있겠다. 이미 엄마 몸속에서 다 먹어 봤으면서 무슨 유난이니, 놀려주고도 싶은데 그것과는 좀 다른 일이겠지. 엄마가 제 속의 아이를 위해 좋은 것은 더하고 나쁜 것은 걸러주는 거대 필터의 역할을 해주었을 테니. 이유식이야말로 평생 먹고 사는 일의 기본을 만들어주는 일이겠다. 예를 들어 씨 있는 거, 털 있는 거는 나중에 먹이란다. 애호박은 씨를 빼고, 키위나 복숭아 같은 것은 가급적 나중에. 몸이 알아차리지 못하도록, 저도 모르는 새 익숙해지도록 조금씩 천천히 오래오래, 이것이 최강의 적응법인가 보다.

새로운 음식이 몸에 들어오면 예스 노의 방식으로 반응하겠지. 완두콩이 좋으니, 아니, 하면 붉은 기운이 입 주위로 올라와 온몸으로 겁나게 번지기도 하겠지. 어느 정도 적응기를 거치고 나서 이제 완두콩은 어떻니, 응, 하면 무사히 스며들어 새 몸이 되겠지.

삶에 대해서도 내성이 생기는 것 같다. 어떤 일에 대해 처음에는 알레르기처럼 심각하게 반응하겠지. 그런 일을 한 번 두 번 겪고 나면 그럴 수도 있겠다는 내성이 생기는 게 아닐까. 있을 수 없는 일이라고 멘탈이 조각조각 부서지기도 하겠지. 그런 일을 겪고 또 겪게 되면 세상일이 내 마음 같을 수 없다는 당연을 받아들이게 되겠지. 부서진 정신도 부서진 뼈 조각들처럼 새로운 무늬를 만들며 붙어가겠지. 너무 나를 상하게 하는 일이 아니라면 받아들일 줄 아는 자세가 필요할 것 같다.

결론에 사로잡혀 있으면 정말 중요한 것들이 사소해진다. 결론에 매달려 있으면 속과 결이 복잡한 현실을 억지로 단순하게 조작해서 자기 결론에 끼워 맞추게 된다. 세상은 원래 이러이러하다는 거창한 결론에 심취하면 전혀 그와 관계없는 상황들을 마음대로 조각내어 이러저러한 결론에 오려 붙인 뒤, 보아라 세상은 이렇게 이러저러하다는 선언에 이르게 되는 것이다. 이와 같은 생각은 정작 소중한 것들을 하찮게 보게 만든다. 이와 같은 생각은 삶을 망친다. 거창한 결론이 삶을 망친다면 사소한 결심들은 동기가 된다. 그리고 그런 사소한 결심들을 잘 지켜내어 성과가 쌓이면 삶을 꾸려나가는 중요한 아이디어가 될 수도 있다. 사실 결론에 집착하는 건

가장 피폐하고 곤궁하고 끔찍한 상황에 처한 사람들의 가장 훌륭한 안식처다. 나도 거기 있었기 때문에 확실하게 말할 수 있다. 죽음에만 몰두하고 있을 때는 다른 사소한 것들을 신경 쓰지 않아도 되었기 때문이다. 하지만 그렇게 다른 사소한 것들을 신경 쓰지 않고 있는 동안, 나는 죽음 이외에 다른 건 아무것도 생각할 수 없는 사람이 되고 말았다. 그래서 나는, 여러분에게 제발 거기 가지 말라고 말하고 싶다. 이 글을 그래서 쓰기 시작했다. 우리에게 필요한 건 결론이 아니라 결심이다. 내가 언제까지 살 수 있을지는 모른다. 100살 넘게 살지도 모르고, 재발한다면 내년에 다시 병동에 있을지도 모르겠다. 하지만 지금은 어느 때보다 건강하고 의욕이 넘친다. 그리고 많은 결심들을 한다. 나는 제때에 제대로 고맙다고 말하며 살겠다고 결심했다.

허지웅, 「우리에게 필요한 건 결론이 아니라 결심이다」, 『한겨레』, 2019.12.19

결론에 집착하지 말아야지. 사소한 결심들을 더 하고, 잘 지켜야지. 사소한 결심들은 나를 자꾸 불러온다. 이 장소 이 순간에 집중하게 한다. 깨어나게 한다. 유머를 장착해야지. (그래도 웃기지 않은 일에 억지로 웃지는 말자) 다정해지자. (지나치게는 말고) 심각해지지 말자. (별 거 아니다). 무서워하지 말자. (쫄지 말자) 대체 언제 어깨가 다 나을까 걱정하지 말고, 이제 뭘 해서 먹고 살아야 하나 걱정보따리 싸지 말고, 누군가를 위해 뭐라도 좋은 일을 좀 해야지. 작더라도 도움이 되는 사람이 되어야지. 좋은 음식을 먹고 좋은 생각을 하고 좋은 말을 하고 자주 걷고 비타민 챙겨 먹고, 아무튼 이미 다행이다. 가득히 충분하다.

농담濃淡처럼 보이겠지만

전시장의 옛날 사진들을 본다. 흑백의 농담 속으로 낯선 사람들이, 낯선 건물과 집들이 붙박여 있다. 음영 탓으로 때 묻은 것처럼 보이는 동그란 얼굴 속 표정은 굳어 있기도 하고, 웃는 것 같기도 하고, 무심하기도 하다. 그저 가만히 서 있다. 입을 벌린 채, 하던 말을 멈추고 있는 것도 같다. 하늘은 흰 색에 가깝고 햇살 아래 멀리 있는 건물도 나무도 흰빛에 가깝다. 손을 대면 바스라질 것 같다. 가까이 있는 건물들은 아직도 단단해 보인다. 시커먼 벽과 대문이 그늘로 이어져 있다.

사람들을 확대해서 본다. 머리는 단정하게 뒤로 묶었다. 치마저고리를 입고 있다. 해는 사진의 왼편 위로 들어와서 사람들의 왼편 뺨과 머리에 흰빛을 입혀 놓았다. 다 찍었습니다, 끝났습니다, 말하면 일어나서 다시 걸어갈 것 같다. 치맛단에 묻은 흙을 툭툭 털면 흙먼지가 내려앉겠지. 햇살은 여전히 따뜻하고 약간의 바람이 불어오고 계절은 이른 봄 정도가 아닐까. 사람들은 삼삼오오 돌아가고 사진 속에는 건물과 나무와 바닥의 울퉁불퉁한 흙과 서늘한 그늘만 남는다.

내가 보는 왼편 뺨이 그늘의 오른편 뺨일까. 내가 보는 검정은 검정이 아니겠지. 붉거나 푸르거나 검거나 짙은 것은 전부 검정처럼 보이겠지. 연분홍도 연노랑도 연초록도 연한 것들마다 흰색처럼 보이겠지. 저마다 농담濃淡처럼 보이겠지만 완전히 이색異色일 텐데 색色이 빠져나가 텅 빈 것이 되는 것처럼, 이 모든 것이 그저 텅 빈 순간이라는 것일까.

나의 생시가 사진이라고 상상해 본다. 지금 이 순간이 많이 흐른 다음에 들여다보는 사진이라면, 내가 아는 사람들과 나를 아는 사람들이 모두 사라진 다음이라면 낯선 사람들은 나를 어떻게 바라볼까. 나의 모습, 나의 옷, 지금 내가 앉아있는 식탁과 등 뒤의 냉장고와 세탁실 문과 거실 소파와 TV와 베란다의 화분들과 트레드밀과 건조대와 그 옆의 거북이 두 마리를 어떻게 볼까. 흰 버티컬은 잘 빗은 머리칼처럼 단정한데, 거실 끝에 와 닿은 저 햇살은 어떻게 느껴질까. 음성이 사라진 사진 속에서 누구도 누구에게도 설명할 수 없고 설명을 들을 수 없는 진공 같은 이 순간은 무엇일까.

엄마 아버지의 옛 사진을 본다. 내가 잘 아는 그들은 내가 잘 모르는 사람 같다. 젊은 아버지는 주름이 없는 얼굴로 군복을 입고, 그 옆의 엄마는 수줍고 사랑스럽다. 배경은 은은하고 부드럽고 옅은 색이다. 사진의 가장자리에는 봉황 무늬가 새겨져 있다. 두 사람은 날을 잡아 사진관에 갔겠지. 엄마는 정성들여 화장을 하고 잘 다린 옷을 입고 있다. 귀엽게 고불거리는 짧은 파마머리는 미용실에 다녀온 걸까. 나란히 앉아 사진기를 바라볼 때, 사진사는 말했겠지. 신랑분 고개를 아기엄마

쪽으로, 아기엄마는 조금 더 환히 웃어 보세요, 조금 더, 옳지, 좋아요, 찍습니다. 그렇게,

순간이 영원이 된다. 순간마다 영원이 된다. 두 사람의 머릿속에 마음속에 남아있을 아득한 시절이 사진 속에 있다. 그들과 그들이 간직한 더 오래 전 사람들이 그 속에 함께 있다. 내가 비롯된 곳일 텐데, 저들의 많은 것들이 뒤섞여 나라는 형질을 이루었을 텐데. 어떤 성격이, 어떤 유전자가, 어떤 병력이, 어떤 운명이 이어져 오고 있다는 생각을 하면 흑백의 사진들마다 색이 들어찬다. 소리가 들리는 것 같다. 음성이 대화가 그 뒤로 바람소리 부스럭거리는 소리, 음성 위로 음성이 겹치고 사람들은 빠르게 사라진다. 지금 내 앞의 모든 것들이 이미 옛날인 것만 같고.

제4부 / 우리는 각자의 계단에 집중하네

되는 대로 사는 것과 사는 대로 되는 것과

뒤늦게 알았다. 0시 0분부터 2시간 20분 동안 카톡이 불통이었다고 한다. 12월 31일 밤부터 1월 1일 새벽에 이르는 시간. 한 해를 마무리하느라 다들 고단할 텐데, 잠을 이기고 깨어있는 사람들이라니, 종각을 중심으로 한 인산인해도 그렇고, 지하철 연장 운행도 그렇고, 동해 바다 일출을 향한 자동차의 행렬도 그렇고, 해가 바뀌는 바로 그 순간을 기다리는 마음이라니.

다들 타종을 보고 있었을까, 그게 아니라면 시계를 보고 있었겠지. 시작의 타이밍을 놓칠 새라 부지런히 손가락을 움직였겠지. 새해 복 많이 받으라고, 건강하라고, 행복하라고, 부자 되라고 당부의 말을 전할 사람들이 한둘이 아니었겠지. 춥고 어두운 허공을 가득 채웠을 수많은 마음들을 생각하니 즐거워진다. 말들이 달려가는 그 길은 따뜻했겠다. 시간이 간다는 것에 하릴없이 심술을 내며 일찌감치 잠자리에 드는 나 같은 사람에게도 그 마음들이 빠르거나 늦게 도착하여 좋은 밤이었다. 세상 부질없는 일이 새해 인사라고 생각하려고 했지만 그렇지 않았다. 잘 살라고, 잘 살자고, 잘 살겠다고 하는 서로의 다짐들은 온기로 충만했다. 마음도 거리도 카톡도 달아오를 정도로.

무수한 연말의 밤이 떠올랐다. 어렸을 때, 온 식구들이 졸음을 참고 TV 앞에 모여 앉아, 보신각의 타종을 기다리는 카운트다운과 함께 첫 종이 울리는 순간 새해 인사를 했다. 손을 잡고 안아주고 등을 두드려주었다. 특별한 그 시간의 기원들은 다 이루어질 것만 같았다. 결혼한 후로는 밤 12시 타종과 함께 언니와 오빠들과 나는 순서를 경쟁하며 엄마아버지에게 전화를 했다. 각각의 아이들까지 휴대폰을 이어 전하며 새해 인사를 했다. 맞다. 그랬는데 올해는 12시까지 버티지 못하고 이른 저녁에 미리 새해 인사를 드리게 되었다.

온 식구를 돌고 난 휴대폰은 다시 내게로 오는데 아버지는 하실 말씀이 많이 남았다. '보청기를 다시 할까 생각은 해봤는데 말이다', 나는 그 다음 말을 다 알 것 같다. '너의 다음 책이 빨리 나왔으면 하는 거는 말이다', 나는 그 다음 말씀도 잘 알 것 같다. 그는 시간이 많이 남지 않았다는 말씀을 하시려는 거다. 나는 급히 꺼낼 게 있는 것처럼 냉동실 문을 열었다가 냉장실 문을 열었다가 부산하고 바쁜 척 차라리 졸린 척 뒤의 말씀을 못 들은 척, 담배 조금 피우시고 환기 잘 하시고 따뜻하게 주무시라는 말을 하고, 내 말에 아버지는 잘 자라는 말씀을 하시고 우리들의 통화는 오늘은 이만.

귀가 어두워진 아버지는 그날 저녁 나눈 이야기들 중 무엇을 듣고 무엇을 놓치셨을까. 조카 결혼식장에서 축하 연주가 진행되는 동안 물으시는 말씀에 귓속말로 대답을 하는데 잘 듣지 못하셔서 휴대폰 메모창에 적어 소통한 일이 있다. 늘 책을 읽고 일기를 쓰고 경문을 필사하시는 아버지의 하루는 얼마나 길고 얼마나 짧을까. 순간순간은 지겹고 긴데 하루는 그날이 그날 같아 분간이 불가능한 것이겠지. 나도 그렇지만 나보다 훨씬 더 그렇겠지. 큰돈을 들여 마련했던 보청기가 이내 불편해지신 까닭은 적막을 깨고 침범하는 무수한 소리 탓은 아니었을까. 새로 보청기를 해 드리면 괜찮으실까. 실은 보청기가 아니라 외로움의 문제 아닐까.

함께 환한 아침을 맞이할 수 있는 사람, 푸석한 얼굴을 바라보며 잠들 수 있는 사람, 발에 닿는 온기 속에 서로의 숨을 확인할 수 있는 사람, 보글보글 끓는 찌개가 식을까 어서 와서 앉으라고 잔소리할 수 있는 사람, 손이 닿지 않는 어딘가에 파스를 붙여줄 수 있는 사람이 있으면 좋을 텐데. 엄마를 대신할 수 있는 그 어떤 마음도 정성도 불가능할 거라 생각하는 건 자식들의 오만일 텐데. 늙은 아버지를 멀리 있는 나대신 기꺼이 공경해줄 사람을 상상하다니 비겁한 직무유기자의 헛소리 같기도 하고. 그런 상상을 하기에는 너무 늦어버린 것도 같은데. 귀가 어두워서 잘 듣지 못하는 것과 들리는 음성이 없어서 듣지 못하는 것 중 어느 쪽이 덜 적적한 일이 될까. 모르겠다. 아니 생각하기가 두렵다. 이렇게 후회할 짓을, 아니 이미 후회하면서.

새해에는 되는 대로 막 살겠다고 말했다. 딴에는 원제스님의 말씀을 차용하겠다는 건데 다시 찾아보니 스님은 '막'이라는 말씀을 하신

적이 없다. 되는 대로 사는 것과 되는 대로 막 사는 것은 천지차이일 텐데, 내 맘대로 막 말하고 스님 마음이라고 막 생각했다. 뭐든 막, 하면 절대 안 된다. 떡만두국을 먹으며 올해는 되는 대로 여유로운 마음으로 사는 게 바람이라고 말하니 취준생이 된 H는 말한다. "아닌데, 나는 사는 대로 되어야 해요." 사는 대로 되는 것과 되는 대로 사는 것도 천지차이가 되겠구나.

신탁도 좋고 말의 정령도 좋고 자기 최면도 좋고 자성 예언도 좋고, 저마다 적극적일 때도 있고 사정상 아닐 수도 있지만, 새해 인사는 다 좋은 짓이다. 멀거나 가깝거나 다함께 으쌰으쌰, 하면서 나란히 출발선에 선 사람들의 자세로 발목을 돌리고 팔목을 돌리고 허리를 돌리며 시동을 거는 시간, 걱정을 다 떨쳐 버리지는 못하지만 어쩐지 스멀스멀 힘이 나고 아랫배가 뜨뜻해지고 용기가 나고 기분이 좋아지는 그런 시간이다. 신새벽의 카카오톡 불통에 분통을 터뜨린 사람들의 2시간 20분은 허공을 향한 늑대들의 하울링처럼 울려 퍼졌겠지. 각자의 위치를 알리고, 존재를 알리고, 바람을 알리고, 걱정을 알리는 다정하고 소란스러운 일이었겠다. 그래요, 그래. 되는 대로 다 잘 될 거야, 하는 대로 다 잘 될 거야, 다시 한번 늦은 하울링을 해 본다.

김연수 선생님이 나를 부러워하실 거야

김연수는 다이애너 애실을 이야기하고, 다이애너 애실은 알리스 헤르츠좀머를 이야기한다. 그러니까 김연수의 『시절일기』를 읽었고, 1부의 제목이 "장래 희망은, 다시 할머니"였고, 그 속에서 89세의 다이애너 애실은 신문에서 본 103세의 할머니 알리스 헤르츠좀머를 이야기한다. 그 인터뷰 기사에는 세 장의 사진이 실려 있다고, "1931년 눈부신 신부의 모습과 전쟁 직전 눈부신 젊은 엄마의 모습과 103세인 현재의 눈부신 늙은 여인"이라고 전한다. 유태인 피아니스트이고 홀로코스트 생존자였던 그 눈부신 여인의 말은 "인생은 아름답습니다. 지극히 아름답지요. 그리고 늙으면 그 사실을 더 잘 알게 됩니다. 나이가 들면 생각하고 기억하고 사랑하고 감사하게 돼요. 모든 것에 감사하게 되지요. 모든 것에". 그리고 "나는 악에 대해서는 잘 알지만 오직 선한 것만 봅니다"라고. 그런 할머니들이 있어서 김연수는 또다시 장래를 희망하게 되었다고. "웃는 눈으로 선한 것만 보는 할머니"를 희망하게 되었다고 말한다. 나는 속으로 중얼거린다. 암만 그래도 할머니는 되실 수 없을 거예요, 그건 제가 할게요.

다이애너 애실의 『어떻게 늙을까』를 찾아 읽는다. "도피처가 되어

주는 일들은 대부분 일상적인 것들이다. 그것은 내가 늙었기에 더욱더 소중해진 일들로, 그 일들을 즐길 시간이 그리 많이 남지 않았다는 걸 알기에 갈수록 그 재미가 더 강렬해진다. 하지만 필시 노년에 내가 한 최고의 일은 지금도 그렇지만 약간은 비일상적인 일이었다. 그건 내가 글을 쓸 수 있다는 걸 발견한 행운과 전적으로 관계가 있다." 청중 앞에서 연설을 해야 할 때면 늘 입이 바짝바짝 타들어갈 정도로 겁이 나서 이야기할 내용을 전부 타이핑해서 읽던 그녀가 나이를 먹어가며 더 이상 수줍음 때문에 고생하지 않게 되었다는 사실도 힘이 된다.

> 어머니는 꿈을 꾸듯 말했다.
> "정말 멋졌단다."
> 그것이 어머니의 마지막 말이었고,
> 어머니는 다시 깨어나지 못했다.

다이애너 애실, 『어떻게 늙을까』, 뮤진트리, 2016

거의 동시에 홍수희의 『무리하지 않는 선에서』를 읽는다. 첫 번째 파트의 제목은 "60이 되어서도 장화를 신어야지"이다. 장화를 신고 빗물 웅덩이도 피하지 않고 진흙길도 씩씩하게 걷는 할머니가 되는 것이 작가의 꿈이라고 한다. 이어서 최연지의 『행복한 여자는 글을 쓰지 않는다』를 읽는다. "불행한 여자가 작가가 되어서 비로소 행복해지는 게 아니라 불행한 여자가 글을 쓰면서 행복해지고 그렇게 행복해진 여자가 비로소 작가가 된다"라고 말한다. "자신의 재산인 온갖 상처를 후벼 파서 팔아먹기 위해 다듬는 동안 놀랍게도 고통에서 해방된다. 고통을 객관화하면서 자신을 짓눌러온 고통으로부터 해방되는 과정, 그것이 글쓰기다"라고 말한다.

나는 아무래도 멋진 할머니가 될 것 같다. 그 점에 있어서는 김연수 선생님이 부러워하실 만하다. 아무래도 나이를 먹으며 조금은 지혜로워질 테니, 선한 것만 보는 쪽으로 더 발전하게 되겠지. 다이애너 애실처럼 뭔가를 계속 쓸 거고. 빗물 웅덩이도 피하지 않고 씩씩하게 걷겠지. 게다가 내게는 초록 장화가 있다. 무릎길이에 주홍색 뒷 지퍼가 달려 있는 힙한 디자인이다. 글을 쓰면서 행복해지는 법도 은근슬쩍 확실히 알아버렸다.

누구나 자신만의 숨구멍이 필요하다. 그것은 청소일 수도 있고, 정리정돈일 수도 있고, 음악일 수도 있고, 춤일 수도 있고, 산책일 수도 있다. 고요일 수도, 대화일 수도, 잠일 수도, 떡볶이일 수도, 초콜릿일 수도, 달리기일 수도, 여행일 수도, 쇼핑일 수도, 요가일 수도, 시원한 맥주 한 캔일 수도, 따끈한 차 한잔일 수도 있다. 취향에 따라 상황에 따라 다양한 숨구멍이 필요할 거다. 한 가지 방법으로는 시원해지지 않을 수 있고, 혼자서는 해결할 수 없을 때도 있겠지.

시작은 그 밤이었다. 출구가 보이지 않았다. 숨이 막혔다. 나의 실업, 어린 두 아이를 키우는 일, 엄마의 죽음, 그는 지독히 바쁘고, 계속

휴학을 거듭하는 공부. 슬프고 힘들고 아픈 일 투성이였다. 뭐 하나 시원한 일이 없었다. 속 이야기를 나눌 사람도 없었고 시간도 없었고 도망칠 데도 없었다. 아이들을 재우고 캄캄한 방, 어두운 책상 앞에 앉았다. 컴퓨터를 켜고 텅 빈 화면을 바라보다가 툭툭 글을 썼다. 엄마, 엄마는 왜, 하면서 울며 자판을 두드리는 동안 새벽이 왔다. 일기였고 편지였고 욕설이었고 한탄이었다. 손가락이 아프고 목이 마르고 눈이 아팠다. 아무도 모르게 실컷 울었다. 조금 가벼워진 느낌, 숨쉬기 편안해진 느낌. 그렇게 잠들 수 있었다. 그렇게 글을 쓰기 시작했다. 쓰고 나면 누군가와 이야기를 나눈 것 같고, 내가 쓴 글을 다시 읽으며 스스로를 명료히 바라보게 되었다. 내가 무시하는 상처도 있었고, 내가 과장하는 아픔도 있었다. 나중에 생각해 보니 그 밤은 글쓰기로 치유하는 시간이었던 것 같다.

내가 쓴 글을 읽는다. 아주 가끔 괜찮은 게 나오기도 한다. 내가 쓴 거 같지가 않다. 괜찮은 사람이 된 것 같다. 하지만 대부분의 경우 별 거 없다. 써도 그만 안 써도 그만인 글이 더 많다. 그럼에도 불구하고 쓴다. 다른 사람은 모르겠고 나를 위해서 쓴다. 그게 제일 좋고, 그거 밖에 할 수 있는 게 없기도 하다. 좋은 일이 생기면 청소를 하고 쓴다. 힘든 일이 생겨도 청소를 하고 쓴다. 청소는 좋아하지 않는 일이지만 하고 나면 조금 정돈된 사람이 된 것 같다. 정돈된 사람인 척 앉아서 정돈되기를 바라는 일에 대해서 쓴다. 아니, 청소 안 하고 쓸 때가 더 많다. 아니 차마 못 쓸 때가 더 많다. 청소도 잘 하고 글도 잘 쓰는 사람이 되고 싶다.

나는 늘 나 자신을 꽤 괜찮은 사람인 척 바라본다. 디스할 때는 사실 겸손한 척하는 거고. 커다란 실수나 실패를 이야기할 때는 다들 그런 거 아니냐고, 그 정도 일로 사람이 완전히 망가지는 법은 없다고 선수를 친다. 좋은 건 더 좋아 보이게 과장하고 나쁜 건 은근슬쩍 감춘다. 미주알고주알 다 말하는 것 같지만 이기적인 취사선택의 과정이 반드시 함께 한다. 침소봉대는 흔한 일이다. 나는 고작 그런 인간이다. 지금 나는 내가 솔직한 인간이라고 말하고 싶은 거다. 그렇게 자꾸 말하고 싶어 한다는 건 별로 솔직한 인간이 아니라는 반증이기도 하다.

임혜지는 『고등어를 금하노라』에서 이렇게 말한다. "후딱 제정신이 들면 그 글이 진짜 내가 현재 느끼는 삶과는 다르다는 사실에 깜짝 놀라서 나도 모르게 글에서 내 삶을 미화하고 있지 않은지 다시 한번 엄중하게 검토한다. 하나하나 따져보면 거짓으로 쓴 것은 없는데 왜 전반적으로는 실제보다 더 나아 보이는지 고개를 갸웃하지만, 실은 이상한 일이 아니다. 내가 쓰는 글은 내 삶의 일부분만을, 행여 나쁜 일일지라도 내가 명쾌하게 소화한 부분만을 조명하기 때문이다. (…중략…) 문제는 테마에 있는 것이 아니라 글의 성격에 있었다. 관찰자의 입장에서 진지하게 고민하며 쓴 글에선 평범하고 구질구질한 내 인생도 그럴듯하게 보이는 것이다. 천지 사방에 널려 있는 들꽃도 자세히 들여다보면 아름답듯이." 동감입니다, 좋아요, 열 개요.

읽고 쓰는 게 좋다. 그걸로 인생을 탕진한다. 그런 걸로 생을 탕진하는 내가 마음에 든다. 다른 숨구멍들보다는 생산적인 것 같다. 앨리스 먼로는 작가는 아무것도 낭비하지 않기 때문에 아주 경제적이라고 말한다. 역시 좋아요, 또 열 개. 손해 보는 걸 싫어하는 나로서는, 받기만 하고 잘 주지 않는 깍쟁이 욕심쟁이 이기주의자인 나로서는 이게 매우 남는 장사다. 나의 생을 갖고 할 수 있는 장사가 글이라는 게 좋다. 나 같은 사람도 쓸 수 있어서 좋고, 쓰고 있는 사람은 누구나 작가라는 말도 아주 좋다.

우리는 각자의 계단에 집중하네

정재승은 『열두 발자국』에서 울릭 나이서Ulric Neisser라는 사회심리학자가 했던 실험을 소개한다. 1986년 미국 우주왕복선 챌린저호가 지구 밖으로 발사됐다가 폭발한 다음 날, 수업을 듣는 106명의 고교생들에게 이 사건을 언제, 어디서, 누구와 함께 접했는지 종이에 적게 했다. 그리고 2년 반 후, 그 학생들을 불러 그 사건에 대해 물었는데 25퍼센트의 학생들이 완전히 다른 기억을 얘기했다고 한다. 게다가 나머지 학생들의 대다수도 세부사항이 마구 틀리더라는 것. 겨우 10퍼센트도 안 되는 학생들만이 그때 상황을 제대로 기억하고 있었다고 한다. 아무리 인상적인 사건이라고 해도 2년 반이 지나면 그것을 정확히 기억할 가능성은 10퍼센트도 안 된다고, 우리의 기억이 그렇게 쉽게 왜곡되고 과장되고 지워진다고 말한다.

인상적인 사건이 그 정도인데 일상적인 일들이야 어떻겠어. 엄마에 대한 기억이 이렇게도 희미한 걸 보면 내 문제만도 아닌 것 같다. 엄마 기억이 나질 않는다. 함께 한 사람의 평생에 대한 기억이 이렇게 조금일 수가 있을까. 엄마 돌아가신 게 20년 전이다. 엄마가 내게 무슨 말을 했는지, 엄마에게 내가 무슨 말을 했는지, 엄마와 무슨 일들을 함께 했는지 남의 꿈처럼 아득하기만 하다. 나의 모든 것을 해주었던 엄마인데.

무엇을 주로 말했는지는 알겠다. 밥 먹어라, 아픈 데 없니, 별 일 없니, 같은 말들. 나를 이해할 수 없었을 엄마와 엄마를 이해하고 싶지 않은 아이라니. 엄마는 늘 라디오를 '라지오'라고 했다. 라지오 좀 틀어라, 라지오. 그러면 나는 소리 질렀다. 라디오라니까! 그렇게 들려오는 라디오에서 엄마가 좋아하셨을 음악이 무엇이었는지 모르겠다. 엄마가 노래 부르는 걸 들은 적도 없다. 엄마가 책을 읽는 걸 본 적도 없다. 그럴 틈이 없었다. 엄마는 친구도 없고, 취미도 없고, 하고 싶은 것도 없는 것 같았다. 그럴 리 없었을 거라는 생각을 이제야 하고 있는데. 할 일은 태산인데 외롭고 적적하던 엄마에게 라디오는 무엇이었을까. 라디오건 라지오건 나디오건 나디어건 그게 뭐 중요하다고 뭘 말씀하시는지 이미 알아들었으니 즐거이 틀어드리면 되었을 것을 왜 그렇게 야멸차게 굴었을까.

엄마가 좋아하시던 건 아버지가 좋아하시는 것. 이를테면 잘 드는 칼로 한 번 드실 만큼만 정갈하게 썰어 담는 김치라든가, 들기름에 재워 구운 김이라든가, 연주홍빛이 든 나박김치라든가, 크고 실한 게로 담그는 간장게장이라든가. 상추를 좋아하셨고, 달달한 커피를 좋아하셨고, 체리주빌레 아이스크림을 좋아하셨고, 국화를 좋아하셨고. 늘 발이 차가웠던 엄마. 책이라고는 불경책이 전부였던 엄마. 때마다 절에 가서 불공드리던 엄마, 식구들을 위해 빌고 또 빌던 엄마. 엄마의 일생은 무엇이었을까. 행복했을까, 즐거웠을까. 별로 그럴 것 같지가 않다. 그래서요. 엄마 나는 내가 행복하길 원해요. 내가 즐겁길 원해요. 나는 좀 나를 많이 생각하려고 해요.

엄마와 갔던 마지막 쇼핑이 언제였더라. 졸업식에 입을 옷을 사려고 백화점엘 갔는데. 옷을 고르고 엄마 카드를 꺼냈는데 정지된 카드입니다, 다른 카드를 꺼냈는데 역시나 정지된 카드입니다. 그날 얼마나 화를 냈는지. 안 산다는데 왜 사준다고 그래, 왜 정지된 카드인지도 모르고 그래요. 아버지 회사의 부도로 힘든 거 알았으면서 나는 왜 따라나간 걸까. 당장 없는 거 뻔히 보이는데, 걱정 말라고, 괜찮다고, 해결될 거라고 말하던 엄마. 그건 긍정도 뭣도 아니었어요. 그래서요. 엄마 나는 힘들 땐 힘들다고 말해요. 생활비가 쪼들릴 땐 쪼들린다고, 어려울 땐 어렵다고 말해요. 아이들에게 가고 싶으면 대학원은 벌어서 가라고 했어요. 결혼도 알아서 하라고 했어요. 이 집은 노후 대책이라고 너희들을 위해서 줄 수 있는 건 없다고 말했어요.

J가 다시 허리가 아프단다. 군대도 가지 않았는데 어쩌지. 얼마 전에 병원까지 갔는데, 다행히 디스크는 아니지만 늘 조심하라고. 그때 물리치료를 며칠 세게 받고는 괜찮다고 했는데. 야간 아르바이트 할 때 기침을 잘 못했는지 아프다고 한다. 어쩌지. 병원도 노는 날이고, 학교는 가야 하는데. 파스와 스프레이 파스와 연고 파스와 온열기까지 할

수 있는 걸 다 해주었다. 아침에는 그럴 때 하는 운동을 검색해서 보내주었다. 엘리베이터 기다리면서 허리 운동 시범도 보여주었다. 그리고 아프면 언제든 조퇴하고 오라고, 병원에 꼭 가자고 말하고 문자도 보냈다. 아이는 언제나처럼 단 한 글자, "넹" 이라고 답장을 한다. 이 아이는 내가 없어지면 나를 어떻게 기억할까. 아이와 나는 어떤 추억을 공유하고 있을까. 밥을 차려주고, 밥을 차려주고, 밥을 차려주고, 또 뭘 했을까, 나도 아이와의 기억이 별로 없는 것 같다.

박주경의 『따뜻한 냉정』에 이런 대목이 있었다. 계단을 오르시는 아버지가 넘어지실까 한 발짝 떨어져서 등 뒤를 따라 오르다가 이런 모습이 처음이 아니었다는 생각을 한다. "내 늙은 아버지의 등을 보는 일은 어느 순간 내 어린 아들의 등을 보는 일과 같은 것이 되어 있었다. 시간을 더 거슬러 올라가면, 수십 년 전의 아버지도 내가 서툰 발걸음으로 첫 계단을 오를 때 밑에서 조마조마한 심정으로 지켜보고 계셨을까? 지금의 당신을 내가 그렇게 바라보고 있듯이." 우리들은 그렇게 각자의 계단을 오르는 것이 아닐까. 내 아이가 가고, 그 뒤를 내가 바라보고, 내 뒤를 내 부모가 바라보고. 계단참에 혹시 신이 계시다면 모두를 무심한 눈으로 바라보고 있는 것은 아닐까.

엄마도 내게 많은 이야기를 해주었을 텐데. 무성영화를 보는 듯 아무 말도 듣지 못하고 기억하지 못하는 것은 당장 내 앞에 놓인 계단에 집중하여 어떻게든 빨리 높이 올라가고 싶던 바듯한 마음 탓이었겠지.

아이의 허리를 걱정하듯 엄마도 하루 종일 내 걱정을 했을 텐데. 수많은 말들을 하고 묻고 또 해도 내 대답은 "네" 하나였을 거야. 엄마, 미안.

끝없이 길게 이어지는 계단을 상상한다. 아이가 가고 내가 가고 내 부모가 가고, 혹은 내 부모가 가고 내가 가고 아이가 가겠지. 계단은 앞으로도 이어지고 뒤로도 이어진다. 나는 아이의 계단 바로 앞이나 뒤가 아니라 약간 떨어진 계단참 같은 존재가 되고 싶다. 안전한 몇 뼘의 여유로움이 되고 싶다. 가파르지 않도록 숨 가쁘지 않도록. 그렇다고 갑자기 위대한 모성이 생긴 건 아니다. 나는 주로 나를 생각해, 그러니까 너희들도 너희들을 생각해! 우리 각자의 계단을 즐거이 오르자.

다시 그렇게 살고 싶니, 묻는다면 아니요, 아닙니다

절대 갈 수 없을 것 같은 장소에 언젠가 한 번은 다시 간다. 현장을 재확인하는 범인의 마음으로. 이제 괜찮을까, 심려가 있다면 아직 그곳과 이어져 있다는 것. 그럴 때의 그 장소는 어떤 일과 어떤 사람과 어떤 말과 어떤 표정과 어떤 웃음소리와 어떤 손과 어떤 뺨과 어떤 온도와 어떤 빛과 어떤 맛과 어떤 그림자 같은 것이 고스란히 그곳에 다시 또…… 봐, 이걸 다시 원하니, 다시 그렇게 살고 싶니, 묻는다면 아니요, 아닙니다. 그렇지는 않다고, 그런 것은 아니라고 고개를 저으며 손사래를 치면서 뒷걸음질치겠지. 그러면 그럴수록 그리로 다시 끌려들어가는 것만 같겠지.

시간은 힘이 세지. 알아요. 하지만 시간 보다 힘이 센 기억도 있어요. 어떤 기억은 시간 따위 끄떡도 하지 않는 무뢰한이라니까요. 지나가버린 주제에 이제 형체도 없으면서 귀한 현재를 파먹다니. 몇 번이고 멀리서 혹은 가까이서. 천천히 혹은 급히. 어떻게 그럴 수가 있습니까, 물어 보았자 당연히 그럴 수가 있습니다.

기억마다 거대한 손 같은 것이 달려서 자꾸 잡아당긴다. 당기다가 더욱 당기다가 서서히 늘어나겠지. 탄성을 잃은 기억은 툭, 끊어져버리기도 하고 가늘게 간신히 늘어져 거기 묶인 줄도 모르게 되는 순간이 오겠지. 돌아보니 더는 가슴이 펄떡이지도 않고 뺨이 뜨겁지도 않고 두 손이 차갑지도 않겠지. 무심한 자가 되어 그저 바라보겠지. 견자見者가 되겠지, 간신히 그것이 되겠지.

그러다 어느 하루, 해가 따스한 날에 혹은 흐린 날에 혹은 몹시 춥거나 비가 내리거나 눈이 내리는 날에 아무렇지도 않는 어떤 날에 그야말로 아무렇지도 않은 기분이 되어, 보라, 드디어 내가 이겼다. 기억은 이제 나를 어떻게도 하지 못한다. 나는 자유, 해 본들.

그러나 다시 어느 하루, 어떤 음악, 어떤 향기, 어떤 빛 같은 것이 어룽거릴 때 무엇인지 모를 것이 쿡쿡 쑤시는 기분이 될 때, 아직 그것은 생생히 살아서 매초롬한 눈을 하고 나를 바라보기도 한다는 겁니다. 죽어도 죽지 못하는 불행한 자의 분위기라는 겁니다. 살아 있는 한 품고 가야 하는 기억도 있다는 겁니다. 알지만, 알면서도 어쩔 수 없는 일이라는 게 있다는 겁니다. 아아, 말해 뭐 해.

무리를 해 보아야 무리를 안 할 수 있겠지

어제는 늦게 출사 나갔다. 약속한 사진을 찍어야 했는데, 아픈 팔로 무슨 사진이냐고 L이 따라 나왔다. 조심하며 찍겠다고, 위험한 각도는 휴대폰으로 찍겠다고 다짐하고 그를 백화점으로 보냈다. 각자 놀다가 한 시간 반 후에 만나기로 했다.

밝은 곳으로 간다. 웅성거리는 소란 쪽으로 간다. 상설 버스킹 무대, 음악과 조명 속에서 공연이 시작되었다. 한 청년이 몸체만 한 둥근 고리를 들고 나와 높이 멀리 던지고 받다가 그 속에 들어가 팔다리를 벌린 채 광장 안을 빙글빙글 돌았다. 원 다음에는 면의 순서였다. 다른 청년이 몸체만 한 정육각형의 틀을 가뿐히 들어 올리다가 하늘로 던져 다시 정확히 받았다. 박수갈채와 환호가 터져 나왔다. 둥근 고리를 던지는 사람은 그것만, 정육각형 틀을 던지는 사람은 그것만 연습할까. 서로 도구를 바꿔서 연습하기도 할까. 그런 것은 어디서 배울까. 그런 서커스가 있었나. 운동의 일종인가. 생전 처음 보는 신선한 공연이었다.

그런데 그들은 왜 그것을 할까. 광장 곳곳에서 벌어지는 숱한 버스킹의 미래는 무엇일까. 무대에 서고 TV에 나가고 유명한 사람이 되어

돈을 많이 버는 것일까. 그렇게 되기까지 시간이 좀 걸릴 텐데, 시간이 너무 많이 흐르면 둥근 링이며 정육각형의 틀을 들어올리기 힘든 날이 올 수도 있을 텐데. 그전에 긍정적인 결과를 낼 수 있을까. 그때까지 버틸 수 있을까. 이도저도 못하고 먹고살기 위해 다른 일자리를 찾아 헤매게 되는 것은 아닐까. 최대한 빨리 찾으려면 무리하지 않을 수가 없을 텐데.

무리하지 않는 삶에 대한 책을 읽었다. 한수희의 『무리하지 않는 선에서』라는 제목과 '오래오래 좋아하기 위해'라는 부제가 있었다. 좋아하는 것을 오래오래 하려면 무리하지 않는 선에서 하자는 명확한 메시지였다.

> 쓸데없이 애쓰지 않는다. 내 한계를 받아들인다. 내 페이스를 유지한다. 뭐든 천천히, 꾸준히 해나간다. 한 번에 한 걸음씩 옮기면 어려울 것은 없다. 무엇보다 중요한 건 무리하지 않는 것이다. 나처럼 열정도, 에너지도 평균 이하인 데다 별 재능도 없고 대범하지도 않은 사람이 오래 일하려면 무리해서는 안 된다. 그 사실을 잊지 않는다.
>
> 한서희, 『무리하지 않는 선에서』, 휴머니스트, 2019

무리하지 않는 삶의 방식이라는 게 다짐이 필요할 만큼 어려운가. 그럴 정도로 내가 무리를 해 보았던가. 그렇지는 않지만 뭣도 모르고 앞뒤 안 재고 달려 나갈 때가 아직도 종종 있다. 무리해서 한다고 더 빨리,

더 잘, 더 많이 하게 되는 건 아니라는 것쯤 알고는 있다. 알면서도 무리하는 게 습관이 되어 버린 사람이 폭주할 때 숨은 작동자는 어딘가를 고장 내는 것 같다. 쉬어갈 수 있게, 조금 천천히 하도록, 조금 돌아서 가도록, 다른 방도를 찾도록 의도하는 것만 같다. 그도 아니면 브레이크가 고장나기도 하겠지. 과속으로 과음으로 과로로 여기저기서 쓰러지는 사람들이 넘친다. 만성피로증후군, 자도 자도 피로하고 무기력해지고 무감각해지는 증세. 울지도 않고 웃지도 않는 데드마스크 증후군 같은 것.

뭔가 생각지 못한 일이 벌어지면 잠시 멈추는 게 좋다. 멈춰서 생각할 타이밍이라고 생각한다. 지금의 내가 그렇다. 무엇에 집중해야 하는지, 원하는 삶을 살고 있는지 생각해 볼 기회인 것 같다. 열심히 하는 척하지 말고 정말 열심히 해야 하는 일에 집중하라는 사인 같기도 하다.

그래도 무리하지 않는 선에서 말을 해보자면, 삶의 어떤 시절에는 무리를 해보아야 하는 게 아닐까. 어느 정도가 무리인지는 무리를 해본 사람만 알 수 있으니까. 이렇게도 해 보고 저렇게도 해 보고 속도를 높이다가 줄이다가 작동 기제를 바꿔 보기도 하고 맨땅에 헤딩도 해 보고 무릎도 까져 보고 자신감과 자존감이 높았다가 낮았다가 요동을 치기도 하면서 자신의 실체를 발견하게 되는 것 같다. 무리하는 과정의 숱한 실수와 오점들이, 시행착오와 폭망의 흑역사들이 하나씩의 명확한 기준이 되는 것 같다. 그런 과정을 거치고 나서야 비로소 아, 이것은 내게 무리입니다, 하면서 새로이 선택하고 조절하고 집중할 수 있을 것 같다.

너의 목소리가 너를 지켜 줄 거야

최고의 순간은 아직 오지 않았다.

길고 거대한 현수막은 붉은색 바탕에 흰 글씨. 대형할인매장도 아니고 전자제품 대리점도 아니고 자동차 대리점도 아니고 농성 현장도 아니고, 붉은 벽돌이 아름다운 교회 첨탑이었다. 쌀쌀한 12월의 바람 속에서, 고요한 아침의 도로변에서 맞닥뜨린 싱싱한 혈맥의 박동 같았다. 최고의 순간은 정말로 아직 한 번도 오지 않았을까. 최고의 순간이 아직 오지 않았다고 믿는 것과, 지금 이 순간이 최고라고 믿는 것은 얼마나 다를까.

운전하던 L은 '배달의민족' 이야기를 한다. 3천만 원으로 시작해서 4조 8천억으로 M&A 되었다고. 그 사람 망해 보기도 하고 고생도 많이 하고 어렵게 성공한 거라고, 남들이 생각도 못할 아이디어를 현실화하다니 대단하다고 했다. 그러게, 3천만 원을 들고 사업한다고 했을 때 말리는 사람도 많았을 텐데.

당신, 사업은 절대 안 된다고, 있는 거 다 날릴 게 뻔하다고, 당신이

나 나 같은 성격에 사업은 영 아니라고 했던 걸 떠올리면서 내가 말했다. 각자의 삶이 다 있는 것 같아. 도전하고, 고생고생하고 위기를 넘겨 크게 성공하는 사람도 있고, 무난하고 평범하게 사는 게 성공인 사람도 있고. 우리는 함께 안분지족하는 쪽으로 핸들을 돌려서 장을 보러 갔다.

저녁을 먹던 L이 '배달의민족' 이야기를 또 했다. 요번에는 안분지족의 분위기가 아니었다. 남들과 다른 시각, 새로운 도전, 포기하지 않는 용기, 자신감과 행동력으로 이루는 꿈에 대해 말하고 싶었던 것 같은데 듣던 아이들은 현실에 대해 이야기했다. 대학생들의 계층은 세 가지로 구분된다고. 용돈만으로 생활할 수 있는 경우는 상, 용돈과 아르바이트로 생활하는 경우는 중, 아르바이트만으로 모두 감당해야 하는 경우는 하. 그래서 대학생들이 미래에 자기 집을 사는 건 꿈도 꾸지 않는다고. 집을 어떻게 사겠느냐고. 결혼은 또 어떻게 하겠느냐고. 우리나라의 1인 가구가 벌써 30퍼센트라고도.

사긴 뭘 사, 다 공유하게 될 거야. 지금 자동차를 함께 타는 것도 그렇고. 집도 자기 집이라는 개념이 없는데 뭐. L이 다급하게 받아쳤지만 아이들은 교수님 이야기를 이어갔다. 방학에 괜한 아르바이트 같은 거 하지 말고 여행을 많이 다니라고, 지금 해야 할 일은 경험이라는 말씀을 하시는데 아이들은 뒤로 혀를 찬다고. 그렇게 여행을 다니면 학기 중에 부족한 용돈은 어떻게 하냐며. 교수님들은 기득권이니 그렇게 말씀하시는 거라고, 철이 없어도 너무 없는 거 아니냐며. 그게 바로 나 때는 말이야, 하는 '라떼'의 전형이라며.

만족스럽던 식사의 마무리가 씁쓸해졌다. 아이들이 현실을 맞게 보고 있는 건 맞지만, 벌써 그렇게 결핍에 사로잡힐 일인가. 아무리 현실이 그래도 뭔가 '그럼에도 불구하고'의 정신이 필요한 건 아닌가. 나 또한 현실 극복의 맹렬한 정신 같은 건 없었으니, 나도 못한 걸 너희들은 했으면 좋겠다고 말할 수는 없었지만.

L과 늦은 시간에 〈보컬플레이〉를 보았다. 부제가 '캠퍼스 뮤직 올림피아드'로 다양한 전공의 대학생들이 나와 노래하는 프로그램인데 오늘로 8강 진출자가 결정되었다. 노래도 좋고, 학생들의 떨림도 신선한데 1위를 여러 차례 했던 참가자는 부담감을 토로했다. 부담감은 자만감의 다른 이름 아닐까. 언제나 나보다 더 잘하는 사람은 있다. 아주 많다. 그러니 나는 못할 수 있다고, 실패할 수 있다고, 질 수 있다고 미리 지고 들어가는 건 어떨까.

심사위원 김현철이 한 학생에게 이런 말을 한다. 정말 좋은 목소리를 갖고 있다고, 그 목소리를 주신 것에 감사드리라고, 항상 "내 목소리가 나를 지켜준다"고 생각하라고. 그 말을 믿고 싶다. 각자 자신을 지켜주는 무언가가 있을 거라고. 각자의 목소리가 생래적인 것처럼, 나를 지켜주는 그 무엇은 이미 자신 속에 있는 거라고. 그걸 알아보고 그걸 불러내고 그걸 믿고 그걸 사랑하는 게 지금 이 순간에 해야 하는 일이라고. 바로 그게 나를 지켜 줄 거라고.

가장 좋은 언젠가를 하염없이 믿고 기다리는 일은 힘들다. 힘든 일을 즐길 수는 없다. 힘들고 즐겁지도 않은 일을 오래 할 수는 없다. 오래 하지 않고 단번에 잘할 수 있는 일은 없다. 그래서 가장 좋은 순간을 기다리지 않으려고 한다. 지금이 바로 그 순간이라고, 지금밖에 없다고 믿는 주말의 밤이다.

선생님께서도 늘 잘하신 것만은 아닙니다

초등학교 2학년 아이의 50대 여자 선생님이 기억난다. 점심시간에 아이들 둘을 불러 심부름을 시켰다. 스타킹이랑 속눈썹을 사 오라고. 오후에 결혼식에 참석하신다고. 건널목을 두 번 건너서 왕복 20분 거리의 화장품가게까지 가야 했다. 아이들에게 욕을 하고 자주 때렸다. 그 작은 아이들은 덜덜 떨며 뺨도 맞고 머리통도 맞고 등짝도 맞았다.

고등학교 1학년 아이의 40대 초반 남자 선생님도 기억난다. 조회시간이 되면 술냄새가 진동했다고. 너희들 대학에 갈 생각 하는 거냐, 인서울이 얼마나 어려운지 아느냐, 지금 꿈꾸고 도전하는 거 이미 늦었다, 현실을 알아라, 포기와 안주를 가르쳐 주는 선생님이셨다. 자신은 선생님이 되고 싶지 않았다, 먹고살려니 이렇게 되었다, 내가 왜 이러고 있는지 모르겠다, 지겹다, 붉어진 눈으로 신세한탄을 하신다고 했다. 안 그래도 불안한 아이들은 더욱 불안해 했다고.

정말 열정적으로 해주시는 선생님들도 많이 계셨다. 사춘기 열병을 심하게 앓거나 불안정한 가정환경에서 힘들어하는 아이들도 많았다. 학교에 나오지 않는 아이들도 있고, 크고 작은 문제들 일으키는 아이들도 많았다. 그래도 포기하지 않고 최선을 다하시는 모습들이 보이고 들렸다. 해도 해도 끝이 없는 잡무 속에서, 불만과 의심이 많은 학부형들의 감시 하에, 뭐 하나 달라지지 않는 관습적 시스템 속에서 할 수 있는 최선을 다하시는 모습은 눈물겨웠다.

누군가를 가르치고 바르게 끌어주는 일을 평생의 업으로 선택했다는 점에서 선생님들은 이미 특별한 존재인 것 같다. 기회를 놓치지 않고 칭찬해드렸다. 얼굴을 보고 말로 하는 칭찬은 쑥스럽지만 선생님들을 평가해달라고 하는 주간이 오기 전에 가능한 한의 준비를 하고 진심어린 칭찬과 감사의 말씀을 적었다. 한 마디 말의 힘, 작은 마음의 힘이 어떤 것인지 잘 알기에 그분들에게 꼭 전하고 싶었다. 거대한 봉투 대신 진심으로 고마운 마음을 듬뿍 드렸다.

6학년 때 나의 담임 선생님도 기억난다. 미술을 가르쳤고 앞은 대머리에 뒷머리는 단발이고 헤어크림인지 머리를 감지 않았는지 뭉쳐진 머리카락 사이로 커다란 비듬이 가득했던 사람. 키높이 구두를 신었고 배가 잔뜩 튀어나오고 얼굴이 터질 듯 부었고 눈은 뾰족하게 찢어졌는데. 부푼 입술이 열릴 때면 침방울이 분수처럼 쏟아졌는데. 나는 맨 앞에 앉아서 고개를 숙인 채 몰래몰래 선생님을 보았다. 키가 크고 몸집도 성숙한 여자아이들을 앞으로 불러 교탁 옆에 세우고는 몸을 이리저리 주무르기 시작했다. 아무리 피해도 두툼하고 희고 털이 잔뜩 난 그 손아귀를 벗어나지 못했다. 작고 왜소한 여자아이들에게는 관심이 없었다. 남자 아이들은 서류 봉투로 손으로 맞는 게 일이었다. 아이들의 붉은 뺨은 빠르게 부풀어 올랐다. 엄마들이 모이면 그 이야기들을 하긴 하는데 누구 하나 나서서 따지는 것 같지는 않았다. 나는 작고 왜소해서 선생님의 뜨거운 손아귀적인 사랑을 받아보지 못하고 졸업할 수 있었다.

문단의 어느 분 생각도 난다. 어느 날 전화가 왔다. '너는 나를 모르느냐'고 물었다. 죄송하다, 잘 모른다고 했더니 '어떻게 나를 모를 수가 있냐'고 '너는 대체 글을 누구에게 배웠냐'고 묻는다. 아무에게서도 배우지 못했다, 그냥 혼자 쓰다가 이렇게 되었다, 아는 게 하나도 없다, 이제부터 열심히 쓰겠다고 했다. '얼마나 배운 게 없으면 나를 모르는가, 인간이 되어야지 글만 잘 쓰면 되는 거 아니다, 제대로 배운 적도 없다면 네가 쓴 거 그거 혹시 다 표절한 거 아니냐' 하는 소리를 들었다. 교탁 옆에 서있는 기분이었다. 이제 나는 졸업할 때까지 서류 봉투로 뺨을 맞게 되려나. 큰 선생님을 알아보지 못하면 인간이 될 수 없는 세상이었나. 인사를 하지 않으면 인간이 될 수 없는 세상이었나. 나는 글자의 마음으로 지어진 세상의 문을 열었는데 열자마자 가장자리로 밀려나고 있었다. 미숙한 처세는 고단한 법이다.

또 다른 분 생각도 난다. 역시나 등단한 지 얼마 되지 않아서, 큰 행사가 끝난 뒤 거대한 노래방으로 집결, 거기서 그는 말한다. '여기 폐경한 여자들은 다 나가!' 귀를 의심하고 들었는데 같은 말을 또 한다. '그런 건 여자도 아니야.' 취해서 전후좌우를 탐색하며 비틀거리며 손을 내미는데 주변의 선생님들은 그저 웃는다. 원래 그런 사람이라고 웃는다. 취해서 저런다고 웃는다. 미친 거 아니냐고, 왜 보고만 있느냐고 따져도 웃는다. 그냥 두라고, 얼마나 억눌렸으면 저러겠냐고, 저러니 시인이라며 웃는다. 나는 단 한 번도 여기 불능인 남자 다 나가, 작은 남자 다 나가, 그러는 여자를 본 일이 없다.

정말 선생님이라면 때리지 않을 것 같다. 손으로도 말로도 아프게 하지 않을 것 같다. 반면교사 말고 정면교사가 되어주실 것 같다. 많은 선생님들 덕분에 아이들이 잘 자랐지만 어떤 선생님 때문에 제대로 자라지 못하기도 한다. 아이들이 받은 사랑이 있고 잊고 싶은 상처가 있다. 선생님은 신과 같아서 모르는 게 없는 것 같고 못 하는 게 없는 것 같은데, 그것을 악용하는 선생님은 개자식이다. 살면서 나를 제대로 알아주고 인정해주고 존중해주는 진짜 선생님을 한 번이라도 만나는 사람은 얼마나 행운아인지. 최악의 선생님들과 최고의 선생님들을 떠올리며 저주와 감사를 보내고 싶지만 이미 지난 일이다. 지난하였다.

아직도 용서할 수 없는 선생님들도 있지만 문득 알아차리게 된다. 선생님도 그저 결함 많고 편견 많고 부족한 인간일 뿐이라는 것을. 그러니 누군가를 맹목적으로 존경하는 일도 비난하는 일도 경계해야 한다는 것을. 믿는 만큼 의심도 해야 한다는 것을. 배워야 할 것을 드디어 배웠으니 산을 내려갈 때가 되었나 보다. 평생 나를 가르칠 선생님은 나 자신인 것 같다. 잘 부탁드립니다, 선생님. 하지만 선생님께서도 늘 잘하신 것만은 아닙니다.

이미 잡힌 물고기 같기도 하고

나는 불량스러운 시청자다. 드라마 첫 회의 분위기와 등장인물과 발단까지는 보는데 느슨한 전개와 흔한 위기가 시작되면 읽던 책을 펼친다. 범인이 누군지 궁금하지만, 누가 누구와 사랑에 빠지는지 궁금하지만 이미 예상 가능한 결말이다 싶으면 허투루 보기 시작한다. 본 것도 아니고 안 본 것도 아닌 기분은 당연하다.

최종 승자가 누군지 알 수 없도록 미끼를 너무 깔아두면 짜증이 난다. 복선이 뻔하면 유치하고, 복선이 너무 많으면 화가 난다. 아니, 제작진에게 놀아난다는 사실이 싫다. 내가 놀라기를 바라겠지, 싫다. 내가 깜짝 놀랐을 거라고 자신하겠지, 아닌데. 내가 울기를 바라니, 울 수는 있지만 아주 조금만이야. 내가 웃을 거라고 생각하니, 웃어주는 거야. 내가 깜빡 속은 것 같지, 속아주는 거다.

〈인간극장〉이라거나 오디션 프로도 그렇다. 제작진에 의해 계획된 감동과 충격이 싫다. 출현진들의 가장 약한 부분을, 깊은 상처를, 말하고 싶지 않은 비밀들을 까발리는 영악한 영업 방식이 싫다. 어떻게든 나의 감정 중추를 건드리려고, 뒤흔들려고 악착같이 덤벼드는 거 싫다.

나는 그렇게 만만한 인간이 아니란 말이다.

그래도 궁금하긴 하다. 본방 사수는 안 하지만 기사를 찾아 읽고, 기사들에 달린 뜨거운 댓글들을 읽는다. 그래, 그랬구나, 그럴 줄 알았어, 어머, 이건 좀 반전이다. 이 사람이 범인인가, 아닌가, 속이 터지는구나, 고구마 백 개는 먹는 기분이다, 역시 안 보기를 잘했어, 하면서 만족스럽게 잠자리에 든다. 그렇다면 나는 그 드라마를 본 것인가, 본 것과 진배없다, 그것도 아주 열심히.

영화관에 가서 보는 영화는 끝까지 자리를 지키는 편이다. 귀신이 나오거나 때리거나 죽이거나 하는 무섭고 자극적인 장면에서는 눈과 귀를 닫아서 그렇지 자리를 박차고 나오지는 않는다. 돈이 아깝기도 하고, 굳이 영화관까지 가는 게 귀찮기도 하지만 가장 큰 이유는 매우 까다롭게 영화를 고르기 때문이다. 상영시간 전에 여유롭게 극장에 도착하고, 자리에 앉기 전에 화장실에 다녀오고, 휴대폰은 비행모드로 하고, 몰입할 준비를 단단히 하기 때문에 각종 광고도 욕하면서 다 보고, 예고편도 보고, 비상시 대피로도 보고 또 보다가 영화가 다 끝난 다음에 올라오는 음악과 자막까지 완벽하게 감상한다. 그렇다고 그렇게 본 영화들에 대만족인가 하면 안 그런 경우가 더 많다. 역시나 쓸데없이 까다롭다.

하지만 내가 뭘 좋아하는지, 뭐에 관심이 있는지 나를 나보다 더 잘 알고 있는 존재가 있다. 타투 하나 더 할까 싶어서 타투를 검색하고 나면 얼마 지나지 않아 SNS 창에 타투 광고가 뜬다. 휴대폰케이스를 검색하고 나면 내가 검색한 것과 비슷한 종류의 상품 광고들이 뜬다. 예전에는 광고라는 것을 확연히 알 수 있는 사진들이 올라왔는데 점차 나의 친구들의 사진인 척, 아름답고 재미있고 흥미롭게 연출된 사진들이 이어진다. 그 사진의 이마에 'Sponsored'라고 써두지 않았다면 좋아요, 라고 누를 뻔.

스폰서란 '행사나 자선 사업 따위에 기부금을 내어 돕는 사람, 후원자로 순화' 혹은 '라디오나 텔레비전 방송 따위에 프로그램을 제공하는 광고주, 광고주나 광고의뢰자로 순화'라고 네이버 사전은 말한다. 무섭다. 징글징글하다. 다들 먹고살아야 하니까, 세상에 공짜는 없으니까 어쩔 수 없는 것이라고 생각해야 하는 것일까. 게다가 '따위'라는 말은 뭔가 별로다. 의존명사로 '앞에 나온 것과 같은 종류의 것들이 더 있음을 나타내는 말'이지만 어쩐지 '앞에 나온 대상을 낮잡거나 부정적으로 이르는 말' 같기 때문이다.

제레미 벤담의 '원형감옥'을, 미셸 푸코의 '판옵티콘'을 들먹일 필요도 없이 이미 나는 각종 포털 사이트, SNS, 정부, 정당 등등의 거대하고 은밀한 무엇인가에 하루 24시간 낱낱이 파악되고 가차 없이 조종당하고 있다는 건데. 내가 할 수 있는 반항이라고는 예상을 뒤엎는 전원 끄기, 채널 돌리기, 의외의 구매 결정 같은 것이다. 이러는 나를 그들은 어떻게 분

석할까. 이 인간은 일관된 취향이라는 게 없고 이리저리 때에 따라 충동적인 성향을 보이는 자라고, 주관적인 취향이라는 게 없는 패션테러리스트라고, 저도 저를 모르는 똥멍청이라고, 줏대 없는 왕또라이라고, 기고 나는 척 자유인인 척하지만 사실 구매력은 극히 미소한 잉여인간에 불과하다고 할까, 하겠지, 하라지.

나는 그냥 드라마의 첫 회를 보고, 드문드문 보는 척을 하다가 위기와 절정은 스킵하고 결말은 열어두는 시청자가 될 테다. 내가 만드는 결말이라면 이런 쪽이 좋겠다고 혼자 이리저리 궁리하는 창의적인 시청자가 될 테다. 눈을 뗄 수 없게 만드는 추격신이 나와도, 입이 떡 벌어지게 잘 생긴 배우가 나와도, 엄청 웃긴 병맛으로 꼬드겨도 쉽사리 넘어가지 않겠다. 열혈시청자 따위 절대 되지 않겠다. 이렇게 큰소리치지만 아예 안 보고 안 사면 되잖아, 아무래도 나는 이미 잡힌 물고기 같기도 하고.

본방 사수 안 한다면서, 마지막 회는 절대 안 본다면서

드라마 같은 거 안 보는 사람이 되고 싶었는데, 되더라도 본방 사수는 안 하려고 했는데, 보다 보니 보게 되었는데, 마지막 회까지 끝나 버렸는데 좋았다. 절대 마지막 회는 안 보는 사람이 되고 싶었는데, 보아 버렸는데 좋았다. 이렇게 끝내주다니 고마워라. 엄마, 그리고 아빠 그리고 아이, 그리고 가족. 믿고 싶은 기적과 성장. 곁의 사람들과 함께 살아가는 일이라니. 그런 드라마라니. 크고 작은 등장인물들을 두루 챙기고, 덜 잠긴 단추들을 잠가주고, 여기저기 아픈 데를 보듬어 안아주고, 그렇게 이어지는 내일을 꿈꿀 수 있게 해주다니. 어딘가 그런 동네가 있을 것 같고, 그렇게 시끌벅적 요란스럽게 살아가는 사랑스러운 사람들이 있을 것만 같다. 신은 모든 곳에 있을 수 없어서 엄마를 보내주고, 모든 곳에 엄마를 보내줄 수가 없어서 드라마작가를 보내주었나 보다.

여주인공은 말한다. "뿌리를 얽었을 뿐인데 단단해졌다"고. 아침에 읽은 신문 기사가 떠올랐다. 『한겨레』, 2019.11.21 세계에서 가장 비가 많이 온다는 인도 북동부 메갈리야주에는 인도고무나무를 이용하여 살아 있는 다리를 만든다고 한다. 고무나무는 싹이 트면서 숙주가 되는 나무 아래로 많은 공기뿌리를 뻗는데, 그 뿌리는 서로 얽히고 결합해서 건축물의 거푸집처럼 숙주 나무를 에워싸 죽이고 가운데가 텅 빈 공간에서 공기뿌리끼리 튼튼한 구조물을 이룬다고 한다. 식물 줄기에 상처가 나면 세포가 분열해 상처를 막고 비대해지는 원리로 더욱 튼튼한 다리가 된다는 설명이었다.

드라마의 등장인물들이 서로를 엮어 만든 살아 있는 다리를 본 기분이다. 비가 아무리 많이 와도 끄떡없을 그런 다리가 만들어지는 과정을 보았다. 얄밉고 퉁명스럽던 이웃들이 만들어내는 살아 있는 다리를 상상해 본다. 지도에는 없을 가상의 도시에서 만들어지는 그 징한 인연의 얽힘에 어쩐지 든든해진다.

함께 살아가는 일에 대해 다시 생각하게 된다. 언니가 갈비탕 10인분을 택배로 보냈다. 내가 다친 줄 모르면서 어떻게 그런 선물을 하는 걸까. 며칠 전 독감을 심하게 앓는다는 언니에게 죽을 보냈었다. 갈비탕은 냉동고에 차곡차곡 쌓여 있다. 나는 또 며칠 전 연락을 받은 긴급한 후원금을 조금 보내기도 했다. 오늘 왜 이렇게 온통 풍성하지. 내 기분, 완전 부자다.

안네 프랑크는 "오늘 나는 행복한 사람이 될 것을 선택하겠다. 나는 어떤 상황에서도 나의 삶에 감사하겠다"라고 일기를 썼다. 좋을 때 좋아하는 것, 기쁠 때 기뻐하는 것, 행복할 때 행복해하는 것은 쉬운 일이다. 그런데 그것조차 못 할 때가 있다. 오지 않은 다음을 걱정하느라 지금의 안녕을 즐기지 못할 때가 있다. 지금 충분히 행복한데 그것도 모르고 없는 불행을 찾아내기도 했다. 인상을 쓰고 짜증을 내면서 한숨을 쉬기도 했다. 나이 먹으며 여기저기 아파지는 건 당연한 순리인데 통증을 찾아 호소하며 실망하기도 했다.

동백의 엄마가 말했지. 야금야금 행복하자고. 다리가 아프면 약이라도 먹고 지금 누릴 수 있는 행복을 열심히 찾아서 바쁘게 누리자고. 그러자 동백은 말한다. 엄마, 눈만 돌려도 얼마나 행복한 게 많은데, 지천이 꽃밭이야, 하고. (대사가 이대로는 아니고 대강의 뉘앙스가 그렇다) 모녀의 행복이 다르지 않을 것 같다. 행복에 정답이 어디 있겠어, 다 행복 맞다. 그만큼 무수한 게 행복이고 찾는 사람이 주인이 되는 게 행복이고, 지천이 행복이다. 이런 엔딩이라니 정말 말도 안 되는 해법이고, 비현실적인 전개라고 잘난 척 말하고 싶지만, 안 하련다. 오늘 밤에 나는 행복을 선택한다.

조명연 신부님의 『나보란 듯 사는 삶』에서 읽은 샨티데바 스님의 이야기가 있다. "수천의 생을 반복한다 해도 사랑하는 사람과 다시 만난다는 것은 드문 일이다. 지금 후회 없이 사랑하라. 사랑할 시간은 그리 많지 않다." 7세기의 스님이 하신 사랑 이야기를 21세기의 신부님이 전해주셔서 그런가, 왠지 더 특별하게 들린다. 사랑해야지, 사랑한다고 말해야지, 나를 사랑하고 내가 사랑하는 사람들을 더욱더 사랑해야지.

몇 가지 다짐을 하는 밤이다. 좋은 말을 해야지, 좋은 생각을 해야지, 곁의 사람들에게 모질게 굴지 말아야지, 내미는 손을 거절하지 말아야지, 도울 수 있을 때 도와야지, 주인공처럼 나는 내가 지키고, 욕을 해야 할 때는 욕을 해야지, 맥주잔을 던져야 할 때는 던져야지. 그리고 후회 없이 사랑해야지, 그래그래.

스프는 실패, 스튜는 성공

실패다. 감자브로콜리 스프를 만들려고 했는데 망쳤다. 레시피 그대로 버터에 감자와 양파 볶았고, 데친 브로콜리며 익힌 감자와 양파는 갈아 주었고, 우유를 넣고 중불로 끓였고, 치즈도 두 가지나 넣었고 통후추도 갈아서 뿌렸는데. 재료는 다 있었는데 맛이 없었다. 없어도 너무 없었다. 스프가 아니라 이상한 주스라고나 할까. 치즈를 두 장 더 넣고, 파마산 치즈도 더 뿌리고, 우유도 더 넣고, 더 끓여도 보았는데 역시나 먹을 수가 없다. 이렇게 완전히 망쳐버리는 요리라니, 두 번째 아니 세 번째다. 아니, 실은 더 많을 거다.

김하나의 책 『15°』에는 전통 방식으로 제작한 주물 팬을 애용한다는 셰프 토머스 켈러Thomas Keller의 말이 소개되어 있다. "요리는 편한 방법이나 지름길을 찾기 위해 하는 것이 아니다. 시간을 들여라. 훌륭한 한 끼 식사는 정서적인 경험이다."

시간을 들인 잔치같은 식사가 기억난다. 오래전 엄마 아버지는 마장동에 가서 고기를 사 왔다. 아버지가 고기를 다듬고 엄마는 양념해서 재우고, 아버지가 마당에 불을 피우고 오빠들은 의자를 세팅하고 목련

나무 아래서 소고기를 실컷 먹었다. 의자는 각양각색, 붉고 푸른 플라스틱 의자도 있고, 책상 의자도 있고, 피아노 의자도 있고 앉을 수 있는 것들은 죄다 끌려나왔었지. 배가 부른데도 먹고 더 먹으면 그걸 보며 좋아하시던 모습. 그때 대체 고기를 몇 근이나 준비하셨던 걸까. 아이들이 좋아할 모습을 상상하며 미리 좋아하시던 모습. 저녁이 깊어가도록 우리집 하늘 위로 고기냄새는 퍼져나가고. 개들도 덩달아 컹컹 짖던 밤.

오늘 요리했다. 비프스튜. 이 요리의 준비물은 시간이다. 소고기를 (오늘은 호주산이다) 큼직큼직하게 잘라 소금후추맛술 간을 하고 버터에 굽는다. 곰솥에 넣고 레드와인(없어서 맛술로)과 치킨스톡 넣고 졸이다가 물 붓고 감자양파당근샐러리버섯 넣고 끓인다, 토마토소스와 홀토마토 통조림도 하나씩 넣는다. 케첩으로 해도 되는데 그럴 경우 좀 달다. 방울토마토도 샀는데 껍질 벗기기가 귀찮아서 안 넣었다. 청경채는 비싸서 패스. 그리고 중불로 오래오래. 아, 월계수 잎사귀도 세 개 넣었다. 소금 간도 했고 설탕도 한 스푼. 통후추를 갈아 뿌리고 핫소스를 얹어도 굿.

찬바람이 불면 비프스튜다. 이걸 만들어두면 마음이 뿌듯하다. 좋은 엄마, 좋은 와이프가 된 것 같다. 성장과 발육에 한 몫을 한 것 같고. 끓여 두고 며칠 나돌아다녀도 될 것 같다. 반찬이 아쉬우면 샐러드를 더하기도 하고, 그냥 김치랑 먹어도 된다. 크래커를 잘라 뿌려 불린 다음에 먹어도 아주 맛있다. 한 솥을 해서 세 끼 먹는다. 한 끼는 밥에, 다음 끼는 빵에, 다음 끼는 파스타면에 얹어 먹을 때쯤이면 슬슬 질리는데 다행히 곰솥도 바닥이 보인다.

망친 요리를 살리는 건 신의 손 같다. 전후의 맥락과 각 재료들의 하모니를 잘 아는 사람만이 할 수 있다. 내가 망친 요리를 살려주는 사람은 구세주, 하지만 망친 요리를 살리는 건 쉽지 않다. 시간을 거슬러 올라가야 하고, 우러나온 맛들은 형체가 없이 뒤섞인 후라서 원상복귀라는 게 불가능하다. 수습이 안 될 것 같으면 버리는 게 낫다는 결론. 사람도 안 변하지만 망친 요리도 잘 안 변하니까. 사람도 요리도 타이밍이니까. 그런데 스프는 대체 왜 망쳤을까. 재료도 시간도 충분히 들였는데 아무래도 마음이 없었던 걸까. 망치고 있는 줄 알면서 왜 계속 했을까.

멈출 줄 아는 것, 그게 필요하다. 아닌 것 같으면 안 해도 되는데, 아닌 말 같으면 급히 멈추어도 되는데, 아닌 사람 같으면 끝내, 하고 돌아서면 되는데 왜 고집을 부렸을까. 아무튼 못 먹어도 고, 는 여기서는 안 됩니다. 아니지. 못 먹어도 고, 어디서든 안 됩니다.

엄마, 나는 괜찮지가 않아요

"메이블." 나는 매에게 그 단어를 소리내어 말하고는, 나를 쳐다 보는 매를 지켜 본다. 내 입 모양이 '메이블'이란 단어를 말한다. 그 말을 할 때 문득 깨닫는다. 창밖의 사람들 — 쇼핑하고 걷고 자전거를 타고 귀가하고 먹고 사랑하고 자고 꿈꾸는 — 은 모두 이름을 갖고 있다. 그리고 나도 마찬가지다. "헬렌." 내가 중얼댄다. 얼마나 이상하게 들리는지. 정말로 이상하다. 내가 고기 한 점을 장갑에 올리자 매가 몸을 숙여 먹는다.

헨리 맥도널드, 『메이블 이야기』, 판미동, 2015

이 책은 아버지를 잃은 주인공이 메이블이라는 매와 함께 스스로를 이겨내는 과정을 담았다. 아니, 함께하게 된 매에게 메이블이라는 이름을 주었다는 것이 맞겠지. 주인공이라기보다는 화자, 라고 하는 게 낫겠다. 소설이 아니라 헬렌의 삶이니까. 함께하며 메이블은 점점 메이블이 된다. 헬렌은 다시 거의 헬렌이 된다. 거의 헬렌, 이라고 할 수밖에 없다. 잃은 아버지를 되찾을 수는 없으니까. 함께 한 시간만큼의 상실을 채울 도리가 없으니까. 헬렌, 하고 헬렌이 중얼거릴 때쯤 내가 울게 된다.

모두가 이름을 갖고 있다. 이름이 없는 사람이 없다. 하지만 이름을 모르는 타인이 있고 이름을 잃은 사람들도 있겠지. 하나의 이름으로 다들 평생을 산다. 가장 부르지 않는 것이 스스로의 이름이라서 내 이름을 부를 때마다 이상해진다. 안녕하세요, 제 이름은 은경입니다. 같은 이름이 너무 많다고 아버지에게 투덜대기도 했어요.

기침이 멈추지 않는 밤, 물을 마시러 나온다. 약을 먹고 물을 마시고, 천식 흡입제를 들이마시고, 물로 입을 헹구고 바로 앉는다. 가슴에서 색색, 소리가 난다. 이 소리가 좀 가만해져야 잠들 수 있을 거 같다. 예전에 기침을 심하게 하면 엄마가 소리 질렀는데. 괜찮니! 낮이거나 밤이거나 은경아 괜찮니, 괜찮니. 그리고 이내 마루를 달려오는 소리, 물을 들고 선 엄마의 등 뒤로 우주가 까마득하고. 물컵을 받아들면 엄마가 그대로 꺼져 버릴 것만 같아서 괜찮아, 괜찮아요 다급하게 소리쳤는데.

기침이 멈추지 않으면 울고 싶어진다. 참을 수가 없고 숨길 수가 없으니까. 아무리 기침을 해도 달려올 엄마가 없으니까. 엄마, 엄마, 너무 오래된 이름, 아니 엄마의 이름은 그게 아닌데. 엄마의 이름은 병실의 이름표에, 약봉지에 가득했는데. 엄마가 아이였을 때 엄마의 엄마가 엄마 이름을 수없이 불렀을 텐데.

엄마 나는 괜찮지가 않아요. 사람은 상처를 받으면 달아난다고 하지요. 이 책에서 읽은 말이기도 해요. 나는 상처를 받은 것 같아요. 괜찮지 않으면서 괜찮다고 했던 엄마 탓에 괜찮지가 않아요. 그렇게 말하는 법을 고스란히 물려받아서 괜찮지가 않아요. 아직 낫지 않은 왼팔로 뭔가 하려고 기를 쓰다가 화가 났어요. 빨래를 개다가 아직도 이렇게 아프다는 게 화가 났어요.

빨래를 개던 엄마가 기억나요. 그날 해가 깊이 들어오는 겨울의 마루에 앉은 엄마는 흰 기저귀들을 개려고 애를 썼어요. 기저귀는 잘 말라서 바삭바삭 소리가 날 것 같았어요. 희고 긴 직사각형이라니 어쩐지 이상해 보였어요. 무심히 흘러가버리는 차가운 강물 같았고, 한 밤에 들여다 보는 거울 같았고, 흙구덩이로 내려가는 관 뚜껑 같았어요. 약기운에 어지러운 엄마는 기저귀를 다 개지도 못하고 기대앉았고, 나는 화를 냅니다. 그러게 왜 자꾸 뭘 하려고 그러느냐고 소리를 지릅니다. 내가 그때 했어야 하는 말은 그게 아니었는데. 엄마, 괜찮아요? 괜찮아? 그 말을 했어야 했는데. 그런데 엄마, 이제 괜찮은가요, 정말 다 괜찮은가요.

그때 나한테 왜 그랬어요

그 사람은 나한테 왜 그랬을까, 그의 그 말에 이렇게 골똘할 일인가. 그는 벌써 잊어버렸을 일을 나만 잡고 있다. 왜 그랬느냐고 물으면 기억도 못할 거다. 이 불편함은 언제고 말해야 한다. 그는 다시 생각 없이 그런 말을 할 거고 나는 또 그 말에 대해 생각할 테니까. 막상 마음에 담아두었던 말을 하는 것은 쉽지 않다. 몇 번이고 웅얼웅얼 연습까지 한다. 말하기 좋은 타이밍을 골라야 한다. 그러나 그 타이밍은 자꾸 미끄러져 나가서 간신히 도움닫기만 하는 기분이다. 실컷 도움닫기를 하지만 뛰어넘지는 못하는 그런.

그때 나한테 왜 그랬어요?
나는 기분이 상합니다.
앞으로는 주의해주기 바라요.

표정은 냉정하게 말투는 차분하게, 하려고 했지만 이미 목소리는 떨리고 손은 차갑다. 그래도 말하기를 멈추지 않는다. 쥐어짜면서 의연한 척 말하지만 시작과 동시에 조금씩 비참해진다. 비굴해진다. 다음엔 이렇게까지 되도록 하지 말아야지. 그런 말을 듣는 그 순간, 그 자리에서 말해야 한다. 점점 더 잘할 수 있겠지. 오늘 나 잘했다, 잘한 거야. 그 사람의 표정을 살필 겨를도 없이, 미안하다는 말을 들을 여유도 없이 그 자리를 빠져나온다. 실은 그 사람의 표정과 반응이 무서워요. 또 뭐라고 더한 말을 할까 봐 도망칩니다.

일자 샌드의 책과 조안나의 책을 꺼낸다. 그 옆에 나를 세워둔다. 누가 더, 랄 것도 없이 비슷해 보인다. 그 사람들에게서 내가 보인다. 이심전심 비슷한 류類, 같다. 일자 샌드의 책 제목은 『센서티브』, 부제는 '남들보다 민감하고 예민한 사람들을 위한 책'이다. 펼쳐 놓은 우울증 자가 테스트를 해 보았다. 다음은 내가 크게 Yes, 라고 답한 항목들이다. '나는 하루 중 혼자 보낼 수 있는 시간이 꼭 필요하다, 나는 혼자 쉴 수 있는 시간 없이 두세 시간 이상 다른 사람들과 함께 보낼 때 자주 피로를 느낀다, 나는 갈등이 일어날 때 어디론가 숨고 싶은 충동을 느낀다, 누군가 화를 내면, 그것이 나를 향한 감정이 아니더라도 스트레스를 받는다, 다른 사람들의 고통이 나에게 많은 영향을 준다, 텔레비전에서 폭력적인 장면을 보면 며칠 동안 그 영상이 나에게 영향을 준다, 나는 사물에 대해 생각하는 데 남들보다 많은 시간을 보낸다, 나는 예민한 안테나를 사용해서 남들의 감정을 쉽게 알아차린다, 나는 쉽게 죄책감을 느낀다, 내가 일하는 동안 남들이 지켜보고 있으면 스트레스를 받는다, 나는 잘 운다…….'

조안나는 그의 책 『그림이 있어 괜찮은 하루』에서 다음과 같이 말한다. "하루라도 인간관계가 쉬웠던 적은 없었다. 나는 항상 대화가 서툰 사람이었고, 사회생활로 다져진 사회성이라는 것도 모래로 만든 성과 같아서 언제든지 밀려오는 파도에 쉽게 무너졌다. 그래서 30대에는 만나는 사람만 만나고, 일적으로 엮인 사람이 아닌 이상 새로운 인연을 만들지 않고 살아왔다. 여러 사람과 만나거나 큰 행사를 치르고 나면 반드시 다음 날엔 아팠다. 몸이 아픈 것인지, 정신적으로 힘들었는지 정확히 구분하기 어려웠지만 혼자 집에 처박혀 있으면 다 나을 것만 같았다. 가끔 외근을 핑계 삼아 버스를 탔다. 앉아 있는 모든 사람이 앞을 쳐다보거나 창밖을 보거나 스마트폰을 들여다보는 대형버스 맨 앞자리에서 넋 놓고 있다 보면, 서울 한 바퀴를 다 돌 때도 있었다. 낯선 타인들 속에서 햇빛을 받으며 마음의 안정을 되찾았다."

내가 어떤 사람인지 조금은 알게 되었다. 늦었지만 다행이다. 뒤끝이 매우 많은 나로서는 마음에 묻어둔 사람들을 불러 다시 묻고 싶은 심정이다. 그때 나한테 왜 그랬어요? 그러면 그들은 뭐라고 말할까. 당신은 누구신데 이런 말을 합니까.

이상한 사람들 많다. 휴지를 길에 버리는 사람을 보면 이상하다. 산책하는 개가 싼 똥을 그냥 두고 가는 사람도 이상하고, 음식물 속에 약봉지며 비닐봉지를 함께 버리는 사람도 이상하고, 줄을 지어 선 지하철에서 밀치고 들어오는 사람도 이상하고, 버스 뒷문으로 타는 사람도 이상하고, 내 앞의 빈자리를 향해 돌진하는 사람도 이상하고, 꼭 지키겠다며 약속을 지키지 않는 사람도 이상하고, 개미를 눌러 죽이는 아이들도 이상하고, 신호가 바뀌지도 않았는데 냅다 건너는 사람도 이상하고, 길에 침 뱉는 사람도 이상하고, 엘리베이터에 침을 뱉는 사람도 이상하고 이상한 일들이 줄어들지 않는 게 이상하다고 생각하는 나도 이상한 사람 같다.

일자 샌드는 말한다. 남들보다 민감하고 예민한 것은 불편한 성격적 결함이 아니라 신이 주신 은총이라고, 그런 사람들은 통찰력과 창의력이 남다르다고, 외부의 자극은 줄이고 내면은 풍부하게 살라고 충고한다. 조안나는 혼자만의 고요한 시간을 통해 내부를 충전하는 시간을 가지라고 말한다.

참고로 이런 사람도 있습니다. 이상한 사람이 더욱 이상하게 변하기도 합니다. 그것은 취했을 때입니다. 조금씩 취하며 점점 다른 인간이 됩니다. 자유롭고 명랑하고 막무가내이고 잘 웃고 떠들고 목소리가 크고 액션이 크고 그래, 그래 그랬구나 격식도 예절도 상관하지 않는 사람이 됩니다. 다정해지고 무모해지고 무례해지고 좋은 게 좋은 거, 위아더월드 하는 사람이 됩니다. 그럴 때 그와 초면인 사람은 그가 원래 그런 사람이라고 생각하다가 멀쩡할 때 그를 만나면 같은 사람인가 의아하실 겁니다. 그렇게 얼큰하게 취해 돌아오는 길에서는 비틀비틀, 만났던 사람들에게 내내 잘 지내기 바라, 쓸모없는 걱정과 당부를 남깁니다. 술은 서서히 깨고 아침이 되면 많이 나갔던 지난밤을 부끄러워하기 시작합니다. 그것이 바로 저의 주사입니다.

억눌린 것은 어느 쪽으로든 새어나오는 것 같다. 참는 일을 평생 할 수는 없다. 그 점은 다행이기도 하다. 병이 될 때까지 끌어안고 가지는 말아야지. 미친 거 아니냐는 말을 듣더라도 너무 늦은 타이밍이 되더라도 꼭 말해야지, 그때 나한테 왜 그랬어요? 그런데 어느 날 갑자기, 그때 나에게 왜 그랬냐고 내게 말하는 사람도 있겠지.

당연이 늘 당연하지는 않다는 생각

아주 미인이십니다!

네? 킥킥. 고맙습니다. 선생님께서도 멋지세요.

그런 말 많이 듣습니다.

네에! 하하

자서전 작업은 유쾌하게 시작되었다. 그분의 아이스브레이킹은 그런 식이었다. 나이보다 젊어 보이십니다, 아주 날씬하십니다, 눈동자가 매력적이십니다, 하는 식으로. 음성의 높낮이와 크기, 내미는 손의 악력과 피부의 감촉 같은 것으로 상대를 파악하면서. 그의 어두운 눈을 바라보며 한 단어 한 단어를 천천히, 또박또박 말하려고 애를 쓰며 인터뷰를 했다. 그래도 그는 수시로 내가 한 말을 다시 물어오곤 했는데 말을 귀로 듣는다고 생각했지만 나는 눈으로도 듣고 있었고, 모든 것을 눈으로 보고 확인한다고 나는 생각했지만 그는 귀만으로 확인하는 쪽이었다.

몇 번의 인터뷰로 그의 일생은 집약되었다. 태어났을 때에 관한 이야기, 십대, 청소년기, 청년기, 그리고 지금까지 살아오며 잊을 수 없던 일에 대해 들었다. 그리고 그의 사랑, 그의 결혼, 그의 아내와 아이들에 대해서도. 누구에게나 있는 일들과 누구도 겪지 못했을 일들이 뒤섞였다. 아내를 만나 '한눈에 반했다'고 말하면서 그는 웃었다. 앞을 못 보는 사람이 한눈에 반했다고 고백을 하면 누가 믿어주겠냐고 했다. 어려서 시각을 잃은 그가 잊지 못하는 광경은 무엇인가 물었다. 걷기도 전의 시간, 햇살이 들어오는 방안에서 할머니 등에 업혔던 이야기를 했다. 따뜻하고 편안하고 환한 느낌이라고 했다. 너른 들판에 눈발이 날리던 이야기도 했다. 작은 청개구리가 손바닥에서 방바닥으로 뛰어내리던 장면도 있었다.

어느 날에는 인터뷰 중 급한 연락 받을 일이 있다고 양해를 구하셨는데, 급한 그 일은 음성으로 왔다. 오전 몇 시 몇 분, ○○○로부터 1개의 문자가 왔습니다, 하고 한 글자 한 글자가 음성으로 전환되었다. 이국의 언어를 듣는 것 같았다. 식사 자리에는 그의 비서가 함께 했다. 바로 곁에 앉아 반찬의 진열 위치를 일러주었다. 바로 앞에 버섯볶음, 그 왼쪽에는 콩나물무침, 오른쪽에는 묵, 그리고 김치와 오징어젓갈과 호박볶음의 위치까지. 그는 크게 한 숟가락 밥을 드시고, 망설임 없이 더듬어가며 반찬을 챙겨 드셨다. 한 그릇을 천천히 맛나게 비우는 그의 의연한 식사와 뭘 어떻게 도울까 전전긍긍하여 불안했던 나의 식사라니.

인터뷰를 마치고 돌아오는 길은 어둡고 무거웠다. 눈이 내리기 시작했다. 잠깐 눈을 감고 섰다가 뒤에서 오던 사람과 부딪혔다. 가장자리로 옮겨서 벽에 손을 대고 선 채 다시 눈을 감아 보았다. 아무도 없었다. 아무도 없는 그 공간에 소리와 느낌만이 가득했다. 보이는 모든 것들이 들릴 것만 같았다. 들리지 않는 것까지 들리는 듯 환청이 뒤섞였다. 벽은 차갑고 내리는 눈은 차갑고 어둠은 더이상 느껴지지 않았다. 어둠 속으로 완전히 들어가면 더 이상 어둡지 않았다. 손바닥 위로 떨어지는 눈송이는 가벼워서 차가운 느낌만 잠시 있다가 사라지고, 다시 가만히 차가워졌다가 녹아버렸다. 사람들의 음성이 스쳐지나가고, 자동차 달리는 소리가 가까워졌다가 멀어지고, 클랙슨 소리가 돌발적으로 들리기도 하고, 싸우는 듯 소란스러운 음성이 뒤섞이기도 했다.

가장 볼 수 없는 것은 시간 같았다. 얼마나 지났을까 전혀 가늠되지 않았다. 새로이 세상을 보게 된 사람처럼 아주 천천히 눈을 떠보았다. 무언가가 완전히 달라졌을 것 같았지만 모든 것은 그대로였다. 전철을 타러 지하도를 내려왔다. 여기 저기 시각장애인용 표식들이 그제야 눈에 들어왔다. 계단 벽을 따라 손잡이를 잡고 눈을 감고 몇 계단을 내려왔다. 한 치 앞도 볼 수 없는 거대한 어둠의 바다가 출렁, 나는 휩쓸려 떠내려갈 수도 있었다. 그럴 때는 바로 곁의 것을 믿어야 한다. 그것이 그대로 이어질 거라는 믿음이 필요했다. 어제와 같은 오늘, 지금까지와 같은 이후라는 것이 큰 안심이었다.

시각장애인 체험을 다녀왔다. "어둠속의 대화Dialogue in the Dark"라는 제목으로 신촌 쪽에서 상시 진행되고 있었다. 지금은 북촌에 체험관이 있는 걸로 안다. 예매를 해야 하고, 입장료도 싸지는 않지만 '보이는 것 그 이상을 본다'는 슬로건은 사실이었다. 그야말로 빛 한 줄기 들지 않는 그곳에서 100분에 걸쳐 로드마스터의 목소리에 의지하여 걸음을 옮겼다. 그래도 뭔가 보이겠지. 생각했지만 완벽한 암전이었다. 암전 속에서 마시는 음료는 무슨 맛인지 구분이 되지 않았다. 아무것도 보이지 않으니 나 자신도 존재하지 않는 것만 같았다. 수시로 내가 내 손을 만져가며 내가 여기에 있다는 실감을 확인해야 안도할 수 있었다.

몇 차례의 인터뷰가 마무리될 즈음에 눈 수술에 대한 기사를 읽어 드렸다. 그분과 같은 장애를 가진 사람도 다시 볼 수 있는 방법이 곧 생길 것이라는 희망적인 의학 기사였다. 그분 또한 이미 알고 있다고, 하지만 지금 이대로도 충분히 행복해서 다시 보고 싶은 마음이 없다고 하셨다. 이미 충분히 행복하다는 것이 가능한 일일까. 새로운 세상에 적응하는 게 두려운 건 아닐까. 보이지 않아서 볼 수 있었던 것까지 잃어버릴까 걱정하는 마음은 아닐까, 알 수 없었다.

모든 사람의 일생은 간단명료하게 정리될 수 있다. 시간대 별로, 큰 사건사고나 잊을 수 없는 기억들로 각각의 제목을 달 수 있겠지. 출생과 입학과 졸업, 합격과 사랑과 결혼과 출산 같은 일들. 앨범이 있다면 그 속을 가득 채울 장면들이 그 내용이겠지. 더 간단한 정리는 생몰의 연대표다. 태어나고 죽고, 그 사이에 무한하게 벌어지는 괄호가 있겠지.

얼마 전에 그분의 전화가 왔다. 다음 책을 쓰고 싶다고, 지난 번 책이 아주 좋았다고, 다시 한 번 대필을 해줄 수 있는지 물어오셨다. 반가이 받아서 인사를 나누고 요즘은 할 수 없다고 죄송하다고 말씀드렸다. 그러고 나니 뭔가 부족한 것 같아서 문자를 보냈다. 연락 주셔서 정말 감사드린다고, 선생님과의 대필 작업이 저도 행복했다고, 건강히 지내시라고, 좋은 날들 되시라고. 나의 마음을 담은 낱글자들이 음성으로 전환되어 그에게 들리는 상상을 한다. 보이지 않는다는 것이 한계는 아닌 것 같다. 오히려 가장자리 없는 무한의 세계로 이어지는 것은 아닐까. 무한한 외연이 유한의 가장자리는 아닐까. 한 걸음 한 걸음 무심한 표정으로 걷던 그의 모습이 떠오른다. 가장 어두운 곳에서도 환한 사람들이 우리들 곁에는 있다. 많은 당연들이 늘 당연은 아닌 것 같다.

이제 너는 괜찮은 거니

정우철은 편수 냄비를 좋아한다지만, 나는 양수 냄비가 좋다. 다들 모여 앉은 식탁을 향해서 갑니다, 뜨거워요, 조심해요, 외치며 두 손에 냄비 장갑을 끼고 그것을 옮기는 것은 자못 신성한 일처럼 여겨진다. 냄비는 양수지, 양수 냄비가 진짜다. 편수 냄비에는 혼자 먹는 음식을 끓인다. 라면 같은 것, 급한 허기에 시간과 정성을 들이지는 않는다.

마음으로 마음에 기대던 친구와 멀어지고 있다. 잘 지내니, 잘 지내자, 그런 말 말고 할 수 있는 이야기가 있으면 좋겠는데. 늘 혼자인 네게 나는 무슨 이야기를 해야 할지 모르겠다. 하던 대로 이어갈 수도 있겠지만 없는 마음에 기대는 일은 허전虛傳 같은 짓이어서. 무게가 느껴지지 않던 끄덕거림이 있었고, 불가해한 끄적거림이 있었고, 이해할 수 없는 정전 같은 순간들이 있었다.

함께 합정에서 만나 절두산 성당에 갔을 때는 늦여름의 한낮이었지. 나는 살롱 스커트를 입고 너는 청바지를 입고 그 더운 사거리를 건넜다. 할리 데이비드슨 오토바이를 몇 대나 내다 놓은 가게가 있었고, 들어가 보고 싶은 찻집이 있었고, 시커멓게 출렁거리는 강물이 있었고 그 위를 믿을 수 없을 만치 강건하게 버티고 선 한강다리가 있었지.

그날 너는 그런 말을 했다. 어느 저녁에 검은 강을 바라보는데, 그대로 그리로 걸어 들어갈 것 같은 거야, 두려웠어. 생각보다 굉장히 쉬울 것 같더라. 쉬울 수도 있는 그 일을 안 해서 다행이라고 참 잘했다고 말하는 대신 너의 등을 두드려주었다. 그날의 너는 까맣게 타고 여윈 모습이었지. 여름 내내 자전거를 타고 달렸다고. 낡은 자전거가 몸처럼 편안했다고. 평지에서는 자전거가 너를 지고 가고, 경사가 심한 오르막길에서는 네가 자전거를 이고 갔다고. 함께 늙어가는 친구 같다고 했지. 나도 딱 그런 친구가 되어주고 싶었는데.

친구는 양수 냄비 같은 거라고, 양수 냄비는 양 손으로 들어야 하는 거라고. 서로의 관심과 조심이 함께 하는 거라고. 뜨거운 것은 뜨거운 맛이라고. 하지만 양수 냄비는 언제나 양수 냄비. 그곳에 담을 만큼의 마음이 필요하니까. 마음에는 시간과 공간이 필요하니까. 양수 냄비는 언제까지나 양수兩手의 세계 속에 있는 것.

언제부터인지 우리는 서로 연락을 하지 않고 있다. 익숙한 다급도 다정도 닳아버린 걸까. 이렇게 조금씩 서로의 손을 놓고 있는 걸까. 서로의 한 손을 뒤로 감춘 채 남은 한 손만 흔들며 안녕, 인사를 하는 걸까. 한 줄을 다 읽기도 전에 아니 메일의 제목만 보아도 알 것 같던 마음이었는데 겉도는 말, 상투가 깃들기 시작한 양해와 사과가 마지막이었는데. 이제 너는 괜찮은 거니, 아니면 이제 너는 내가 괜찮지 않은 거니.

이렇게 말하는 나는 어떤가. 잘 모르겠다. 나에 대한 너의 마음만큼이나 너에 대한 나의 마음도 모르겠다. 우리는 비슷한 생각을 하고 있는 것인지도 모르겠다. 더는 기댈 수 없다고 더는 기대할 수가 없다고 서로 너무 닮아버려서 서로 양 손을 쓰려다가 네 개의 손이 뒤엉킨 것도 같고.

새로 한 밥을 푸른 복福자가 새겨진 그릇에 담고, 네가 좋아하는 닭도리탕 같은 것을 만들어주고 싶다. 어서 앉아, 식기 전에 먹자. 말하면 너는 거기 앉아 달게 한 그릇을 다 비울 것 같은데. 우리가 함께 그 음식을 먹던 저녁은 가을이었지. 궁에 있는 미술관에서는 북으로 간 화가들의 작품을 전시 중이었고. 너는 거칠고 날카롭게 보이는 눈빛을 한 자화상을 오래 들여다보았다.

이해하고 싶고 이해받고 싶은 두 마음이 냄비의 손잡이처럼 이어졌던 것도 같고. 그 마음들이 다 허망할 뿐이라는 것을 알아차렸으니 우리들은 두 개의 냄비처럼 텅 비어 각자의 선반에 놓여있는 걸까. 이 저녁은 이른 봄 같구나, 잘 지내니.

다정한 남자들은 다 어디로

딸아이에 대해서는 약간 알겠다. 유치원에 다닐 때부터 하루 종일 어떤 일이 있었는지 종알종알 말해주었다. 얼마나 재미있었는지 함께 웃고 함께 떠들며 함께 다니는 기분이었다. 그날 선생님은 어떤 말을 했고, 친구들과 어떻게 놀았는지, 어떤 노래를 배웠는지, 점심시간 반찬과 국은 무엇이었는지, 간식은 뭐였는지, 친한 친구는 누구인지, 친구는 오늘 뭘 입고 왔는지, 누구랑 친해졌고 누구랑 다투었는지 재연배우처럼 실감나게 다 보여주었다. 초등학교부터 고등학교 때까지, 심지어 고3 때도 미주알고주알은 이어졌다. 사춘기 때도 방문은 열려 있었다. 교환학생을 가서도 와이파이가 끊기거나 밀린 잠에 빠진 날을 제외하고는 그날 무슨 일이 있었는지 어딜 갔는지 말해주었다. 포르투에 함께 가자고, 북유럽보다 남유럽이 우리 식구들에게는 잘 맞을 거 같다고 다음에 모두 함께 가자고 몇 번이나 이야기를 했다. 멀리가 있는 것 같지 않았다.

딸아이와 옷과 신발과 화장품을 공유한다. 전시회 정보를 나누고 주목받는 식각 정보를 나눈다. 문제가 되는 이슈들에 대해 떠들고 울분을 토한다. 주로 페미니즘이다. 남들은 뭔 말인가 싶을 빠른 비드의 농담 코드가 같다. 딸아이는 내 표정만 보고 그날 무슨 일이 있는지 알아차린다. 남편과의 이상 기류가 있을 때도 가장 먼저 알아차린다. 아니까 자꾸 더 말하게 된다. 말하면 들어주니까 고개를 끄덕여주니까 내 편이 되어주니까 더 말하게 된다. 말하지 않아도 다 아는 그 아이가 내심 고맙기도 하고 부담스럽기도 하고 미안하기도 하다. 나에게서 전이될 텐데, 좋은 것만 주고 싶은데 그렇게 되지 않을까 걱정스럽다.

딸아이에 대한 감정은 은유의 책 『싸울 때마다 투명해진다』를 읽으며 확연해졌다. "아무리 설명해도 수컷들은 모른다. 딸아이에 대한 나의 감정은 혈육의 정이라기보다 여성 간의 자매애에 가깝다. 할머니 이전부터 대대손손 피를 타고 전해 내려온 소수자 감수성이다." 그렇지. 나만 그런 것도 아니구나.

아들아이는 잘 모르겠다. 가능한 많은 것을 공유하지만 길게 물어도 단답이 돌아온다. 단답이 와도 선문답 같아서 잘 생각해 보아야 한다. 좋다고 정말 좋은 건지, 그럭저럭 좋다는 건지, 실은 별로라는 건지 진위를 의심해야 한다. 표정을 보고 몇 가지 더 물어야 간신히 의중을 알 수 있다. 어렸을 때부터 그랬다. 오늘 뭘 했느냐고 물어도, 누구랑 친하냐고 물어도 구체적인 답을 안 했다. 태권도학원에서 벌을 세우고 구타도 했다는 것을 그 도장을 그만두고 한참이나 지나서 알았다. 거의 10년을 다녔는데, 맙소사.

아들아이는 대학생인 지금도 똑같다. 저녁은 먹고 오는지, 요즘 시험인지, 요즘 힘든지 좋은지, 요즘 뭐가 필요한지 절대 모른다. 간곡히 부탁하고서야 주요 날짜며 스케줄을 달력에 공유하게 되었지만 돌아오면 제 방에 들어가기 바쁘다. 무심한 것은 아닌데 표현을 잘 안 한다. 신발이며 옷이 작고 닳아버리도록 말을 안 하니 가끔 살펴보아야 한다. 취향도 까다롭지 않고 뭘 주어도 잘 먹는다. 뭐든 부탁하면 잘 해주지만 부탁하는 게 늘 쉽지는 않다는 점에서 역시 남편과 판박이다, 남자들이란.

아이들이 늦도록 들어오거나 안 들어오거나 하숙집 아줌마처럼 살아야 한다고 배웠는데, 들어오면 고맙고 안 들어와도 연락만 주면 고맙고, 연락을 너무 늦게 주더라도 다음 날 잘 들어오면 또 고맙다 생각하라고 하던데 그게 잘 안 된다. 늦으면 대문 앞에 나와 계시던 아버지 탓인가. 늦었다고 야단치시는 화난 아버지 옆에서 눈치를 보던 엄마 탓인가. 늦은 시간에 벌어지는 크고 작은 사건사고 뉴스들 탓인가. 늦은 시간이면 불안하다. 연락이 안 되면 잠을 잘 수가 없다. 그렇게 말하면서 결국은 잘 자고 있지만.

그나저나 남자와 여자는 그렇게 다른가. 다정한 남자들은 다 어디로 갔나. 우리 집 남자들도 바깥에 나가서는 세상 다정할까. 정말 모를 것이 남자들이다, 아직도 아마 영원히.

네 이야기를 써도 괜찮겠니

아는 사람의 이야기를 써도 될까? 모르는 사람의 이야기를 써도 될까? 아는 사람의 아는 이야기는 될까? 모르는 사람의 아는 이야기는? 아는 사람의 모르는 이야기는? 모르는 사람의 모르는 이야기는? 결국에는 아는 사람의 아는 이야기를 쓸 수밖에 없는 거 아닐까. 진위로 보아도 그게 적합할 것 같은데. 아는 사람의 이야기를 썼다고 그 사람에게 욕을 잔뜩 먹은 일에 대해 다시 자세히 쓴 사람의 이야기를 읽었다.

누가 내 이야기를 글로 썼다고 하면 잔뜩 긴장할 것 같다. 한 문장 한 단어를 마음 졸이며 읽겠지. 좋게 쓴 이야기라고 하면 부끄러워 울긋불긋하겠지. 그렇지 않으면 울화가 치밀어서 울그락불그락할 것 같다. 사실과 다른 이야기라면 절대 아니라고, 아니라니까 하면서 달려가겠지. 세상 사람들이 그걸 읽을까 봐 노심초사하겠지. 정작 그 이야기를 읽은 사람들은 금세 다 잊어버릴 텐데 혼자 오래오래 기억하겠지.

나를 이해해 준다는 말을 믿지도 못하면서 나에 대한 오해를 참을 수가 없다니. 이해도 오해도 사실 별로 중요한 문제가 아닐 텐데. 그 모든 이야기들이 나를 통과해서 지나갈 텐데. 서서히 가라앉을 텐데. 그냥 시간을 기다리면 될 텐데. 적당한 이해도 오해도 모르는 척 사는 게 좋을 텐데. 사람이 아무리 많은 곳엘 가도 누군가 내 이름을 말할 때면 바로 알아차리다니. 나는 언제나 나에게만 관심이 있다는 겁니다. 나만 그런 것은 아니라니 위로가 됩니다.

내 친구 P는 잘 놀란다. 살금살금 뒤로 걸어가서 와, 소리를 지를 때 제일 많이 놀라는 사람이니까. 놀리는 맛이 있다고나 할까. 그래도 너무 놀라서 울 수도 있으니, 더욱 놀라 바닥에 주저앉는 일도 많으니, 그러다 화를 낼 수도 있고, 너무 화가 나면 갑자기 집에 간다고 할 수도 있으니 조심해야 하는데. 잘 웃고 잘 울고, 감동도 실망도 남들보다 몇 배 빠르고 세게 받고, 밤잠을 잘 못 자고, 밥보다 과자를 좋아하고, 편식을 하는 그 아이는 이제 다 큰 아이를 둘이나 둔 어른이 되었으니.

P의 엄마는 아주 흰 피부, 단발의 파마머리, 붉은 입술과 붉은 카디건, 약간 허스키한 음성. P의 집에 놀러가던 언덕길과 옥상에 있던 P의 방에서 과자를 먹던 기억…… 여기까지 하다가 P에게 문자를 보낸다. 내 기억이 맞는지. 너의 엄마가 그런 모습이셨던 거 맞는지. 너의 집이 그 언덕길 위에 있었던 거 맞는지. 우리는 작년에 문자로 새해 인사를 했고, 그 전 해에도 문자로 새해 인사를 했는데. 듣고 있니? 네가 그립다는 이야기야.

우린 넷이 함께 다녔지. 너와 가장 친했던가? 아닌 것 같아. 나는 누구와도 친하지 않았어. 누구와도 편하지가 않았어. 명랑한 척했지만 그렇지 않았고. 친한 척했지만 그렇지 않았지. 나는 한 번도 진심을 말한 적이 없는 것 같아. 너는 늘 진심만 말했지, 그렇게 느껴졌어. 혹시 너도 그런 척을 한 거니? 좋아하는 사람들 이야기를 네가 끝도 없이 할 때면 나는 귓등으로 듣곤 했어. 짝사랑의 시시콜콜이라니 지루했거든. 까짓 사랑 따위, 하는 마음이었어. '사랑 따위'라니, 그 잘난 척이라니, 그런 나의 팔짱을 끼며 너는 깔깔깔 웃었지. 굴다리 밑에 있는 분식집으로 매운 떡볶이를 먹으러 갔었지.

P. 나는 너에게 'Fragile'이라고 곱게 수를 놓은 엠블럼 같은 걸 살짝 달아주고 싶었어. 취급주의라고, 깨지기 쉽다고, 조심해 달라고. 그깟 결혼이 뭐라고, 이혼이 뭐라고, 졸업하고 첫 번째로 웨딩드레스를 입고 아이를 낳고 이래저래 힘들어 하는 네가 내내 안쓰러웠던 것 같아. 그게 너에 대한 정확한 이해는 아닐 거야. 나의 자의식이 투영된 것이겠지. 너는 그렇게 약한 사람이 아닐 텐데. 잘 놀란다는 게 약하다는 건 아니니까. 잘 깨지는 그릇이 약한 그릇은 아니잖아. 좋은 그릇들이, 귀한 그릇들이 잘 깨지잖아. 질기게 안 깨지는 코렐 그릇이라면 지겨워지잖아. 너는 다 통과하고 이제 편안해진 것 같다.

아기였을 때의 너를 상상한다. 너는 잠투정이 많은 아기였을 것 같아. 겨우 재워도 금방 깨고, 자는가 하면 또 자주 놀라고, 입도 짧고, 자주 아파서 엄마를 고단하게 했을 것 같다. 잘 놀라는 아기를 달래려면 가슴에 가벼운 베개 같은 것을 올려주는 거래. 손으로 가만히 눌러 주는 것도 좋고. 가만히 눌러 주는 일이라니, 조심스럽게 다루는 일이라니. 읽던 교과목 책장이 넘어가지 않도록 눌러두던 돌멩이 생각도 났어.

오늘은 12월 30일이야. 아직 저녁도 아닌데 조금씩 어둑어둑하다. 비가 내리려나. 눈이면 좋겠는데. 눈 내리는 날, 함께 학교에 갔던 생각나니? 졸업하고 놀러갔잖아. 너의 집에 갔다가 학교에 갔던가, 학교에 갔다가 너의 집에 갔던가? 나는 베이지색 반코트에 붉은 털모자를 썼던 것 같아. 붉은색 반코트에 베이지색 털모자였던가? 나는 내가 잘 기억나지 않는다.

그 높고 오래된 학교. 운동장 가득 쌓인 눈의 이전으로 가면 운동장 앞에 거대한 단풍나무가 있었지. 가을이면 이글이글 타오르는 붉은 빛이 가득했지. 나는 그게 나무 같지가 않았어. 언젠가 그리로 끌려들어가서 흔적도 없이 소각되어 버릴 것 같았어. 그 나무의 가을이, 그 거센 붉음이 우리들의 미래 같았어. 그립지만 통과해서 다행인 시간들이야.

학교에 다시 간 적 있니? 나는 작년에 갔었어. 출사 나갔다가 거기까지 가게 되었지. 별관에 있는 4층 도서관에도 가보았고, 본관 1층 출입구에 있는 거울 앞에서 사진도 찍었어. 무슨 기념일이 새겨진 그 커다랗고 오래된 거울이 그대로 있더라고. 그날의 우리들의 소란과 명랑과 불안을 모두 지켜보았을 거울이 나를 바라보았어. 더욱 낡아 버린 거울이라니. 나 역시 낡았지만 거울에 비길 수가 없겠더라. 그 거울은 얼마나 많은 사람들을, 이야기들을 보았을까. 감을 수 없는 눈을 갖는 형벌을 떠올렸어. 고개를 돌릴 수도 없고, 귀를 막을 수도 없고, 누군가 깨뜨려주기 전에는 그만둘 수 없는 운명 같은 것. 흐릿한 거울의 낯을 손바닥으로 살며시 짚어 보았어. 차갑고 반들반들한 그것이 속으로부터 가만가만 우는 것 같았어. 그렇게나 많은 이야기를 들었으니 울지 않을 수가 없겠지.

눈을 기대하며 자꾸 창밖을 기웃거리게 된다. 눈이 내리면 왜 이렇게 좋은 걸까. 편안해지고 차오르는 느낌이 들어. 온 세상을 다 덮을 만큼의 수많은 손들이 내려오는 것 같아. 뒤척이는 마음마다 가만가만 달래주는 것 같아. 더 울어도 괜찮다고, 더 그리워해도 괜찮다고, 그 이름을 불러도 괜찮다고, 더 사랑해도 괜찮다고. 놀라는 아기를 다독이는 손처럼 말이야.

이런 이야기 써도 괜찮겠니? 요즘도 밤에 깨고 낮에 자니. 지금 자고 있니. 그래서 내 문자를 읽지 않는 거니. 이제는 두 팔을 올리고 푹 잠드는 아기처럼 나비잠을 자면 좋겠다. 곤히 자는 꽃잠도 좋겠어.

제5부

웃으며 안아 주며 그리며 그리워하며

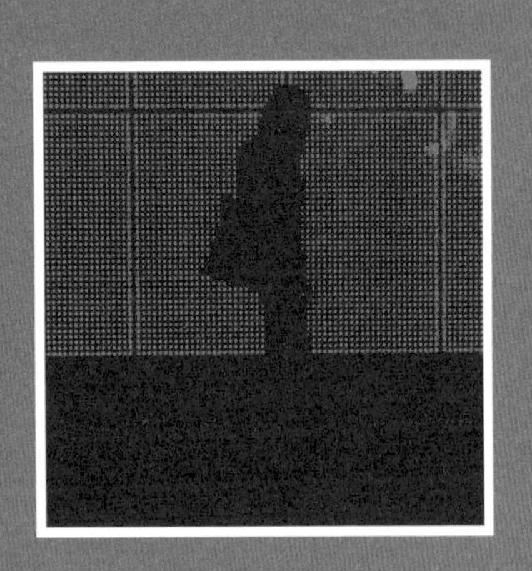

누구의 허락을 구하지 않겠습니다

그가 저기, 하면 나는 그게 뭔지 안다. 그가 있잖아, 하면 그것을 안다. 오렌지 주스에 얼음 넣어서 환타 마셔, 해도 알아듣고. 웃통 어딨지, 께꾸 좀 꺼내줘 해도 알아듣고, 짝짓기 프로 있잖아, 해도 알아듣고. 아일랜드 식탁 근처에서 기웃기웃 서성거리는 이유도 알아차리고, 심지어 아무 말 안 하고 있어도 어떤 기분인지 거의 안다. 무던하여 표정 변화가 별로 없는 그 사람이지만 아주 가끔 화가 난 것도, 은근 미안해하는 것도 알아차린다. 그럴 정도로 오래 함께 살았다.

결혼 십 주년 때 얘기했다. 벌써 십 년이냐고, 시간 엄청 빠르다고, 하지만 평생 한 사람과만 살아야 하다니 너무 긴 거 아니냐고, 십 년마다 갱신하고 계약을 연장하거나 새로운 사람과 살아볼 기회를 줘야 하는 거 아니냐고 그가 투덜대면, 그러게 그거 좋겠다, 동감을 날려 주고. 우리 왜 결혼했냐, 연애만 할 걸, 결혼해도 딩크족double income no kids으로 살 걸, 그러게 왜 그랬을까, 서로 동감을 던져 주고. 늦게 한 결혼이면서 고민도 공부도 대비도 부족했다. 부모학교 같은 델 다녔어야 했는데, 갈팡질팡, 좌충우돌 두 아이를 키우는 건지 그 아이들이 우리를 키우는 건지 어리둥절한 시간들을 보내며 또 결혼기념일이냐고, 똑같은 농담과 진담과 동감을 나누면서 여기까지 왔다.

세부적으로는 그다지 되풀이하고 싶지 않은 시간들인데 개괄적으로는 좋았던 것 같은 이 기분은 뭐지. 내가 어떨 때 가장 행복한지 그는 모를 거다. 시작은 첫 아이 가지고 먼 출퇴근을 하던 시절, 주말이면 소파에 누워 까무룩 잠들곤 했는데 일어나면 이불이 덮어져 있었고, 부픈 배를 하고 누운 내 옆에는 식탁 의자 두 개가 낙상방지 용도로 놓여 있었고, 그는 다른 방에 가서 조용히 책을 보고 있었다. 언제나 나는 까무룩 애호가, 지금도 낮잠을 좋아하는데 그럴 때마다 그는 무릎담요라거나 이불이라거나 계절에 맞는 뭔가를 덮어 준다. 그게 좋아서 나는 일부러 아무것도 덮지 않고 잠들고, 그러면 그는 서늘할 새라 베란다 문 이며 세탁실 문을 다시 닫고 조심스러운 걸음으로 다른 방에 가 있는다. 혹여 안방에서 낮잠 자는 날이면 내가 깰까 욕실에 있는 칫솔도 못 챙기고 내가 일어나면 그제야 나 때문에 양치도 못 했다며 투덜투덜 욕실로 들어간다. 그럴 때 행복하다.

몇 번인가 당신 때문에 불행하다고 생각하기도 했지만 그것은 사실, 사실이 아니다. 뭐든 핑계를 대고 싶은 어리고 어리석은 마음이었다. 어리고 어리석은 두 사람이 만났으니 예상 가능한 감정이기도 하고. 그도 같은 생각이면 어쩌나, 이심전심의 공식이 맞다면 그도 그런 생각을 했을 것 같아 좌불안석의 마음이 되는데. 행복이나 불행은 상태가 아니라 감정의 문제라는 것을 이제 알고 있다. 결혼한 사람 때문에 부당한 일들이 생긴다기보다는 그 과정 속에서 만나는 타인들에 의해 촉발되는 일들이 더 많다는 것도 알게 되었고. 그러니까 결혼 말고 동거, 아니면 그냥 연애가 좋겠다. 권장하는 바이다.

정신과 전문의라는 말보다 치유자로 불리길 더 좋아한다는 정혜신의 인터뷰 기사를 읽었다. 환자를 만나던 시절과 비교하여 지금 거리의 치유자로 사는 삶이 어떤가, 인터뷰어가 물었다. 정혜신은 말한다. 주관적 측면에서 훨씬 더 윤택하고 행복하고 만족스럽다고. 내가 이로운 쪽으로, 내가 끌리는 쪽으로 선택했다고. 그 선택은 남편이 있었기에 가능했다고. 두 사람 관계의 비결을 묻자 서로가 서로한테 눈을 뗀 적이 한 번도 없다고, 어떤 경우든 우리 둘이 최우선이라고, 우리가 아이들 키우려고 만난 것도 아니고, 일을 함께 해서 돈 벌려고 만난 것도 아니라고, 사랑해서 만났고 사랑하는 둘의 존재 자체가 우리 삶의 목적이라고, 우리 두 사람의 관계가 훼손되면 세상을 구한대도 가지 않는다고, 서로에게서 한 번도 이탈하지 않았기 때문에 그 모든 일이 가능했다고. 두 사람의 관계에서도, 자식과의 관계에서도 불필요한 에너지 소모가 없으니 심리적인 곳간이 그득해서 할 수 있는 일을 한 거라고. 정혜신이 지금까지 살면서 지키려고 한 삶의 도는 남편인 '명수 씨를 지키는 거'라고. 그의 마음도 지키고 몸도 지킨다고. 그것은 곧 자신을 지키는 일이라고. 이제 거의 둘이 하나인 것 같다고, 그것 외에는 다른 관심이 없다고 그녀는 말한다.「내게 집중하는 한 사람만 있어도 죽지 않는다」, 『한국일보』, 2019.10.25

이민경의 『탈코르셋』에서는 1924년 11월, 단발운동이 한창 일어날 무렵 허정숙이 쓴 『동아일보』 기사를 소개한다. "우리는 남의 아내와 남의 며느리가 되어가지고 한갓 그 집안 시부모와 그 남편 한 사람만을 지극히 정성으로 받들고 공경하는 것보다도, 오히려 사람으로서의 우리의 개성을 살리우고 우리의 인권을 차지하는 것이 무엇보다도 먼저 우리 눈앞에 급박한 큰 문제이다. 만일에 우리가 사람에게 의뢰하여 사는 기생충이 아니고 완전한 사람이며 한 세상의 인간살이가 남을 위함이 아니고 오직 나를 위함이라 하면 우리는 먼저 남과 같이 완전히 자유롭게 살 것을 요구할 것이며 노력할 것이다."

1924년의 허정숙과 2019년의 정혜신은 얼마나 다른가. 그들의 그리고 우리들의 삶은 얼마나 달라졌을까. 큰 보폭은 아니지만 지속적이고 유의미한 변화가 일어나고 있다. 나야 탈코를 하는 친구들이 넘어서야 할 불완전한 담론이지만, 세대 간의 반목과 불화야 당연한 일이지만, 이미 결혼을 해버린 채로도 언제나 비혼주의자였고, 반혼주의자나 불혼주의자도 대환영인 사람이지만 이런 삶의 방식도 그들이 참고해 주기 바란다. 그때는 그게 나았고 지금은 그렇지 않으니까. 그때는 결혼을 안 해도 된다는 것을 몰랐다. 선택지가 있다는 상상도 못 했다. 결혼이 어떤 건지 미리 생각해보지 않았고, 내 삶이 결혼과 출산과 육아로 어떻게 변할지 미처 몰랐다. 나와 그가 서로 다른 언어를 사용한다는 것도 몰랐고 아이를 낳고 키우며 모성의 신화에 기대어 어떻게든 잘 될 거라는 우매한 환상에 빠져 있었고. 다들 그렇게 사는 것이라고 생각했다.

크고 작은 사건 사고들과 믿을 수 없을 정도로 구시대적인 남성중심 사고가 여전하지만, 열린 친구들의 선명한 메시지와 행동들을 보며 커다란 변화 속으로 더욱 진입했다는 생각이 든다. 엄청 기대된다. 이런 책들을 열심히 써 주어서 고맙고, 해시태그와 구체적 행동을 통한 공감과 연대의 움직임이 뜨거워서 기쁘고, 그것들을 읽고 보며 그 위와 아래 세대들이 명확히 알게 되니 속이 다 시원하다. 지금 이 자리에서 내가 할 수 있는 것을 나는 한다. 투블럭 헤어는 아니지만 이미 쇼트커트로 살고 있고, 화장을 안 하고 있고, 내가 편안한 옷을 입고 있고, 구두 대신 운동화를 신고 있고, 가죽 가방 대신 에코백을 들고 있다. 그리고 내 삶의 일에 누구의 허락을 억지로 구하려 하지 않는다.

시간이 흐르면 더욱 좋아지겠지. 지금의 이 격돌을 이해할 수 없어지는 때가 오겠지. 이런 이야기들이 불필요한 시간이 오겠지. 『82년생 김지영』의 소설이나 영화는 내가 보아오던 그대로인데, 나의 일부분이 거울처럼 비추어지는 이야기들인데 어째서 그렇게 논란의 차이가 있는지 모르겠다. 당연하게 여겨지던 것들이 당연치 않다고 느끼는 나 또한 변화의 과정 중에 있다는 반증일 거다. 다소 정형화되어 있는 것처럼 보이는 탈코르셋의 경향 또한 다양성을 확보하게 되겠지. 나를 뛰어넘고 내 세대에서 벌어진 간극의 틈으로 더 많은 자각과 발전과 균형이 이루어지겠지. 그 모든 것들이 스스로를 제대로 더 사랑하는 방향으로, 자기 자신의 주인이 되는 방향으로 발전하게 될 거라 믿는다.

누구든 내게 집중하는 한 사람이 있기를, 그런 사람이 되어 주기를. 남편이거나 이성 혹은 동성의 애인이거나 친구거나 자기 자신이거나 그런 존재와 함께 하는 삶이기를. 성 아우구스티누스가 하신 말씀이었던가. "삶을 즐겨라, 그리고 네가 하고 싶은 일을 하라." 나도 같은 말을 하고 싶습니다. 나에게 당신에게 그리고 빛나는 어린 친구들에게.

여러 번 망가져 본 리미티드 에디션

나는 사람도, 한번 망가져 본 사람이 좋더군요. 가령 어떤 사건에 말려들어 망가진 사람이라고 하면 말이 좀 그렇지만, 한번은 자기의 밑바닥을 본 사람이 좋다는 거죠. 그런 사람은 아픔이 뭔지 알기 때문에 대화의 폭이 넓고, 동시에 넘어진 자리에서 변화할 수도 있거든요.

키키 키린, 『키키 키린 - 그녀가 남긴 120가지 말』, 항해, 2019

어제 또 글을 쓰지 못했다. 하루 한 편은 쓰기로 했는데 못했다. 늘 약속을 하고 늘 어긴다. 나 자신과 약속하는 것만으로는 불안해서 공언도 하는데 그마저도 잘 지키지 못한다. 그러고는 다른 핑계를 댄다. 다른 걸 하는 게 좋겠다고, 이 일은 별로라 계획을 변경했다고 말한다. 나란 인간.

영화 〈증인〉에서 정우성의 아버지가 말한다. 사람은 누구나 실수를 한다고, 그 실수로 자신을 너무 미워하지 말았으면 한다고, 너 자신을 사랑했으면 좋겠다고, 그래야 다른 사람을 사랑할 수 있다고. 그리고 이 책 『키키 키린 - 그녀가 남긴 120가지 말』에서 키키 키린은 말한다. 사람도 한번 망가져 본 사람이 좋다고, 자기의 밑바닥을 본 사람이 좋다고, 그런 사람은 아픔이 뭔지 알기 때문에 대화의 폭이 넓고, 넘어진 자리에서 변화할 수도 있다고.

실수를 통해 배운다는 의미겠지. 커다란 실수란 어느 쪽으로든 망가지는 일이겠지. 그런 일 없이 제대로 성장할 수는 없을 거라는 뜻이겠지. 내가 아이들에게 꼭 해주고 싶은 말도 그것이다. 그 시절의 실수들, 기억하기도 싫은 일들을 통해 나 또한 자랐다고. 하면 안 되는 일을 해보아야 왜 안 되는지 안다고. 잃어버린 다음에야 그것의 중함을 절실히 깨닫는다고. 엉망진창이 그 다음을 만든다고. 많이 맞아 맷집이 생긴 사람처럼 실수와 실패를 통해 강해지는 거라고. 할 수 있는 한 최대한의 실수를 해야 한다고. 완성은 과정 속에 있다고. 다만 스스로를 아주 잃지는 말자고. 수습이 불가능할 정도까지는 가지 말자고. 믿을 구석이 전혀 없어 보이더라도 나 하나만은 나를 믿어주자고. 아무도 사랑해주지 않는 것 같더라도 나 하나만은 나를 사랑해 주자고.

오늘 세상이 그냥 끝나는 것 같을 때도 다시 내일은 온다는 것, 다들 나를 비웃을 것 같지만 나에게 그렇게까지 지속적인 관심을 갖지는 않는다는 것. 다시 쓸게요. 다시 부를게요, 다시 그릴게요, 다시 해볼게요, 한 번 더 해보고 싶어요, 다시 만들어볼게요, 다른 방법으로 해볼게요, 그렇게 말할 여지가 남아있기를. 그러려면 나 자신을 다 소진하지는 말아야지. 완전히 망가뜨리지는 말아야지. 하나밖에 없으니까 대체 불가능하니까 부품은 품절이니까 환불도 불가능하니까.

간지러운 말이지만 나를 아낄 테다. 그래서 오늘은 어제의 글까지 쓸 테다. 두 편 아니 네 편을 쓸 테다. 이렇게 쓰다 보면 내 아이들에게 해줄 말도 선명해지겠지. 철없고 어이없는 어른이지만 조금씩 지혜로워지는 중이라고. 이런 어른도 있다는 것 정도는 알려줄 수 있겠지. 이 글도 조금씩 더 잘 쓰게 되겠지.

당신은 아이, 당신의 아이

오래 전에 어른이 되었는데 가끔은 아직도 아이인 것 같아. 이것을 해도 된다, 안 된다, 하는 유무형의 판관이 나서려 할 때마다 어린 아이로 변하려 한다. 누구에게 물어보아야 하나. 누구의 허락을 기다리나. 이러는 게 싫었다. 너무 많은 금지 속에 자라서 그런 것 같다. 내 아이들은 그렇게 키우지 말아야지, 생각했다. 하면 안 된다, 하는 말을 최소한으로 해야겠다고 결심했다.

여자아이와 남자아이는 다르게 키워진다. 나는 여자아이였고. 늦으면 안 된다, 여행 안 된다, MT 안 된다, 미니스커트 안 된다, 친구 집에서 자고 오는 거 안 된다, 파자마파티 안 된다, 졸업여행 안 된다, 친구들과 휴가 안 된다, 짙은 화장 안 된다, 유학 안 된다, 야근도 안 되지만 하는 수 없으니 데리러 간다, 아아, 지금도 한숨이 나오네. 왜 그렇게 안 되는 게 많아야 했을까. 사랑이라는 근심, 사랑이라는 의심, 사랑이라는 속박, 사랑이라는 편견, 사랑이라는 변명은 아니었을까. 덕분에 안전했지만, 때문에 두려움으로 가득해졌으니, 너무 움츠리다가 얼결에 튀어나가기도 했으니. 이런 것을 물려주지 말아야 할 텐데.

스물 몇이었더라, 막막하고 답답해서 속이 터질 것 같아서 독주라도 마시고 자려고 했다. 소주를 한 병 사서 검정비닐 봉지에 넣어 침대 밑에 숨겨두었다. 한 잔만 마셔도 기분이 좋거든요, 잠이 솔솔 오거든요, 만사 시름을 잊을 수 있거든요, 난무하는 생각을 그칠 수가 있거든요. 바람대로 편안해지지는 않았을 텐데 그런 것 같은 기분을 즐기며 든든했는데 흔적도 없이 사라졌다. 아무도 아무것도 묻지 않았지만 엄마나 아버지의 소탕작전이겠거니 짐작하며 또 사서 옷장 속에 숨겨두었는데 또 사라졌다. 독주의 효험도 별로였고 또 사서 어디 감추려는 의욕을 상실하여 다시는 그러지 않았는데. 그때 왜 그러셨어요. 괜찮니, 힘든 일이 있니, 하셨으면 얼마나 좋았을까요.

안전하게 키워야겠다는 생각을 하셨겠지. 흠집 없이 키워서 결혼시키고 잘 사는 거 보는 게 그분들의 낙이고 책임이라고 믿으셨을 거다. 그런데 흠집이라는 게 가능한 걸까. 사과도 아니고 귤도 아니고 뭍에 올려놓으면 퍼덕거리다가 죽는 물고기도 아니고. 나는 정지된 사물이 아닌데, 흠집은 외부로부터 오는 것이 아닌데, 흠집 따위에 지는 인간이 아닌데, 그래서는 안 되는 건데. 크고 작은 흠집이 생겨 보아야 뭐가 중한 줄을 알았을 텐데. 내 인생이 나의 것이라는 자각이 생겼을 텐데. 더구나 언제까지나 나를 감싸 안아줄 수는 없었을 텐데.

견고한 틀 안에서 자라는 아이들의 생의 미디에는 아무도 모르는 흠집이 가득하다. 어차피 뚫고 나가야 하는 틀이니 존재가 분해 되어버릴 수도 있고, 틈 사이로 빠져나가기 위해 본질은 숨긴 채 헐렁헐렁 물러터진 아이가 되기도 하고. 액체가 되었다가 고체가 되었다가 형질을 바꾸는 괴생물체가 될 수도 있고. 스스로의 문제를 스스로 풀 줄 모르게 된다. 스스로를 지킬 수 없게 된다. 그토록 당신들이 지켜주려고 한 것을 내가 망쳤어요, 자책할 수도 있다.

그러니 내버려두자고, 제발 허락 같은 거 하지 말자고. 알아서 할 거라고. 잘할 수도 있고, 못할 수도 있지만 그게 살아가는 과정이라고, 되어가는 과정이라고, 이미 되어있다는 확인이라고. 그러니 그냥 사랑하기만 해야지, 믿어주기만 해야지.

아이의 방에서 소주병을 보았다. 안주 거리를 넣어주었다. 술친구가 필요하면 부르라는 말도 p.s. 해두었다. 도울 일 있으면 말하라고 해주었다. 어디든 가라고, 뭐든 하라고 저지르라고 말했다. 어른들이 무슨 말을 해도 100% 다 듣지는 말라고, 틀린 말이 더 많을 수 있다고. 그래서 나는 좋은 엄마가 되었는가, 묻는다면 아니요. 좋은 엄마 같은 건 없습니다. 그냥 '어쩌다 엄마'가 있고 아이들은 이미 훌륭합니다. (그날의 소주병은 MT 가서 남은 걸 나누어 가져왔다고.)

이런 식으로 공생의 진화가 이루어지고 있다고 믿고 싶다. 허락하고 더 허락하고 아니 허락이라는 말을 아예 지워버리고, 시도하고 또 시도하면서 부모는 더 나은 부모가 되어가고 아이들은 충분히 높이 날아오를 거라고 믿고 있다.

언제나 너무 하는 사랑, 너무 해야 하는 사랑

사랑한다며?

네, 사랑하죠.

그런데 내일은 어떨지 몰라?

네.

사랑하는 건 맞잖아. 그렇잖아.

네, 그래요.

내일은?

모르겠어요.

김금희, 『너무 한낮의 연애』, 문학동네, 2016

김금희 소설 속의 이 대화는 사랑의, 마음의 모든 것을 말해주는 것 같다. 내일은 알 수 없는 것이니까. 내일의 모든 것은 미지에 속하니까. 오늘과 다르지 않을 것 같지만, 전혀 다른 날이 될 수도 있으니까. 오늘과 같은 날인데도 마음이 달라질 수도 있고, 전혀 다른 날이 되었는데도 여전히 아니 더욱 사랑할 수도 있으니까.

사랑은 언제나 순간의 것. 영원히 너를 사랑한다는 말은 비문에 속한다. 영원은 언제나 불가능한 것, 불가해한 것. 가져본 적 없고 가질 수 없는 것 아니던가. 영원을 걸고 하는 사랑의 맹세만큼 영원한 거짓말은 없을 것 같다. 영원 같은 착각을 불러올 수는 있겠지.

양희를 만나러 문산까지 달려간 필용은 생각한다. 양희를 다시 만난다는 것은 "시작을 의미하는 것"이라고. "연애와 사랑, 연민, 속박, 약속, 의무, 섹스의 시작"이라고. "없던 게 생겨나는 것"이라고. 퀸의 음악을 따라 부르며 문산에 가서 양희에게 하려던 고백을 혼자 한다. "양희야, 너의 허스키를 사랑해, 너의 스키니한 몸을 사랑해, 너의 가벼운 주머니와 식욕 없음을 사랑해, 너의 무기력을 사랑해, 너의 허무를 사랑해, 너의 내일 없음을 사랑해." 필용의 고백을 읽으며 가슴이 저릿저릿했다. 그런 것이었지. 사랑은 그런 것이었다. 알 수 없는 것, 이유가 전혀 없을 수도 있다. 그 모든 것들을 다 사랑한다고 너무 많은 이유들을 댈 수도 있겠지만.

사랑은 왜 그렇게 커다란가. 왜 그렇게 무겁고 뜨겁고 힘이 센가. 사로잡혀 어쩔 줄을 모르게 할까. 나를 잊어버리고 잃어버리게 할까. 버리고 매달리게 할까. 사랑으로 순간은 활활 타오르는데 이 순간에 해야 할 다른 일들은 까맣게 잊어버리게 되다니. 열에 들떠 전혀 다른 사람이 되다니. 하나의 사랑이 끝날 때마다 우리는 다른 사람이 된다. 누군가를 사랑하는 것은 스스로를 알아가는 일이기도 하다.

양희는 말한다. "사과 같은 거 하지 말고 그냥 이런 나무 같은 거나 보라"고. "언제 봐도 나무 앞에서는 부끄럽질 않으니까, 비웃질 않으니까 나무나 보라"고 말한다. 수피가 벗겨진 거대한 느티나무였다. 필용은 르망을 몰고 돌아오면서 "전율했던 사랑은 사라지고 없"다고 느낀다. 울면서 "무언가가 아주 사라져버릴 수 있음을 완전히 이해했다"고 생각한다.

길을 가며 즐비한 사랑의 맹세들을 본다. 이름 사이의 사랑스러운 하트와 날짜들은 흰 벽에도 살아 있는 나무의 등에도 검은 돌에도 새겨져 있다. 여행지에 걸어둔 붉은 자물쇠들도 그렇고. 무수한 하트들이, 심장의 형상을 하고 박동을 멈춘 채 있다. 끝도 없는 시간을 견디고 있다. 고백은, 고백을 하던 연인들은 모두 어디로 갔을까. 알 수 없다. 알 수 없으니 사랑이겠지, 알 수 없어서 사랑의 미래겠지.

대부분 너무한다. 너무 환하거나 너무 어둡거나 너무 춥거나 너무 덥거나 너무 멀거나 너무 가깝거나 너무 사랑하거나 너무 증오한다. 너무, 라고 말하는 순간 우리는 비로소 알게 된다. 감각의 임계, 감정의 임계에서야 비로소 알아차리게 된다. 이렇게 최선을 다하고 있다는 것을. 최선도 최선을 다하고 있다는 것을. 그러니 너무, 라는 부사가 붙지 않는 사랑 고백은 없을 것 같다.

과묵한 열아홉 살, 두 마리

두 마리 거북이. 둘 다 열아홉 살, 암컷. 이름은 "큰거", "작거". 그때 6살, 3살이었던 아이들이 지어주었다. 큰 거북이는 큰거, 작은 거북이는 작거라는 지극히 직관적인 작명이었다.

> 개명해줄까 봐!
>
> 카프카랑 톨스토이, 뭐 그런 거 어때요?
>
> 암컷이잖아?
>
> 그럼 뭐 아렌트랑 보부아르로 하던가요.

새 이름이 맘에 드니? 물어도 답이 없다. 맘에 안 드니? 물어도 역시나 답이 없다. 두 눈만 끔뻑거리다가 이마로 벽을 밀기도 하고, 퍼덕퍼덕 팔다리를 흔들기도 하고, 아아, 심심하겠다. 큰거는 이제 작거보다 작다. 작거는 큰거보다 크다. 등피는 비슷한데 두께가 다르고 무게가 다르다. 작았던 녀석은 성격이 급하고 먹성도 좋았다. 큰거의 머리를 발로 누르며 먼저 더 먹으려고 극성이더니 더 커졌다. 두 아이 모두 매우 빠르고, 생긴 것도 성격도 다르다. 말수는 적지만 기어 다니고 물에 뛰어들고 몹시 수선스럽나.

거북이는 멸치를 좋아하고, 새우도 좋아하고, 북어포도 좋아하고, 파리도 좋아하고, 다시마도 좋아하고, 상추는 약간, 식빵은 별로, 한여름에는 하루 세 번도 먹고 가을이면 점점 덜 먹고 입추 지나 처서 지나면 거의 먹지 않는다. 겨울에는 내내 한 끼도 먹지 않고 잠을 자거나 자는 척한다. 정말 자는 거니, 뭘 좀 먹고 자야 하지 않겠니. 등을 톡톡 두드리면 자다 깬 눈으로 흘겨본다. 왜 그래, 귀찮게! 하고는 다시 취침모드로 돌아간다. 그러다가 따뜻할 때 은근슬쩍 알을 낳는다. 두 마리 모두 암컷인데 무정란을 낳는다. 미안하기도 하고, 안쓰럽기도 한 마음이 더해지는 순간이다.

풀어주고 싶었다. 아파트 베란다, 플라스틱으로 만든 집에서 평생을 살다니 너무 가혹하잖아. (물을 갈아주려니 무거운 집은 사줄 수가 없었다.) 물과 풀과 햇살이 가득한 곳, 멀리까지 헤엄칠 수 있고 잠수할 수 있는 그런 곳으로 돌려보내고 싶었다. 그런데 얘들이 대체 어디서 온 걸까. 마트 수족관에서 왔는데. 그 이전은 어디였을까. 알 수 없지만 아무튼 보낸다면 저수지가 좋을까. 근처의 대학 연못이 좋을까. 집 근처 하천이 좋을까. 바다는 안 되겠지.

그러나 풀어줄 수가 없다. 살 때는 적법이었는데 얼마 지나지 않아 불법이 되었다. "법으로 지정한 생태계 교란종인 붉은귀거북속 전종(붉은귀거북, 쿰버랜드, 옐로우밸리 포함)을 사육, 입분양, 보관, 운반하는 것은 법에 저촉되며 적발 시 2년 이하의 징역 또는 2,000만 원 이하의 벌금을 받도록 되어 있습니다"라는 경고문의 주인공이 되었다. 야외에서 이 종류 거북이들을 발견하면 바로 살처분을 한다고 들었다. 잘못도 없이 악질이 되다니. 언제 어디서든 살아남는 최강 생존력이 붉은귀거북의 강점이고 장점인데 바로 그 특성이 이들의 생존을 위협하다니.

알 수 없는 삶이다. 오늘의 플러스가 내일의 마이너스가 될 수도 있고. 내 선의가 악의로 이해되기도 하고. 나를 알 것 같은 사람들이 나를 오해하고. 지금 이 자리에서 이렇게 살아가는 것이 가장 큰 안전일 수도 있고. 거북이들과는 죽으나 사나 함께 늙어가는 거지, 뭐. 거북이처럼 벽에 머리를 들이밀기도 하면서. 심심해서 뒤채기도 하면서. 화가 나서 뭐든 물어버리기도 하면서.

너에게 거짓말을 알려주네

"제주도에 가거든 옥돔을 꼭 먹어 보거라. 그게 아주 독특한 맛이다. 다른 생선과는 다르지." 아버지는 당부하신다. 큰일이다. 다친 일도 모르시는데 입원한다고 하면 너무 걱정하실 것 같아서 명절에 제주도 여행을 간다고 거짓말을 했는데. 어디서 옥돔을 사다 드리지. 사색이 된 얼굴을 들킬까 고개를 숙이고 있는데 아이들이 몰래 검색을 하고 연신 카톡을 보낸다. 제주도에서 보내주는 옥돔이 쇼핑몰에 많이 있는 모양이다.

옥돔은 분홍빛이 꼭 어린 신부 같고, 뭉툭한 이마와 앙 다문 입매가 무언가를 오래 참은 표정인데 어쩌다가 그렇게 독특한 맛을 갖게 되었을까. 기이하고 맛있는 것은 옥돔 말고도 많지. 아버지는 김장김치 속에 넣은 생태를 좋아하시지. 언젠가 '좋아하셨지', 하고 말하게 될 줄을 알면서도 할 수 있는 일이 없다. 그렇게 이른 세배를 다녀왔다. 여행 잘 다녀오라고, 가서 운전 조심하라고 당부하신다. 골목을 빠져나오는 내내 손을 흔들어주신다. 거짓말을 무사히 마쳤다. 우리는 가족사기단처럼 후우, 안도의 한숨을 쉰다. (죄송해요, 아버지.)

입원 중에 간병을 온 H의 얼굴이 벌겋게 보인다. 목이 간지러운지 기침을 참는다. 목소리가 이상하다. 이마를 짚어 보려고 했더니 도망친다. 감기 걸렸지? 물으니 절대 아니란다. 생딸기를 넣어 만든 딸기우유와 피칸 파이와 초콜릿과 소음방지 귀마개를 사들고 또 뭘 사올까, 뭘 해줄까 편히 앉아 있지를 못하고 연신 묻는다.

퇴원하고 보니 병원 약이 있다. 그러니까 그 사이 감기에 걸렸으면서 내가 걱정할까 봐 그런 거 아니라고 거짓말을 했다는 것. 바통을 이어 받아 L 또한 감기에 걸려서 그 약을 나누어 먹기도 하고 이래저래 끙끙 앓았다는 것. 나는 너에게 거짓말을 가르쳐주었네. 그리고 우리는 모두 거짓말을 너무 잘해.

내가 나라는 것은 잘 알고 있다니까요

무방비다. 누워 있다. 가장 낮은 사람이 되었다. 8층에서 6층 수술실까지 가는 동안 엘리베이터 타고 내리며 통화하는 사람들. 얼굴은 높아서 거의 보이지 않는다. 혼자다. 이제 이걸 한다. 도망칠 수 없다. 수술실까지 몇 개의 문이 있었는지는 잊어버렸다. 왼쪽 팔과 등과 가슴 윗부분까지 붉은 소독약 도포, 마취로 감각은 사라진 채 높이 붙들린 팔이 낯설고 코믹하고 섬뜩하다.

선생님, 팔이 고기 같아요!

뭐요?

붉은 고기요, 고기!

그런 소린 처음 들어요!

12시, 수술은 앉아서 진행된다. 부분 마취가 되면, 거기 내 팔과 손이 있다는 걸 잊을 때가 되면 입에 산소가 주입된다는 마스크. 뭔가가 목옆으로 따끔, 또 따끔. 하나 둘 세며 백 밀리, 또 하나 둘, 수술실엔 일곱 명의 의료진. 이것은 혹시 백설공주 분위기? 나는 이 모든 것을 단 한 장면도 놓치지 않을 거야, 정확히 바라보고 기억하려고 애를 쓴다.

그런데 안경이 없으니 제대로 보이지 않고 어쩐지 순식간에 만취한 것도 같은데 선생님은 빼초롬한 얼굴, 곱슬머리, 팔다리가 길고 말이 빠르고 걸음도 빠르셨는데 '제 회전근개는 찾으셨나요. 그것을 산산조각났다가 겨우 붙은 어깨뼈 위에 잘 박으셨나요. 두 개의 나사를 박을 건가요.'

눈을 뜨니 병실인데 간호사들은 내가 누군지 계속 묻는다. 누구입니까. 누구일까요. 팔도 손도 어디 갔나. 풀리지 않은 마취, 혀가 말라서 부서질 것 같은데. 침은 어떻게 고이더라. 레몬을 생각하자. 레몬 나무 밑의 일곱 난쟁이는 초록 가운을 입었지, 이상한 모자를 쓰고 라텍스장갑을 꼈더라. 휴대폰을 달라고 했다. 메모장을 꺼내고 잊어버리기 전에 적어둔다. 기억나는 게 별로 없다는 걸 쓴다. 백설공주와 일곱 난쟁이라고 쓴다. 고기 같은 내 팔, 이라고 간신히 쓴다.

간지럽다. 얼굴은 어디있지? 제자리에 있다. 2시 22분. 오른손은 어디 있지? 제자리에 있다. 있는 손가락으로 있는 코를 긁는다. 거즈에 물을 묻혀줘. 입술과 혀에 올려놓는다. 빨아먹진 않을게. 쏟아지는 졸음, 왼팔이 돌아온다. 저릿저릿하고 잔뜩 부었네. 물은 3시 45분부터 마실 수 있다고 한다. 물이 무슨 맛인지 모르겠다. 바짝 마른 들판에 내리는 빗물처럼 처음엔 스며들지 못하고. 아프다. 왼쪽이 다 아프다. 덜 돌아온 왼쪽이. 아직 없는 거 같은 왼쪽이. 미안해라. 나의 몸.

링거와 함께 달린 저 귀여운 투명한 용액은 무통주사, 강력 진통제라고 마약성분이라고, 15분 간격으로 맞을 수 있다고 한다. 자신의 고통을 자신이 돌볼 수 있겠구나. 15분 동안 한 번을 누르건 백 번을 누르건 단 한 번 주사액이 나오는 거라고. 무통이라고 했지만 무통은 아니고 감통 정도. 어지럽고 메슥거리는 것도 이 약 때문이라고. 그것으로도 밤 내내 못 잤다. 참지 말고 진통제를 놔 달라고 해요. 네네. 참는 게 좋은 건 아니라고. 그렇지. 너무 참으면 병이 되니까, 병을 참으면 상실이 오니까. 진통제 추가요. 참지 않은 나를 칭찬해. 간신히 아침이, 드디어 아침이 되었고. 가장 아프다는 수술 당일 밤을 보냈다, 만세!

야전병원 간이침상에 나의 동지가 있다. 다리가 침상 밖으로 나왔다. 침대 아니면 못 자는 사람이 고단했나 보다. 얕게 코를 골며 벽쪽을 향한 채. 고마워라, 수술실 갈 때 손 잡아줘서 고마웠어요. 그래도 나 울지 않았다. 무섭고 떨리지만 미간을 노려보는 자세로 눈물 같은 건 단 한 방울도 흘리지 않았다, 매우 칭찬해.

나도 엄마 생겼다. 수시로 들어와서 괜찮은지, 물어보고 챙겨준다. 열이 나나, 혈압은, 세 끼의 식사, 옷과 침대, 수건과 비누, 한밤에도 부르면 (누르면) 달려온다. 부드럽고 다정하게 돌보아주는 여러 음성과 손길이다. 그러니까 신이 모든 곳에 있을 수 없어서 엄마를 보내다가, 엄마를 다 보낼 수 없어서 간호사를 보낸 걸까. 신은 참 친절하기도 하지. 여러 사람들을 자꾸 보내준다. 신도 믿지 않는다면서. 그래도 고마운 건 고마운 거니까요.

그 사이 두 명의 환자가 퇴원하고 새로 입원했다. 종이 여러 장을 들고 온 간호사의 설명과 사인이 있고, 알레르기 검사와 링거주사가 있는데 한 여인은 바늘마다 비명이다. 그게 그렇게 아플 일이었구나. 나는 한 번도 소릴 안 질렀는데, 좀 아파야 더 아플 일이 없다고 생각했는데. 지나치게 잘 참는 사람이었나. 소리를 좀 지를 걸 그랬나.

그 여인은 손등이 파였다. 설 전야에 남편의 30년 지기 친구가 낫을 들고 뛰어들었다고 한다. 오래 전의 원한이 취기와 함께 날뛰었다고, 그녀는 싸움을 말리다가 손등을 다쳤고, 남편은 옆구리를 다쳤고.

수술이 가능한 병원을 찾다가 각각 다른 병원에서 수술하고 입원하고, 살인미수죄로 남편 친구를 넣을 것인가 말 것인가를 고민하다가 그냥 합의하기로 했다고. 붕대를 친친 감고 서둘러 퇴원하며 그녀의 딸아이와 통화를 한다. "엄마는 가야 해. 집에 가서 챙겨올 게 있어. 옷에서 피비린내가 얼마나 나는지. 다 찢어졌잖아. 아빠 옷이랑 내 옷 챙기고, 이것저것 돌아봐야 해. 그러고 아빠 병원으로 가야지. 가서 간호를 해야지. 그럼, 내가 훨씬 덜하니까." 오른손에 붕대를 감고 그녀는 떠났다.

다른 한 명은 11살 지우, 설날 밤에 아빠랑 놀다가 손가락을 다쳤다고. 그런데 링거 바늘에 아이는 울고 소리 지르고, 또 울고 소리 지르기를 네 차례 모두 실패하고. 딱 한 번만 더 해보자, 요번에 안 되면 집에 가자고 했는데 다행히 다섯 번째에 바늘이 제대로 들어갔다. 아이의 항거가 얼마나 조목조목 맞는 말인지, 들으며 울다가 웃었다.

"싫어. 아파서 못하겠어. 내가 아프다고 했잖아. 이제 그만할래. 그만하면 안 돼? 집 갈래. 나 이제 포기할 거야. 어떻게 나한테 그럴 수가 있어. 나 이대로 살래. 제발 퇴원하게 좀 해줘. 이대로 살래. 그러니까 아빠가 나한테 왜 그랬냐고. 엄마도 똑같아. 믿을 만한 사람이 하나도 없어. 엄마도 거짓말쟁이야. 내 잘못이 아니잖아. 제발 그만해요. 나 집에 갈래." 집에 가겠다고 일어나는 11살 아이는 엄마만큼 큰 키에 엄마보다 큰 몸집이었다.

아이 엄마는 처음에는 주사기를 잘못 찌른 곳에서 피가 나는 걸 보면서 "괜찮아, 멈출 거야, 혈소판 알지, 그게 있어서 금방 멈춘다" 다독다독 어르다가 나중에는 함께 울며 아이를 안는다. "우리 아가, 미안해, 엄마가 미안하다. 얼마나 아팠을까, 우리 딸, 미안해" 하는데 나도 아이가 된 것 같고 아이 엄마가 된 것 같아 커튼 뒤에서 몰래 눈물을 닦았다.

아이 엄마는 수술실 들어가는 침상 앞에서 지우의 긴 머리를 위로 올려 하나로 묶어주었다. 붉은 고무줄이었다. 아이는 지쳤는지 가만히 아무 말도 없이 울음도 그친 채 누워 있다. 나는 곁에 아무도 없는 틈을 타서 소곤소곤 아이에게 이야기해주었다. "잠깐 자고 일어나니까 다 끝나더라, 아줌마도 무서웠는데, 별 거 아니었어. 잘하고 와." 아이 자리에 초콜릿을 갖다 놓았다.

아이의 커리어백은 노랑과 주황이 뒤섞인 미피 인형이다. 아이는 마취가 풀리고 잠시 아프겠지만 놀랍도록 빠르게 좋아지겠지. 미피 트렁크를 몰고 나갈 때면 웅석이 늘어 더욱 까불며 떠들겠지. 아이 엄마는 두고두고 오늘 일에 마음이 아프겠지.

깊고 넓은 모성의 드라마 막간에 『자기만의 방』을 생각했다. '자기만의 방'은 1928년에 버지니아 울프가 여성 대학에서 '여성과 픽션'이라는 주제로 강연을 한 내용이다. "여성이 픽션을 쓰려면 자기만의 방과 일 년에 500파운드의 수입이 있어야 한다"는 것. 페미니즘이나 모더니즘을 이야기할 때 빠지지 않는 책이기도 하다. 그녀는 "나는 여러분에게 아무리 사소하고 아무리 광범위한 주제라도 망설이지 말고 어떤 종류의 책이라도 쓰기를 권하고 싶습니다. 무슨 수를 써서라도 여행하고 빈둥거리며 세계의 미래와 과거를 성찰하고 책을 읽고 공상에 잠기며 길거리를 배회하고 사고의 낚싯줄을 강 속에 깊이 담글 수 있기에 여러분 스스로 충분한 돈을 소유하게 되기 바랍니다"라고 말한다.

자신이 아파 입원을 하고도 걱정이 많은 엄마들, 입원시킨 아이 때문에, 남편 때문에 걱정이 한가득인 여인들이 가득 있다. (남자들은 잘 모르겠다. 지우 아빠는 지우 점심으로 나온 밥을 먹는다. 지우 엄마는 그에게 밥이 식었으면 데워다 줄까, 하고 묻는다. 지우 엄마는 배고픈 줄도 모른다.) 세상의 엄마들은, 부인들은 어떻게 자기만의 방을 만들까. 현실적인 공간으로서의 방도 어렵지만, 마음속의 공간 또한 쉽지 않은 일인데. 식탁 위에 잠시 자기만의 방을 만든다 해도 누군가 식사를 하면, 간식을 먹으면 비켜주느라 치우다가 하던 생각을 모두 까먹는다. 그래도 다시 식탁이 비면 다시 닦고 읽던 책이며 공책을 펼친다. 자기만의 방이 다시 생긴다. 길어야 한 시간 남짓 그 방에 있을 수 있다.

그래도 읽고 쓸 때면 암막커튼 같은 것이 차라락 내리쳐지는 것 같다. 그곳에서 다른 누구도 아닌 자기 자신에 집중할 수 있다. 그곳은 고민하는 곳, 고백하는 곳, 숨 쉬는 곳, 돌아보는 곳, 바닥난 기운을 채우는 곳, 떨어진 자존감을 세우는 곳이다. 아무도 모르는 나만의 그곳은 꼭 있어야 하는 자기만의 성소가 된다.

입원한 덕분에 나는 커튼을 치고 나만의 방에 있다. 얼마 만인가. 결혼 후 처음인 것 같다. 다른 아무것도 생각하지 않고 나 하나만 생각하면 되는 시간. 모든 일에서 풀려난 이 시간. 멍하니 있기도 하고, 병동 복도를 걸어 다니기도 하고, 1층 출입구까지 나가기도 하고, 도로를 달리는 자동차도 보고, 미니스커트를 입고 서둘러 걷는 여인도 보았다. 식사 후에 움직거려 보아야 하루 4,000보 채우기도 힘들다. 그래도 그것에 대해 쓰고 있으니 잠시의 이 방이 좋기까지 하다.

달빛이 내 마음을 대신하는 밤,
뜸부기는 왜 도로 위를 걸어 다니고 그래

아직도 4시 17분, 당최 아침이 오지 않는다. 잠이 오지 않는다. 오늘 해 뜨는 시간은 7시 42분이라는데 다시 눈을 감았다가 뜨기를 여러 차례. 아직 입원 중이다. '송이송이 눈꽃송이 하얀 꽃송이'에서부터 시작해서 '고드름 고드름 수정고드름'에 이르기까지 어른 남자의 동요 가락이 조그맣게 들려왔다.

어제 저녁에는 짜장면이 먹고 싶다고 예약하고 외출 신청하겠다는 어른 남자에게 누군가가 중국집 번호를 알려주고, 연신 번호를 누르지만 연결음만 들렸는데 〈월량대표아적심〉이다. "당신은 내게 당신을 얼마나 사랑하는지 물었죠. 내 감정은 진실되고, 내 사랑 역시 진실하답니다. 달빛이 내 마음을 대신하죠. 당신은 내게 당신을 얼마나 사랑하는지 물었죠. 내 감정은 변치 않고, 내 사랑 역시 변치 않아요. 달빛이 내 마음을 대신하죠. 가벼운 입맞춤은 이미 내 마음을 움직였고, 깊은 사랑은 내가 지금까지도 당신을 그리워하게 하네요. 당신은 내게 당신을 얼마나 사랑하는지 물었죠. 생각해 보세요. 달빛이 내 마음을 대신해요."

달빛이 내 마음을 대신한다는 가사, 이요와 소군의, 장만옥과 여명의, 첨밀밀의, 이루어질 사랑은 반드시 이루어진다는 영화를 다시 보고 싶다. 그게 홍콩과 중국의 이야기라는 것, 홍콩이 중국에 반환되기 1년 전에 나온 영화라는 것은 나중에야 알았다. 그때 안마시술소에서 일하게 된 이요를 찾아온 파오의 등에 있던 미키마우스 타투는 정말 귀여웠는데.

아침 8시, 병실 침대 위로 식사가 놓여진다. 다정한 분이 그 일을 맡았다. 새해 복 많이 받으시라고 복도가 울리도록 인사하고 병실에 들어와서 침대 끝에서 또 인사를 한다. 옆 침대의 어른 여자는 아아, 너무 아프다고, 밥맛이 없어서 안 먹고 싶다고 칭얼대고. 아침 쟁반을 들고 온 분은 유모처럼 다정하게 어른다. 아유, 그래도 드셔야지요. 설날인데 오늘 굶으면 일 년 내내 굶게 됩니다. 미역국 끓였으니 뜨거울 때 어서 드세요, 그래야 약을 드십니다. 오늘 메뉴는 미역국과 삼치구이와 알감자조림과 느타리피망볶음과 김치. 나도 배가 고프지 않지만 먹어야지. 아프다고 칭얼대지 않았으니 참 잘했어요.

모두들 같은 병을 갖고 있어서 이심전심이다. 나이와 성별을 뛰어넘어 하나되는 분위기. 한쪽 어깨가, 한쪽 다리가 리본 처리된 개방형 환자복을 입은 사람들이, 깁스를 한 사람들이, 허리 보호 벨트를 맨 사람들이, 링거대를 밀고 주춤주춤 걸어 다니는 사람들이 서서히 아는 채를 한다. 언제 수술을 했는지, 담당의는 누구인지, 차도는 어떤지, 퇴원은 언제인지. 어느 순간에는 흥겹고 소란스럽기까지 하다.

"달이 환한 밤에 뜸부기를 만난 거예요. 도로 위를 걸어 오더라니까요. 놀라서 그걸 피하려다가 농로에 빠졌지, 내가 살려는 운명이었나봐요. 다른 농로는 다 시멘트인데 거긴 아니었던 거야. 아니 오래 전 이야기지요." 또 다른 이야기도 들린다. "자전거를 타고 가다가 신호가 바뀌자마자 건넜거든요. 그때 오토바이가 달려오는 거라, 아니, 오래 전 이야기에요. 젊을 때 일이라니까요. 사고가 참 많았어요. 내가 살려는 운명이었지."

저마다의 인생에서 잊을 수 없는 사건사고들이 펼쳐진다. 시간을 거슬러 올라가서 어디 한 군데 다친 적이 없는 말간 몸의 시절로 갔다가 갑작스럽게 벌어지는 일들에 대해, 그것의 원인과 결과에 대해, 그 순간의 행운과 다행에 대해, 다들 그래그래 하면서 연신 고개를 끄덕이면서 한적한 도로를 내다보면서, 엘리베이터가 열릴 때마다 돌아보기도 하면서, 연신 울리는 휴대폰을 들여다보면서. 아무래도 오늘은 설날이니까.

지나칠 때 올려다보면 이 병원에는 대체 날마다 누가 있기에 층층이 불이 환한 걸까 싶었는데 들어와서 보니 빈 침대가 거의 없어서, 아무 일 없이 달리는 자동차며 무심한 표정의 사람들이 얼마나 큰 다행 중인지 알려주고 싶어졌는데.

어떻게든 살려는 운명들이 철심을 박은 어깨로 인사하며 지나치는 설날 저녁은 이렇게 흘러가는데 영화 〈첨밀밀〉은 1997년 3월 1일 개봉, 첨밀밀 속 두 주인공이 처음 만나는 것은 1986년 3월 1일, 그리고 마지막에 등려군의 사망 보도를 바라보다가 다시 만나는 거리는 1995년. 그들을 다시 떠올리는 오늘은 2020년. 그런데 뜸부기는 왜 도로 위에 있었을까. 왜 날지 않고 걸어 다녔을까.

알리오 올리오 볶음밥을 만들려고 마늘 네 알을 편으로 썰다가, 이렇게나 마늘을 좋아하는 아이라니, 전생에 곰이었던 게 틀림없어. 그런데 마늘 먹기를 포기하고 동굴에서 나가 버린 동물이 뭐였지? 뭘까요? 고양이는 아니고, 치타도 아니고, 코끼리도 아니잖아. 1등만 기억하다니, 역시 세상은 야박합니다. 그런데 대체 동굴을 뛰쳐나간 동물은 뭐였니. 아! 호랑이였네. 까맣게 잊어버리고 있었어. 호랑이가 곰과 함께 마늘을 먹었구나. 역시 2등은 기억해주지를 않아. 아니야. 그래도 이렇게라도 기억해주잖아. 더듬어서, 검색해서 2등도 알아낸다니까. 1등도 좋지만 2등도 좋다고 깔깔대는데.

H가 김나영의 〈노필터 TV〉 택배 언박싱 유튜브를 보라고 했다. 박스를 열자 참기름·들기름과 함께 담긴 꽃 엽서를 읽기 시작한다. "글을 왜 되게 잘 쓰는 사람 있잖아요, 그 글을 보면 되게 행복해지는 사람, 약간 그런 분이시더라고요. 헉! 어머나, 세상에나, 어머 저 눈물이 핑 돌았어. 첫 구절을 읽었는데, 흑, 나 울어도 돼요? 어떡해. 하루하루는 그저 터프할 뿐인데 질문은 자꾸 그래서 아름다웠나를 묻는, 바야흐로 연말이래. 어머나, 세상에나, 너무 눈물이 날 것 같아. 얼마나 애쓴

한 해였는지 얼마나 안간힘을 다했던지, 세상에 말도 마, 그러고도 싶지만 나영씨 신우 이준 세 식구 아프지 말고 겨울 잘 보내세요. 웃으며 걱정하며 장우철 드림. 어우 글이 너무 예쁘지 않아요? 어우, 세상에 어떡해. 참기름 들기름 배송 받으면서 이렇게 울 일이냐고요." 초여름 숲처럼 보이는 스웨터를 입은 맨 얼굴의 그녀는 훌쩍이며 다음 택배 언박싱을 이어간다. 예뻐라, 그녀도 그녀의 아이들도 참기름과 들기름도 엽서와 글도, 그 모든 것의 마음도.

1등과 2등과 3등과 기타 등등의 마음들이 다 그렇겠지. 언제나 세상에나 말도 마, 하고 싶겠지. 저마다의 자리에서 할 수 있는 안간힘을 다하는 삶이겠지. 그러니까 몇 등이냐고 묻지 말자고. 그 자리의 최선마다 가장 예쁠 뿐이라고. 무엇이든 해봐야 아는 것이고, 할 때마다 다른 기쁨과 슬픔이 함께 하는 거라고, 좋을 때도 있고 나쁠 때도 있지만, 나쁠 때도 있고 더 나쁠 때도 있고 아주 나쁠 때도 있지만, 그래서 말도 마, 하고 싶은 순간들이 가득하겠지만. 어느 하루 선물처럼 도착하는 마음들이 있어서 숨을 돌리고 돌아볼 수 있으니까 그렇게까지 아주 나쁠 일이란 사실 없는 거라고, 그렇게 믿고 가자고 다독다독하는 시간이 된다.

어떻게 살면 될까, 정답은 없고, 무엇이든 해보아야 아는 것이겠지. 해도 해도 알 수 없을 때도 많고. 해보고 싶지만 할 수 없을 때도 많고. 빠르게 포기해 버리는 게 나을 때도 있고, 그걸 알면서도 포기할 수 없을 때도 있고, 포기가 안 되는 게 싫을 때도 있지만 싫다고 함부로 싫어할 수는 없잖아요. 내가 나를 싫어하면 누가 나를 좋아하겠어. 오늘 어디 아프지 않은지 괜찮은지 물어봐 주는 사람이 있으면 참 좋겠지. 하지만 그런 사람 하나 없을 수도 있겠지. 그럴 때는 잠시 앉아서 두 팔로 스스로를 안아주는 거 어떨까요. 둥근 어깨를 둥글게 안고 속으로 말해주는 것은 어떨까요. 따뜻한 메밀차 같은 거 한잔 마시면서, 연한 노란 빛이 번지는 걸 바라보면서 부디 아프지 말고 다치지 말고 슬프지 말고 가는 겨울을 잘 보냅시다. 웃으며 안아 주며 그리며 그리워하며 비까지 내리는 1월의 아침에(장우철 식으로).

당신에게 이 사진을 보냅니다

사진 좋아하세요? 찍는 걸 좋아하세요? 찍히는 걸 좋아하세요? 백 장 찍어서 한 장 고르세요? 조금 더 어리고 젊고 탱글탱글하고 환하게 고치세요? 애쓰지 않아도 터치 한 번이면 얼굴은 몇 년 전으로, 한 적 없는 시술의 after컷으로 바뀝니다. 그게 나라고 믿고 싶어요. 남들은 내 모습을 늘 보고 있는데 나만 내 모습을 안 보다가 거울을 볼 때마다 놀라요. 너는 나니? 그럼요. 너는 언제나 나입니다. 너는 그렇게나 젊고 예뻐야 하겠니? 그러게나 말입니다.

카메라를 들고 나가면 나는 관찰자가 됩니다. 나비처럼 가볍고 빠르다가 운행을 멈춘 기관차처럼 무겁고 요지부동일 때도 있습니다. 멀리 더 멀리 하늘에서 찍는 듯 멀어지기도 하고, 매우 가깝게 현미경처럼 내시경처럼 들어가기도 합니다. 나는 말을 멈추고 생각을 멈추고 그저 바라봅니다. 찍는 나에서 찍고 있는 카메라 속으로 들어갑니다. 숨을 죽이고 카메라의 박동 수에 나를 맞춰요. 셔터를 누르고 나서야 내 숨을 쉽니다. 내 몸 속으로 빛이 들어오고 다시 캄캄해지고 다시 빛이 들어오고 배터리가 나갈 무렵이면 이미 밤이고 다리가 아프고 배가 고프고 목이 마릅니다. 아마추어가 이 정도니 프로 사진가들은 어떨까요.

사진을 찍는 일은 명상에 가까울 것 같습니다.

> 순식간에 찍히는 것 같아 4분의 1초는 긴 시간이 아닌 듯 여겨지지만 어떤 촬영인가에 따라 대단히 긴 시간이 될 수도 있습니다. 예를 들어 리듬체조 선수를 찍는다고 가정합시다. 음악에 맞추어 격렬하게 움직이는 선수에게 일일이 포커스 맞춰가면서 가장 극적인 순간을 촬영하는 것은 쉽지 않지요. 본인이 가장 극적이라고 생각하는 순간에 셔터를 누르면 실제는 그 극적인 순간의 4분의 1초 뒤가 찍힙니다. 그럼에도 프로 사진가는 가장 극적인 순간을 놓치지 않고 찍습니다. 오랜 훈련을 통해 가장 극적인 순간의 4분의 1초 전에, 셔터를 누르기 때문입니다.
>
> 김홍희, 『사진 잘 찍는 법』, 김영사, 2019

사진을 찍습니다. 예전에는 여러 곳에서 여러 컷을 찍었는데 요즘은 한 자리에서 여러 컷을 찍어요. 건널목에 서서 거리에 서서 벽을 향해 서서 사람들이 지나가는 내내 꼼짝도 하지 않고 찍어요. 다 같은 장소 거의 같은 시간 같은 장면인데 다시 보면 조금씩 달라요, 아니 달라져요. 누군가 달려오고 달려가고 지워지면서 빠르게 움직이는 순으로 사라져요. 걷고 있다면 다리가 먼저 고개를 젓고 있다면 머리가 먼저 희미해져요. 자동차 불빛은 빛나는 궤적이 됩니다.

누군가 프레임 안으로 들어오고 모든 행인들이 하나의 선으로 하나의 빛으로 이어지는 것을 봅니다. 다 사라진다는 것, 서로서로 번진다는 것, 이어지다가 남는 텅 빈 영원을 봅니다. 찍힌 자들이 사라지고 찍는 자가 사라지고 자동차도 오토바이도 사라지고 견고한 건물들도 사라지고 나면 무엇이 남을까요. 푸르고 검은 밤낮의 나무들이 영원일까요.

보내드리는 사진은 겨울 밤, 크리스마스 즈음, DDP 앞이었어요. 따스할 거라는 말에 장갑도 없이 나갔는데 엄청 추운 거예요. 손가락 발가락이 없는 사람처럼 말단의 감각도 없이 셔터를 누릅니다. 차가운 카메라만 거기 서서 연신 셔터를 누른 것도 같아요. 덜덜 떨었는데 사진은 온통 환하고 따스하네요. 희고 붉고 푸른빛의 연대가 밤을 관통합니다. 그날의 저 사람들은 지금 또 어느 건널목에 서 있을까요. 찍는 순간 사라지는 지금 이 순간이라니, 모두가 거기 있었으나 아무도 거기 없는 기이한 알리바이라니. 대체 사진은 무엇을 찍는 것일까요?

나의 주문은 oumuamua

세상 모든 사람들이 나를 미워하기 시작했다 (…중략…) 나는 가지 않아도 되는 파티에 초대받았다 (…중략…) 무기력감이나 공포심이 찾아올 때면 나는 우는 대신 자전거를 타고 밖으로 나가 달렸다 (…중략…) 하지만 왜 사람들이 나를 미워하게 되었는가에 대한 생각만큼은 쉽게 털어 버릴 수가 없었다 (…중략…) 결국 내게 상처를 줬던 그 사건들엔 사실 아무런 이유가 없었다는 걸 아무런 의도가 없었다는 걸.

이랑, 『대체 뭐하자는 인간이지 싶었다』, 달, 2016

일기를 읽고 있었다. 그래 그랬지 하면서 보다 보니 맙소사 내 것이 아니라 이랑의 산문집이었고 노래 가사였다. 그랬다. 내 마음 같아서 옮겨 적었고, 다시 읽으며 내 것인 줄 알았다. 정확히 표시를 해두어야 내 것인지 남의 것인지 알 수 있다. 글이 좋아서 그럴 때도 있고 인지상정이라 그럴 때도 있다. 아아, 사는 게 다 거기서 거기라는 걸까.

세상에 단 한 사람이라도 내 마음을 알아주었으면 참 좋겠는데, 그것을 원하고 바라는 일은 치사스럽다. 애인이라고 부부라고 부모자식 지간이라고 그 마음을 다 아는가 하면 절대 아니다. 더욱 오해하기 쉽고 오해받기 쉬운 게 가족 같다. 더구나 내 마음, 나도 잘 모르는데 뭐. 당연히 알 거라고 생각하고, 알아주어야 하는 거 아닌가 하는 기대를 하지 말아야지. 그냥 내가 원하는 건 이거다, 내가 싫어하는 건 이거다, 말하는 게 맞다. 그걸 왜 말을 못 해!

마음만 모르는 게 아니라 식성도 취향도 모르며 살 수 있다. 이것을 원하는가, 이것을 좋아하는가, 스스로에게 물어볼 필요가 있다. 나는 생두부를 좋아하지 않는다, 삶은 달걀을 좋아하지 않는다, 소면을 좋아하지 않는다, 생선찌개를 좋아하지 않는다, 국을 좋아하지 않는다, 샤베트를 좋아하지 않는다, 고기만두를 좋아하지 않는다. 그런 걸 최근에야 알았다.

뭘 좋아하는지 생각해보지 않았다. 메뉴를 직접 고르라고 하면 당황한다. 내가 맛있게 먹는 것보다 나와 함께 하는 사람이 맛있게 먹는 걸 보는 마음이 더 좋다. 그렇다고 생선 대가리만 빨아먹으며 맛있다고 말하는 눈물나는 모성 본능 드라마의 조연은 아니지만, 그런 유전자가, 그런 버릇이 아직 남아 있다. 퇴행의 흔적 같은 것이. 여자라서 그런가. 결혼한 여자, 엄마인 여자라서 그런가.

타인들은 이상하다. 나 말고 다 이상한 것 같다. 아마 나도 꽤 이상하겠지. 어떤 사람은 만날 때마다 늦는다. 어떤 사람은 문자의 답을 안 하거나 다음 날에야 겨우 하고, 어떤 사람은 전화를 받지 않다가 가능한 모든 핑계를 대고, 어떤 사람은 약속을 여러 번 어긴다. 그런 사람 그냥 안 보고 살자, 하면 좋지만 그럴 수 없을 때의 타인은 그야말로 '지옥'이고, 그 지옥에서 나는 을이다. 언제든 해고될 수 있는 불안정한 거취 같다. 눈치보는 나 때문에 울화가 치민다. 그런 자리는, 그런 관계는 빨리 벗어나는 게 좋겠다.

그런데 그들은 왜 그러는 걸까. 타인의 감정 같은 건 상관하지 않는 최강 정신력을 가진 걸까. 나의 존재감이 지나치게 미소한 걸까. 무시해도 좋다는 생각을 하는 걸까. 그런 게 아니라면 혹시 다른 지옥에 갇힌 걸까. 타인을 바라볼 마음의 여유 같은 게 전혀 없는 지옥. 그들이 이해가 되는 것은 아니고 이해를 하고 싶은 것도 아니지만 내가 다 알 수 없는 이유도 있을 테니까, 이상하게 삐걱거릴 때는 그냥 거리를 두자. 집착도 병이다, 다정도 병이다. 싫으면 관두자, 아니면 말자.

이랑, 저런(저토록 당차고 쿨하고 아름답고 사랑스럽고 재능 있는) 사람도 세상 모든 사람들이 자기를 미워하기 시작한다고 말하다니 아니 말한 적이 있다니, 나만 이러고 사는 게 아니구나. 피해망상과 초예민 감성이 국지성 호우처럼 재빨리 흔적도 없이 지나가기를 기다려야지. 역시나 그러자, 제발.

마음이 먼저 달려갈 때면 잠시 서서 oumuamua, 하고 소리 낸다. oumuamua는 성간혜성 이름. 2017년 10월 19일 Pan-STARRS가 별 사이를 빠르게 움직이는 이 물체를 발견했다지. oumuamua는 "먼 곳에서 우리를 찾아온 정찰병 혹은 전령"이라는 뜻이라고 한다. 우리의 태양계는 엄청 크기 때문에 4.4광년 떨어진 가장 가까운 항성계에서 뭔가 날아온다고 해도 5만 년이 넘게 걸린다고 한다. 별거 아닌 일을 별것으로 생각할 때면 모든 것을 oumuamua처럼 멀리서 바라본다. 지루하고 심심할 때도 oumuamua를 상상해 본다. 그렇게 빠르게 사라져 버리는 상상도 함께. 밥을 하다 말고 oumuamua 하면 우리는 얼마나 큰 세계의 일부인지, 멀리서 보면 이 모든 게 얼마나 작아 보일지. 깊고 먼 심호흡을 한다.

아무래도 방심은 봄날의 환난입니다

봄, 좋아하니? 봄에는 하기 좋은 일들이 가득하다. 들판으로 나가서 냉이를 캐는 것도 좋겠지. 나야 냉이와 달래도 왔다갔다 헷갈리지만, 맵찬 기운이 남은 들판 여기저기 낮은 포복을 한 사람들의 모습은 봄날의 영원한 로망이니까.

봄날의 꽃구경도 물론 좋다. 꽃이라면 편안하고 익숙한 사람과 하는 게 좋겠다. 너무 좋은 사람과는 가지 말아야지. 그럴 때면 꽃 같은 건 눈에 들어오지도 않을 테니까. 눈앞의 그 사람이 가장 활짝 핀 꽃일 테니까. 눈앞의 만화방창을 놓치지 말아야지. 곁에 있을 때, 힘껏 즐겨야지.

꽃구경은 멀리 남쪽으로 내려가서 시작하는 것도 좋겠다. 개화시기에 맞추어 내려갔다가 꽃과 함께 올라오는 것도 좋고. 가능한 한 최대의 꽃을 즐길 수 있을 테니까. 늦장을 부리다가는 꽃보다 늦게 올라올지도 몰라. 마음만 먹으면 꽃들도 하루아침에 피어 버리니까.

꽃의 기색을 살피는 일이라니, 예뻐라. 우리 벚꽃 필 때 만나자, 하는 약속은 전제조건이 있겠지. 어느 곳의 벚꽃인지 정확히 해야지. 어긋

난 만남에 죄 없는 꽃 탓을 할 수도 있으니까. 피었니, 아직 아니니 하면서 기웃거리다가 다정한 얼굴을 만날 수도 있겠다.

다산 정약용의 시 모임도 주로 꽃과 함께 이루어진다지. 살구꽃이 피면 모이고, 복숭아꽃이 피면 모이고, 한여름 참외가 있으면 모이고. 초가을 연꽃 구경을 위해 모이고 국화가 피면 모이고 겨울에 큰 눈 내리면 모이고 연말에 화분에 심어 놓은 매화가 피면 또 모인다고. 모일 핑계들이 사랑스럽다. 영화 〈크레이지 리치 아시안〉에서도 그랬지. 싱가포르에서 가장 부유한 집인 닉의 할머님이 난초가 피는 순간을 보기 위한 파티를 연다. 꽃이 열리는 순간을 모두가 숨죽이고 바라보다니.

평생 몇 번이나 꽃이 열리는 순간을 볼 수 있을까. 꽃보다 느리게 혹은 비슷하게 숨을 쉬어야 그것을 볼 수 있을 텐데. 평생 몇 번의 봄을 볼 수 있을까. 너무 어릴 때는 봄이 무엇인지도 몰랐으니까. 봐봐, 이게 봄이야, 이렇게 따스해지는 거, 흐릿한 흑백의 세상에 슬금슬금 색이 드는 거, 여기저기 연초록이 번지는 거 보이니. 텅 비었던 가지마다 새잎 올라오는 거 보이니. 끝이 뾰족하게 열리는 이 꽃 좀 봐. 둥글게 부푸는 이 꽃도 보렴. 이런 게 다 봄이지. 나지막이 그런 말을 하는 젊은 엄마의 귀밑에는 솜털이 보송보송하겠지. 엄마를 바라보는 아이는 새 꽃의 봉오리처럼 몽실몽실하겠지. 봄은 웅성웅성하는 계절, 잘했어요, 참 잘했어요 하는 계절. 다들 견딘 거니까. 이긴 거니까. 애썼습니다, 소리치고 싶다.

봄날에 하기 좋은 일로는 분갈이도 있다. 나는 화분이 너무 어려워서 물을 너무 안 주거나 너무 많이 주거나 매번 비슷한 이유들로 실패하곤 하는데, 분갈이를 끝낸 화분에는 물을 바로 주지 말아야 한다는 것쯤은 이제 안다. 새 흙에 뿌리를 내릴 때까지 기다려 주어야 한다고. 목이 마른 뿌리들이 살 길을 찾아 헤매는 간절함이 뿌리내림인가 보다. 그 시간을 화분의 바깥에서 기다리는 일만 남았네. 언제나 봄은 여럿이 온다. 몰고 온다. 가득히 온다. 기다리면 된다. 이 계절은 아주 짧으니까 놓치지 않도록 주의해야지.

겨우내 잘 입고 다니던 옷들이 숨을 조이고, 기모로 된 옷이나 롱패딩은 천근만근이 된다. 겨울 코트를 세탁소에 맡기고 가벼운 옷을 꺼낸다. 봄날의 최고 호사는 조는 것. 따스한 햇살이 들어오는 마루에 앉아 까무룩 조는 일. 여기가 어디지, 뭐하던 중이더라, 화들짝 놀라서 깨어도 봄은 놀라지 않고 가만가만 발밑까지 번져 오겠지.

이런 무방비가, 이런 안심이 봄날의 후회를 부르기도 한다. 친구 할머님의 부음을 들었다. 아직 꽃도 다 오지 않은 계절, 왜 그리 갑자기 가셨을까. 얼음이 녹고 날이 풀리면 강건히 지탱하던 숨을 무심히 놓아 버리는 일이 생긴다더니, 그 말이 맞나 보다. 바깥이 따스해지니 몸속에 온기를 가둘 일이 없었을까. 아무래도 방심은 봄날의 환난 같다.

가만히 있는 마음

텀블러 뚜껑을 닦아 뒤집어 놓은 뒤 화순 운주사 사진을 다시 본다. 가본 일 없는 곳이다. 퇴적의 단층 아래, 절벽 같은 그곳에 늙고 낡은 부처가 한 분, 그 희미한 이마 위로 봄꽃이 드리워져 있다. 고요하겠구나, 적적하겠구나. 저 부처는 어른거리는 봄꽃을 몇 번이나 지났을까. 그 몸을 중심으로 그림자가 몇 바퀴나 돌았을까. 거꾸로 더욱 거꾸로 가다 보면 맨 처음 커다란 돌덩어리를 향하는 거친 손바닥과 만나겠지. 부처를 지을 수 있는 돌인지 이리저리 쓰다듬어 보았겠지. 어떤 부처를 모셔올까, 고심을 끝내고는 단호하게 정을 내리쳤겠지. 그날 흩어진 돌의 파편들은 자갈이 되고 모래가 되고 또 흙이 되었겠지. 그마저 떠돌다 사라졌겠지. 무심히 앉아 있는 돌부처의 손바닥 위로 어깨 위로 무릎 위로 봄꽃송이가 무수히 떨어지기도 했겠지.

가만히 있는 마음에 대해 생각한다. 느리고 깊게 숨을 쉰다. 지금 중요한 건 뭘까. 없다. 없는 것 같다. 지난여름에 다친 일에 대해 새삼 되짚어 본다. 처음 겪어보는 일들이었다. 모르고 살아도 좋았을 통증이었다. 그래도 덕분에 이런 글을 쓰고 있다. 긴 병가가, 무료한 잉여의 시간이 모르는 채 지나치던 감정들을 돌아보게 해주었다.

그 사건이 내 시간 속에서 어떤 의미를 갖는 걸까. 어쩌면 나는 생의 다른 문을 열고 들어온 것은 아닐까. 다른 삶을 향하는 길목으로 이미 흘러든 것은 아닐까. 쉬지 않고 오래오래 흐르는 것을 이길 수는 없을 텐데. 하루 종일 종종걸음으로 내달리던 길에서 멀리 벗어나 있다. 언제고 그곳으로 다시 돌아갈 거라고, 그럴 수 있다고 생각하고 있지만 그냥 이렇게 느리고 가난하게 사는 삶은 어떨까.

돌부처 생각에 꽃그늘 생각에 가벼이 내려앉는 꽃잎들 생각에 마음이 슬며시 가만해져서 몸살을 앓는 그를 향해 말한다. 좀 자요! 그가 이미 부처인 것처럼 낮고 느리게 대답한다, 으응.

이곳에도 곧 꽃이 피겠구나.

우리들의 사랑니에 건배

음주 글이다. 와인 마셨다. 드디어 두팔인간이 되었다. 역동적인 물리치료가 남았다지만 이게 어디야. 두 팔을 원활히 사용하여 자판을 두드리는 맛이란 너무너무너무 맛있다. 아이언맨 팔이여, 안녕. 그동안 많이 고마웠다.

오늘의 거리는 한적했다. 봄날의 한기는 매서워라, 다시 겨울로 돌아가는 것 같다. 비둘기는 깃털을 잔뜩 부풀리며 바닥에 붙어있고, 사람들은 깃털을 채워 넣은 겨울점퍼를 입고 바람과 맞서는 자세로 허리를 약간 구부린 채 걸어간다. 희거나 검은 마스크의 얼굴 속에 번뜩이는 눈들은 숨길 수 없는 무기 같다.

거의 스킨헤드에 (실은 심한 탈모 같은데) 파리바게뜨 생크림 케이크 34,000원짜리만 한 얼굴을 한 사내가 길모퉁이에서 통화를 한다. 검정 마스크를 한 두 귀가 잔뜩 접힌 채. 옆에서 보면 읽다가 접어둔 페이지 같겠다. 어디까지 읽었더라, 하면서 그 귀를 잡는 순간 검정 포스트잇 같은 마스크가 날렵하게 튕겨 날아가겠지.

그걸 낚아채서 흰색 잉크로 메모를 해야겠다. 언젠가 이런 날들이 있었다고. 환난처럼 모두들 떨던 때가, 웅크린 채 두려워하던 이른 봄이, 그때 거리는 텅 비었다고, 두문불출을 깨고 달려가는 일이란 공적 마스크를 사러 가는 것이라고, 약국마다 그걸 사려는 긴 줄이 끝도 없었다고, 순식간에 마스크는 다 팔려서 수심에 가득한 채 돌아갔다고. 그래도 더 좋은 방법을 찾아 다들 고군분투했다고. 수고하는 사람들이 너무도 많았다고. 꿈결인 듯 남쪽으로부터 꽃소식이 들려왔다고, 어둡던 틈새로 연초록 기운들이 솟아 나왔다고. 어김없이 온갖 꽃들이 흐드러질 때쯤 역병의 뉴스들이 잠잠해지기 시작했다고. 다들 지치고 힘들었지만 거의 쓰러질 것도 같았지만 힘든 일들도 때가 되니 다 지나갔다고. 그렇게 쓸 날이 곧 오겠지, 오고야 말 거야.

냉이와 버섯과 마늘과 양파와 청양고추로 만든 알리오 올리오를 먹었다. 나는 구경만 했다. H와 J 둘이서 만드는데, 돕는 역을 맡은 J에게 요리 잘하는 남자가 매력 쩐다고 엄지척을 해 주었다. 와인까지 잘 따니 준비 완료라고 폭풍 칭찬도 해 주었다. 좋은 와인을 다함께 마시니 좋았다. 한 사람은 와인 대신 메밀차로 건배했다. 와인 맛을 못 본 사람은 어제 사랑니를 빼서 일주일간 조심 중이다. 실밥을 풀면 마시라고, 남은 거 다 마셔도 좋다고 해 주었다. 그런데 와인이 센 주종이라는 걸 이제야 알았다. 어쩐지 슬금슬금 취하더라니. 건강하고 우아하게 마시는 거니까 센 쪽은 아니라고 믿어 왔는데 뒤늦은 배신감이 든다.

사랑니는 wisdom tooth란다. 중국어로는 智齿, 프랑스어로는 dent de sagesse(dent는 이, sagesse는 지혜), 일본어로는 親知らず. 한글로도 예쁘고 다른 언어로도 좋다. 사랑과 연결한 나라는 우리뿐이네, 어쩌자고 이렇게 로맨틱하고 그래.

다른 이들은 다 아래에서 위를 향하는데 전투적으로 측면 공격을 하며 나오는 것은 결국 빼야 한다. 매복한 것들은 언젠가 전복할 것 같다. 버티다가 결국 그것의 싹을 자르려고 사랑니 발치 전문 치과에 들어서는 사람들마다 얼마나 비장한 모습이었는지. 게다가 해외 여행 전적이 있는 사람은 발치도 못하고 (코로나19 감염 우려 탓에) 3주 뒤에 오라고. 기다리는 이들은 모두 사랑니가 말썽을 부리기 시작하는 그 나이들이다. 큰 통증이나 큰 실패 같은 것은 겪어본 적이 없는 사람들. 정말 아프고 정말 큰일인 병과는 아직 멀리 있을 것처럼 보이는 말간 얼굴들. 물론 마스크에 가려서 눈만 보였지만. 분위기는 힙한 카페 같다.

그래도 다 지나간다고, 지나고 보면 별거 아니었다고, 그러니 조심은 하지만 지나친 근심까지는 하지 말자고. 처음 사랑에 빠지는 스물 몇 처럼 세상이 새로 시작되거나 끝나는 것 같겠지만, 조금 더 지혜로워지는 거라고. 이날들은 수많은 페이지들 중 하나일 뿐이라고. 귀를 접어둔 페이지가 기억에 오래 남을 것 같다고. 이제 슬슬 다음 페이지를 읽자고, 환하게 채워 나가자고 건배!

이제부터는 불확실한 세계의 다음

마지막 시험이라고 했다. H의 흰색 책상, 작고 단단한 의자, 동그란 회색 방석 위에 앉아 허리를 바로 세워 본다. 스탠드 밑에는 작은 진회색 조약돌이 두 개, 아니 하나는 조약돌이고 하나는 닳아 버린 지우개다. 이렇게 작아지도록 무엇을 그렇게 쓰고 지웠을까. 그 사이 얼마나 많은 글자들이, 의미들이 되풀이되었을까. 눈에서 손가락에서 글자에서 마음속으로 오래된 세상의 새로운 이야기들이 쉼 없이 스며들었겠지. 만들어지고 지워지고 다시 만들어지는 일, 거대한 세상은 그렇게 한 세대에서 다음 세대로 전달되는 것이겠지.

유치원부터 2년, 6년, 3년, 3년, 4년. 잘해주었다. 일희일비하지 않고, 부화뇌동하지 않고, 열심히 공부하고 시험 보는 과정들 속에는 언제나 분명한 '다음'이 있었을 텐데, 이제부터는 불확실한 세계의 다음이겠지. 크고 작은 시험들이 무수히도 닥쳐오겠지. 준비할 시간도 없이 예고도 없이 휘몰아칠 수도 있겠다.

L에게 말했다. 오늘 감개무량하지 않느냐고. H의 입학에서부터 마지막 시험까지, 아니 탄생에서부터 지금까지 돈 벌고 가르치느라 우리

둘 다 정말 수고가 많았다고. L은 말한다. 이제부터 더 큰 걱정이라고, 그러더니 말을 고친다. 아니, 더 걱정은 아니고, 이제부터 더 잘해야 한다고. 나는 그 말을 고친다. 아니, 걱정은 걱정이고 감개는 감개고 무량은 무량이지. 일단 오늘은 감개무량한 무드로 치하를 좀 듬뿍 합시다.

아이는 낳고 싶지 않았다. 비존재를 존재화하는 일이라니, 전지전능하게 레벨업되어 끝까지 최선을 다해서 책임을 져야 할 텐데. 그걸 내가 할 수 있을 것 같지가 않았다. 어른이 될 때까지 물심의 양면을 다 쏟아야 하는 일일 텐데, 나는 물物도 심心도 충분한 사람이 아니었고. 널리 뻗어나갈 수 있도록 단단하고 견고한 중심이 되어주어야 할 텐데 부산한 관심과 부단한 열정이 회의와 뒤범벅된 나라는 인간인지라 그럴 자신도 없었다. 혹여 잘못되면 어쩌지, 나를 원망하는 일이 생기면 어쩌지, 고민도 되었다. 나의 사랑도 총량이 있을 텐데 나 자신을 너무 사랑하다가 아이에게 줄 사랑이 부족해지면 어쩌지. 너의 인생보다 나의 것이, 너의 미래보다 나의 것이 더 궁금해지면 어쩌지. 그렇게 이기적인 엄마여도 괜찮겠니, 물어도 소용없겠지.

우리는 이미 한배를 탔다. 너는 태어나야 할 곳에 정확히 태어난 것이라고, 내게 잘 왔다고. 이 일은 너와 나와 모두를 위하는 일이 될 거라고. 우리는 동시에 태어나 함께 자라고 함께 되어가는 중이라고. 그렇지만 자신의 운명은 온전히 자신의 것이라고, 나는 내가 할 수 있는 것을 하고 너는 네가 할 수 있는 것을 하자고, 의연한 자세로 떡을

써는 고전적 어머니의 애티튜드가 되기도 한다.

함께 책을 읽었다. 여성들에 대해, 페미니즘에 대해, 남성 중심 사회에 대해, 결혼한 여자의 인생에 대해, 탈코르셋에 대해, 강남역 10번 출구 1,004개의 포스트잇에 대해 이야기했다. 함께 분노하고 함께 슬퍼하고 함께 욕을 하면서 단단한 동지애가 생겼다. 우리는 서로의 옷을 골라줄 수 있다. 고른 옷을 함께 입기도 하고. 의식주 전반에 걸친 서로의 취향에 정통하다.

할까 말까 내가 망설일 때면 '해요, 해, 잘할 수 있어' 용기를 주고. 아이가 망설일 때면 '못해도 괜찮아, 해, 어서 해, 실패가 재산이다', 내가 용기를 주고. 내 표정이 어둡고 말수가 줄어들면 귀신같이 알아차리는 딸·여자·어른·사람이라니. 타향의 존재들로 가득한 명절이면 좀 앉아서 쉬라고, 이제는 좀 다함께 하자고 남동생과 함께 팔을 걷고 들어오는 이런 아군이 또 있을까. 내가 낳았기 때문일까, 나와 같은 성性이기 때문일까. 나의 친구보다 언니보다 어떨 때는 나의 엄마보다 더 나를 위해 주는 사람이라니, 그러려고 낳은 것은 아닌데 결과적으로 나만 좋은 일이 되어버렸다.

교환학생을 가서 그냥 거기에서 살고 싶다고 말해 주길 바라기도 했다. 그 나라의 피지컬 우월한 청년과 사랑에 빠지기를. 제약과 편견이 없는 곳에서 재밌고 신나고 즐겁고 여유롭고 자유로이 살았으면 바라기도 했다. 내가 겪은 절망과 원망 같은 것과 만나는 일이 없기를 바라기도 했다. 그러나 아이는 와이파이 천국, 치안 천국, 맛있는 음식 천국, 우리나라가 제일 좋다고 돌아왔다. 다행 중 다행이다. 네가 없는 동안 나는 말하는 법을 잊어버릴 뻔 했거든.

H의 빈 벽에는 "내 인생"이라고 적힌 노란색 포스트잇이 붙어 있다. 그래. 이제부터 더욱 네 인생이야. 이기기도 하고 지기도 하고, 이긴 것도 진 것도 아닐 때도 있고, 이리저리 내달리다 보면 믿을 수 없을 정도로 좋은 날도 오고, 다시 벅벅 지워 버리고 싶은 날도 올 거야. 세상이 끝난 것처럼 절망스러운 날도, 이 짓을 내가 왜 하고 있나 허망해지는 날도, 거짓말처럼 새로운 용기와 희망이 들어차는 날도 올 거야. 도통 모르겠는 순간들과 현타의 순간들이 절묘하게 이어질 거야.

취업은 걱정되고 연애는 궁금하고 결혼은 겁이 나고 출산은 무섭게 느껴지겠지. 머리가 터지도록 생각이 많아질 거야. 한참 고민을 하다 보니 이미 했던 고민과 해답의 되풀이라는 것을 뒤늦게 알고 씩씩거릴 때도 있을 거야. 그렇게 셀 수 없이 많은 자신만의 케이스스터디를 하게 되는 것 같아. 그것을 진화라고, 발전이라고 부를 수도 있겠지. 실수를 하지 않으려는 실수는 하지 마. 지금 실컷 실수하는 게 남는 거야. 실수를 허락해 줘. 새롭게 실수하는 날을 더 많이 만들어. 간을 보고, 맛을 보고, 들쑤시고 다닐 때야. 걱정과 근심은 당연한 증상이니까 그런 감정이 가득해지면 가끔 둘둘 말아서 내다 버리고. 먹고 마시고 노래하고 춤추며 잊어버려. 언제든 스스로를 가장 아끼고 존중하고 사랑하고 용서하기 바라.

'다들 하니까 너도 해야 하지 않겠느냐'는 말은 절대 듣지 마. 세상에 너는 너 하나뿐이니까. 낭만적인 서사에 홀려 훅 가지 말고, 되는 대로 흘러가지 말고 내실 있게 고민하길 바라. 립스틱 하나를 살 때도 후기 찾아보고 친구들 이야기도 들어보고 발라도 보고 비교하잖아. 샀다가 고스란히 교환할 때도 있잖아. 쇼핑도 구직도 연애도 많이 해보아야 해. 어떤 결정을 내린다고 해서 영원 계약이 되는 건 아니지만, 언제든 그만둘 수 있겠지만 시간도 감정도 에너지도 제한적이니까. 탐색기를 충분히 거친 후엔 더 소중한 곳에, 더 소중한 일에, 더 소중한 사람에 올인하는 게 좋을 것 같아.

결혼과 출산과 육아는 또 다른 문제인데, 차고 넘치는 정보들 덕분에 이미 너무 많이 알아버려서 어지러울 거야. 나는 너무 모르는 채 그 일들을 해내느라 좌충우돌했다. 많이 힘들 때면 기득권의 존재들이 인류 보존을 위해 결혼이며 출산을 미화시킨 채 마구잡이로 독려한 것은 아닌가 싶었지. 신혼여행에서 돌아오며 시작되는 현실적 생활의 내막을 알게 되면 결혼이며 출산을 안 한다고 할까 봐 사전에 작당하고 모의하여 나만 모르게 한 것은 아닌가, 엠바고가 아닐까 의심스러울 정도였어.

확답을 주고 싶어서 마지막 글을 붙잡고 있다. 네가 걱정하는 대부분의 것들을 해본 선배로서 현명한 방향을 제시해 주고 싶었어. 어젯밤에는 결혼은 해도 좋고 안 해도 좋고, 아이도 원한다면 낳고 싶으면 안 낳아도 된다고, 심지어 결혼과 출산이 반드시 함께 이루어져야 하는 일은 아니라고 생각했다. 아침이 되니 이런 일들은 누구와 함께 하기 전에 스스로 고민하고 결정하는 게 먼저라고 말하고 싶어졌어. 먹고살기 위한 일은 반드시 있어야 하는데, 하고 싶은 일을 할 수도 있고, 하게 되는 일만 할 수도 있다는 말도. 모든 일에는 만족스러운 일면과 그렇지 못한 다면이 함께한다는 것도. 하루 종일 보람되고 즐겁고 행복한 일 따위는 없다는 것도. 하지만 너는 이미 이런 것 다 알고 있을 거고, 지금 아무리 계획하고 결정한다 해도 변수가 생길 거야. 이런 대답 최악이지. 미안.

아무리 오래 이 글을 붙잡고 있다고 해도 명쾌한 답은 어려울 것 같아. 네가 하는 질문들 사실 나도 아직 하고 있는 중이거든. 최악 같아 보이는 순간도 최선의 과정이 될 거야. 가장 최선이라고 믿는 것조차 다른 시점에서 보면 전혀 다른 이야기가 될 수 있어. 정답이 없다는 게 정답일 것도 같아. 유연하게 그때그때 최선의 묘책을 찾아야 할 것 같아.

테드 창의 소설을 읽는다. 『당신 인생의 이야기』 중 「네 인생의 이야기」를 읽고 있어. 자신이 미래에 겪게 될 불행을 다 알면서도 피하지 않고 묵묵히 걸어 들어가는 사람의 이야기야. 사실 우리는 어느 정도 그렇게 살고 있지 않니. 미래에 닥쳐올 죽음과 허무를 알면서도 그런 걸 전혀 모르는 것처럼 살잖아. 방점은 "묵묵히"에 찍히는 것 같이. "두 번째의 화살에 맞지 마라" 하시던 부처의 말씀이 생각난다. 인간이라면 피할 수 없는 몸과 마음의 괴로움이 첫 번째 화살이라고 한다면, 그 화살에 반응하여 화를 내거나 우울해하거나 불안해하는 고통이 두 번째 화살이라는 거지.

현재를 기준으로 과거로 소급해 올라가면 부처의 말씀이고, 미래로 나아가면 소설 속의 메시지가 되겠지. 날아온 화살을 알고, 날아올 화살을 알면서도 걸음을 멈추지 않는 삶을 상상한다. 되는 대로 잘 살면서, 지금 이 순간을 마음껏 느끼고 즐기고 누리는 거야. 결말만을 생각하면 지금 이 순간은 사라져 버려. 승산 없는 긴 싸움처럼 느껴지지. 나는 매순간 최선이라고 믿는 것을 선택하고 행동하며 살려고 해. 조금씩 꾸준히 오래오래 걸어가려고 해. 결말에 대해서는 열어두자. 결말에 우리들의 지분은 없어. 언제나 과정이 전부야.

> 너는 네가 행복을 느끼는 일을 하면 되고, 내가 너에게 원하는 건 그것뿐이란다.

테드 창, 「네 인생의 이야기」, 『당신 인생의 이야기』, 엘리, 2016

이야기를 끝내며

이 책은 H의 질문으로부터 시작됩니다. 졸업을 앞둔 어느 날, 앞으로 어떻게 사는 게 좋겠는가 물었습니다. 이런 날이 올 줄 알았어요. 당황하게 될 줄도 알았습니다. 같은 질문을 저도 한 적이 있고, 지금도 하고 있거든요. 솔직히 말했습니다. 나도 모른다, 알고 싶다고요.

확실한 순서대로 해 나가면 되는 삶에서 불확실하고 순서도 없는 세상의 시작이니까요. 어떤 직장이 좋을지, 사랑은 사치가 아닌지, 사랑을 어떻게 확신할 수 있는지, 결혼을 하는 게 좋은지, 아이를 낳아 키울 수 있을지, 닥쳐오는 미래는 두려운 일처럼 느껴질 겁니다.

대답 대신 경우의 수 하나를 들어 그 구구절절을 살펴보기로 하였습니다. 그러려니 평소에 안 하던 이야기들을 하게 되네요. 부끄럽고 창피한 이야기들을 끝까지 숨길 수는 없었습니다. 저를 아는 사람들은 읽지 않기를, 우연히 읽더라도 속히 잊어주기를 바라고 있습니다.

그런데 분명 부끄럽고 창피한 이야기들인 거 맞는데, 은근 시원하고 슬슬 통쾌해지는 건 왜일까요? 게다가 이렇게 쓰는 과정을 통해 (이제야) 제가 무엇을 좋아하고 싫어하는지 구체적으로 알게 되었습니다. 그동안 그걸 궁금해하지 않았다는 게 새삼 놀랍습니다.

막연하게 좋아하는 것 같고 싫어하는 것 같다고 생각하다가는, 좋지도 않고 싫지도 않은 선택을 하게 될 텐데요. 그건 좋지 않은 선택입니다. 자신에 대해 무지하고 무례한 겁니다. 우리는 누군가에게 수시로 묻지요. '괜찮니? 좋아하니? 원하니?' 그 질문을 스스로에게 해야 합니다.

이 긴 이야기들은 제 시간들을 복기하면서 스스로에게 하는 질문이었던 것 같습니다. 이런 일들이 있었지. 괜찮니? 좋아하니? 원하니? 그래서 어떤 일은 괜찮고 어떤 일은 괜찮지가 않고. 어떤 것은 좋아하지만 어떤 것은 별로고. 어떤 것은 원했던 게 맞지만 어떤 것은 원하지 않았다는 것을 알게 되었습니다.

덕분에 확실한 한 가지 이야기를 해줄 수 있게 되었어요. 당신이 뭘 하며 어떻게 살든 읽고 썼으면 좋겠다고요. 읽지 않으면 다른 삶에 대해 알 길이 없고요. 쓰지 않으면 자신의 삶에 대해 알 길이 없습니다. 모르는 것의 가능성이란 희박할 수밖에 없어요. 운명을 우연에 기댈 수는 없지 않을까요. 읽고 쓰는 일은 여전히 헤매고 있는 제 삶의 은밀한 구원자입니다.

책 읽는 여자는 위험하다는 책이 있습니다. 글 쓰는 여자는 위험하다는 책도 있을 것 같습니다. (있군요) 하지만 세탁하는 여자나 요리하는 여자가 위험하다는 책은 들어본 적이 없습니다. 물론 읽고 쓰는 일의 금지는 오래전에 풀렸지만 그런 일이 있었다는 사실 자체가 그 영향력을 증명하는 셈입니다.

금지된 것을 시도할 때 결계가 풀어집니다. 시도는 되풀이해서 해야 합니다. 자꾸자꾸 하다 보면 말랑말랑해지고 흐늘흐늘해지고 콸콸 쏟아지기도 합니다. 한숨이 푸푸 나오기도 하고 눈물을 줄줄 흘릴 때도 있습니다. 쾅쾅 부딪히기도 하고 꽝꽝 얼어붙을 때도 있습니다.

너무 빠르게 자랄 때면 성장통이 옵니다. 화분을 깨뜨리는 거대한 뿌리들도 있습니다. 드디어 다른 존재가 되었다는 뜻이겠지요. 그렇게 되면 그 이전으로 돌아가는 일은 불가능해집니다. 다시 처음의 질문으로 돌아가 봅시다. 그래서 어떻게 살아야 하는지 이제 알게 되었냐고요?

아니요. 그건 아닙니다. 하지만 이제 제 취향을 알게 되었습니다. 뭘 할 때 좋은지, 뭘 할 때 신이 나는지, 뭘 할 때 휘파람을 부는지, 뭘 할 때 키득거리는지, 뭘 할 때 날아가는지 알게 되었습니다.

행복이 뭐라고 생각하느냐 물으신다면 다른 책 한 권이 시작될 것 같아요. 하지만 좋아하고, 신이 나고, 휘파람을 불고, 키득거리고, 날아갈 것 같은 순간들은 선명한 행복입니다. 확실한 미래 비전도 없고, 일관성도 없고, 충동대로 저지르며 살아도 아주 망하지는 않더라고요. 제 얘기 맞습니다.

그러니 당신이 어디서 뭘 하든 항상 읽고 쓰셨으면 좋겠습니다. 시간과 에너지는 한정되어 있으니 이왕이면 좋은 것들을 읽으셨으면 좋겠습니다. 서서히 혹은 빠르게 스며들고 젖어드니까요. 쓰는 것으로는 메모도 좋고 일기도 좋고 함께 써 나갈 수 있는 창구는 여기저기 활짝 열려 있습니다.

생각만 하지 말고 말을 합시다. 원하고 바랍시다. 느끼고 즐깁시다. 숨지 말고 숨기지 말고 명랑하고 통쾌하게 저지릅시다. 절대로, 아무에게도 허락을 구하지 맙시다. 반짝반짝, 여자 사람 만세입니다!

Don't be afraid to start.

Don't be afraid to start over.

p.s.1 비밀 등가의 법칙 아시지요? 당신의 비밀을 말해주세요. 저에게 혹은 당신 자신에게 혹은 당신의 당신들에게요. 저는 또 다른 비밀들을 조금조금 만들고 있겠습니다.

p.s.2 사적인 이야기를 공적으로 하는 바람에 강제 고백당한 등장인물들에게 사과와 사랑을 전합니다. 대신 제 이야기 마음껏 하시라고 강력히 권해 드립니다.

p.s.3 병가 중의 글쓰기였는데요. 수술도 재활도 다 잘 되었습니다. 물구나무서기도 (짧게는) 할 수 있게 되었습니다. 저는 읽고 쓰며 쉬었는데, 몸은 최선을 다하기를 멈추지 않더라고요. 제 자신을 가득히 안아주었습니다. 당신도 늘 조심히, 건강히 지내시고요. 당신을 많이 안아주시기 바랍니다.